U0591400

历史角落里的精彩

郭延琪　主编

中国书籍出版社
China Book Press

图书在版编目 (CIP) 数据

历史角落里的精彩 / 郭延琪主编 . -- 北京 : 中国书籍出版社 , 2022.5

ISBN 978-7-5068-9035-9

Ⅰ . ①历… Ⅱ . ①郭… Ⅲ . ①历史故事 – 作品集 – 中国 – 当代 Ⅳ . ① I247.8

中国版本图书馆 CIP 数据核字 (2022) 第 089565 号

历史角落里的精彩

郭延琪 主编

责任编辑 李国永
责任印制 孙马飞 马 芝
封面设计 马静静
出版发行 中国书籍出版社
地　　址 北京市丰台区三路居路 97 号 (邮编：100073)
电　　话 （010）52257143（总编室） （010）52257140（发行部）
电子邮箱 eo@chinabp.com.cn
经　　销 全国新华书店
印　　厂 北京亚吉飞数码科技有限公司
开　　本 710 毫米 ×1000 毫米 1/16
字　　数 292 千字
印　　张 22.5
版　　次 2023 年 3 月第 1 版
印　　次 2023 年 3 月第 1 次印刷
书　　号 ISBN 978-7-5068-9035-9
定　　价 68.00 元

前言

preface

中华五千年历史文化，如同一部辉煌的巨著。要想一下子读完它，那是不可想象的。于是有不少读者把阅读的精力投向了正史，也就是二十四史中那些历史的经纬之作。这些正史往往只是大角度粗线条地记载了历史人物（帝王将相或社会精英）和历史史实。然而，还有很多历史的精彩沉淀在古人生活（大部分是中下层社会群体）和一些古代文人著作中。这些精彩广泛散落在鲜为人知的历史角落，其中有不少令人震撼的真实瞬间，这些角落和瞬间呈现出来的小人物和围绕他们所呈现出来的故事不乏具有进步思想和教育意义，这些却往往被读者忽略或漠视，有的甚至在时空的变换中被历史掩盖或遗忘。正是缘于此，我们从正史、古人著作中精心选择了365个小故事呈献给读者。这些小故事选向定位是不大为人所知，却能给人以视觉愉悦和精神享受的历史“小品”。由于这些故事大多不见于正史，故取名“历史角落里”云云。每个故事的名字都是我们在译注时加上的。

译注这些小故事时，我们发现许多堪称史粹的故事，往往不在正史的范围内。有的纵使在正史上出现着墨也是极少。例如“孔融让梨”最先出现在南北朝时期刘义庆的《世说新语》之中，正史《后汉书·孔融传》并未记载此事，只是李贤注《融家传》中略有记载；又如西汉时期匡衡幼时因家贫，穿凿墙壁引邻居烛光读书终成一代名相的故事，出自《西京杂记》（汉代刘歆著，东晋葛洪辑抄，也有人认为不是二人之作）这本著作中，而《汉书·卷八十一匡张孔马传第五十一》中并无匡衡“借烛”的故事，等等。

当然，由于中国历史的博大精深，我们只是采撷了些许历史花絮呈献给读者。这些花絮没有先后年代时间之分，属于“随笔”而已。我们译注这些故事时尽量保留了原文的鲜活，并用白话文字描述以方便读者直接阅读和欣赏。每个故事后面大都有故事出处以便大家参考指正，每个故事又以“郭家言”方式给予解说与评析，有些故事还以“相关阅读”方式介绍故事人物和相关事迹或相关著作，以飨读者。由于时间有限，学力和笔力亦皆有限，我们捕捉的历史范围不大，只能以“文学大餐中的品味小菜”捧献给读者，乖漏之处，请专家学者指正。诚此，笔者幸甚。

郭延琪

2014 年 12 月于湖南大学

目录
Contents

1. 六尺巷

六尺巷在安徽桐城县城西后街，巷宽六尺，长约百米。清康熙时，有吴姓与当世宰相（文华殿大学士兼礼部尚书）张英家争宅地不休，张家便驰书京城，张英回信写诗一首："一纸书来只为墙，让他三尺又何妨；长城万里今犹在，不见当年秦始皇。"家人立遵宰相嘱咐拆让三尺，吴家感其义，亦后退三尺，故成此巷。

故事选自《桐城县志》。

郭家言：六尺巷故事流传极广，其意极深。毛泽东主席1956年接见苏联驻华大使尤金曾引用此诗，旨在指明中苏只有遵守和平友好准则，方能推动两国友好发展。国邻如此，家邻亦如此。邻里谦让是一种精神，是中华民族传统美德的具体体现。

六尺巷，其原貌已不存。1999年桐城市政府在其遗址上复原了这一遗迹。直到今日，人们仍然被张家人的心胸宽广与谦和礼让所感染。

张英与儿子张廷玉并称父子双宰相。张英在康熙三十八年系文华殿大学士兼礼部尚书；儿子张廷玉是康熙、雍正、乾隆三朝重臣，上书房行走。

2. 驴叫悼友

建安七子之一的王粲安葬时，魏文帝曹丕在现场对前来悼念的众人道："王仲宣（王粲字仲宣）生前喜听驴叫。大家应各学一声驴叫来送他。"于是，墓地响起声声驴叫。

故事选自《世说新语》。

郭家言：王仲宣喜听驴叫，葬时生前好友学驴叫而悼之。悼念之法与悼念之情可谓千古绝唱!

建安七子是建安年间（196—220 年）东汉七位文学家的合称。包括：孔融、陈琳、王粲、徐干、阮瑀、应玚、刘桢。这七人和曹操父子（曹操、曹丕、曹植）一起为当时建安文学的开创与发展起到了主力军的作用。

3. 诸葛三思

三国时期，吴国诸葛靓（字仲思）任右将军大司马。一次朝会上，吴主孙皓问他："你的字叫仲思，那思的是什么？"诸葛靓答道："在家思孝道，事君思尽忠，交友思诚实，如此而已。"

故事选自《世说新语》。

郭家言：诸葛诞是诸葛靓的父亲，他年轻时性格方正且有才华与声望。公元257年，诸葛诞据寿春，反抗掌握朝政的司马昭，并派长史吴纲带着诸葛靓入东吴做人质，以求吴援。一年后诸葛诞兵败被杀，诛夷三族。诸葛靓留在东吴，任右将军。东吴灭亡之后，诸葛靓故主孙皓一众官员被晋俘虏而迁至洛阳。诸葛靓后被召为大司马、侍中，皆不受。后诸葛靓回乡，一直因晋室与他有杀父之仇而终身不向魏晋的洛阳方向而坐。

诸葛靓偶然就自己的字“三思”回答吴主，但他真正是用“三思”的标准来诠释自己一生的。纵观其一生，他终身不仕司马氏，应该是必然的。

> 三国时期，诸葛瑾在东吴做官（大将军，领豫州牧），弟诸葛亮在西蜀任丞相，堂兄弟诸葛诞在魏为征东大将军，是诸葛靓父亲。

4. 董遇“三余”

三国时魏国学者董遇学问渊博，有人向他求教读书的方法，他说，应该自己先读百遍。求教者说，苦恼的是没时间。董遇说可用“三余”的时间去读书。有人问什么是“三余”？董遇回答说：“冬天是一年之余，夜晚是一天之余，阴雨天气是时间之余。”

故事选自《三国志·魏书·王肃传》裴松之注引《魏略》。

郭家言：利用“三余”时光读书是三国时魏国大学问家董

遇提出来的，董遇本身就是一位勤学苦学的倡导者，而且是一位力行者。《魏略》中说他不善言辞但好学，战乱之时，他与哥哥捡拾野稻子去卖而维持生计，就这样他也常带着儒家书籍抽空就拿出来读，哥哥因此笑他，但他读书依旧。

以此看来，古代的大学问者，都是天赋加恒持加苦读而成。我们今天虽不主张苦读，但要学习古代人读书的精神，而且还要注重实践与书本的结合。

董遇，字季直，是三国时期著名学者。他对《老子》很有研究，并为该书作了注释；他对《左氏春秋传》见解颇深，并根据心得写成《朱墨别异》这本书。他曾官至郡守。魏明帝时为侍中、大司农。几年后，病死。

5. 孔融见李元礼

孔文举（孔融）年幼之时跟父亲到了洛阳。李元礼当时担任司隶校尉。凡要见李的客人必须是才智出众或有美好声誉或是亲朋的人，门官才给以通报。孔文举对门官说道："我是李的亲戚。"于是得以进见。入座后李问："你是我什么亲戚呀？"孔文举答道："我的祖先孔仲尼与您的祖先李伯元（即老子李耳）曾是师友关系，所以我和您应为世交。"李和宾客们均感到这小孩子言语惊奇。

郭家言：原不知孔融让梨故事之外还有这样的惊奇之举。几岁的孩子能说出这样的道理，不能不说天才是从幼年就已萌芽了！

孔融是孔子的第二十代孙，字文举，泰山都尉孔宙的小儿子。一次，恰逢祖父六十岁寿辰。一盘酥梨放在桌上，母亲让孔融去分。他随后按照长幼顺序分，而自己得到的是最小的。父亲问其中原因，孔融说："树有高低，人有老幼。尊老敬长，是为人的道理呀！"

这就是历史上有名的"孔融让梨"的故事。可惜的是，此事在专为孔融做撰的《后汉书·孔融传》中并未记载，在汉末魏晋的一些史书中也无记载。故事最早见于唐代章怀太子李贤为《后汉书》做注中引用的《孔融家传》中的文字。此书现已不存。

6. 陶侃节俭，竹头木屑

东晋陶侃担任荆州刺史时，为官勤恳，性情俭厉。军队造船的时候，他下令负责造船的官员把锯木剩下的碎屑全部收好，大家都不理解他的用意。后来正月初一朝贺时，正遇连雪初晴，大厅堂前台阶湿滑，正好将碎屑覆盖其上起到防滑作用。官府用的毛竹，他会将砍下的大一点的竹头收集起来，后来部队征伐西蜀，打造船只时用这些竹头来做竹钉。

故事选自《世说新语》。

郭家言：这个故事赞扬了陶侃注重节俭、办事缜密和富有远见。陶侃能成大事，与其少年时受母亲熏陶是分不开的。历史上只称母亲为湛氏，并未留下名字。但母亲对陶侃的教育与引导在历史的文字里是清晰可见的。"陶侃留客"的典故是这样说的：陶侃少年贫穷而大志，和母亲湛氏住在一起。同郡县极有名望的范逵来访时，陶家一无所有，可是范逵车马仆从很多。母亲对陶侃说："你只管留住客人，接待的事我来想办法。"于是母亲将自己极长的头发剪下做成两条发制品，换到几担米，又把家里几根柱子削下一半来做柴烧，把草垫子都剁了做草料喂马。到傍晚便摆上了可口的饮食，连范逵随从的人都不缺欠。这个故事中母亲的智慧、真诚，无疑对陶侃的未来起到了极深的教育作用。

陶侃还有轶事典故，例如"陶侃运甓""陶侃惜阴""陶侃惜谷""陶母责子"等。这里说的"陶侃运甓"，其梗概是：陶侃在广州的时候，早晨总是把一百块砖运到书房外边，傍晚又把它们运回书房。别人问他这样做的原因，他回答说："我正在致力于恢复中原失地，过分的悠闲安逸，唯恐不能承担大事，所以才使自己辛劳罢了！"

陶侃（259—334年7月30日），字士行（一作士衡），本为鄱阳郡枭阳县（今江西都昌）人，后迁徙至庐江浔阳（今江西九江）。东晋名将，著名军事家。

陶侃出身贫寒，母亲为培养他，要求甚严，他也"少长勤整，自强不息"。入仕最初任县吏，后任郡守、太守、刺史、侍中、太尉、荆江二州刺史。都督八州诸军事，封长沙郡公。为东晋政权立下赫赫战功，特别是他治下的荆州，史称"路不拾遗"。他一生征战无数，精勤于吏职，为世人称道。334年7月，陶侃在功成名就中上表逊位离职，派人将官印送还朝廷，然后登船赴长沙。第二天在途中的樊溪去世，时年七十六岁。

陶侃撰有文集二卷。其曾孙为东晋著名诗人陶渊明。

7. 斗胆茅焦

公元前238年（秦始皇九年），有人告发嫪毐与太后（始皇母亲）私通并生二子。嫪毐被车裂，其余死党被一网打尽。随后，秦始皇迁怒于太后，将太后逐出咸阳，断绝母子关系，发誓永不相见，明令朝臣不准以此事进谏。然而，先后有二十七位大臣进谏被处死，尸首悬挂在宫墙上示众。

有一位叫茅焦的齐国人从容不迫地来见秦始皇，声言以太后事求见秦始皇。秦始皇告诉他："宫墙上二十七人看见了吗？替太后说话就是这个下场。难道你不怕死吗？"茅焦坦然镇静相告："天上有二十八宿，现在是二十七个，我来刚好凑成二十八宿之数。"秦始皇吩咐备油锅，准备生烹茅焦。茅焦从容行跪拜礼，平静地说："古来爱惜生命的人并不怕死；同样，古来重视国家兴亡的君主不怕议论国家兴亡；如果一味忌讳死亡，那并不一定会长生；如果避谈国家兴亡，那国家并不一定会得到安宁。关于国家兴亡的道理，贤明的君主都能听听。难道陛下不能听吗？"

秦始皇默然无语。在这种默许下，茅焦大胆而言："陛下滥杀无辜，自己却丝毫不醒悟，您车裂假父（吕不韦），扑杀二弟，逐母出宫，惨杀进谏大臣。这行为商纣夏桀也不至此！这些行为如天下人知道了，谁还会投向秦国，这秦之江山岂不解体？小臣此来不过是为陛下解危！"言毕解衣伏地，准备就烹。

秦始皇被茅焦的从容慑服，由衷敬佩这位舍命进谏的人才。当即拜他为上卿。然后迎回太后，母子重新和好。

郭家言：茅焦是个人才，懂得抓住君主的短识，迫使君主撤销愤怒下做出的非理智决定；秦始皇是个英雄，他改变了自己的错误，使得他在人们的心中立刻丰满而强大起来。其实，有秦始皇才有茅焦。唐代也是这样，有太宗李世民大量大度，才有魏征的屡屡进谏。当然，茅焦与魏征的口才与心技也是一流的，善于扼住君王的错误，顺之给予台阶，才能给君王提供从谏的机会。这样说来，确是先有伟大的君王，然后才有斗胆进谏的忠臣。

茅焦，其在历史上生卒年月不详，齐国人。他是秦始皇统治时期最著名的一位“抗直之士”，是一位留名历史的敢谏之臣。他最大的历史贡献是斗胆进谏从而为秦始皇赢得了一个好名声。

茅焦谏秦始皇的历史故事在《史记·秦始皇本纪》与《史记·吕不韦列传》均有记载。

8. 允之有智

晋明帝时，王允之在儿童时被堂伯父王敦（时任大将军）认为很像自己，聪慧机警，因而十分喜爱他。王允之常常跟随王敦出入，并常在王敦床帐中睡觉。一次，王敦、王允之与人共酒，王允之先醉，便躺下休息。后来王敦起床，王允之还留在床上。王敦与人商讨起攻打京城建康篡位之事，全忘了王允之还睡在床上。当时王允之已醒来，听到堂伯父与人的全部对话内容，害怕因此性命难保，于是呕出口水，把身上和被褥都弄脏了，假装酒醉熟睡未醒。事情还未商量完，王敦想起王允之睡在床侧，掀开帐看时，相信他仍醉睡未醒。王允之因此才保住小命，当时人们都称他有智谋。

王允之成年后，曾任南中郎将，江州刺史。在政甚有声威，惠泽于民。342 年豫州刺史庾怿送酒给他，意图毒杀，王允之觉得奇怪，先将酒给犬，犬死而人活，后官拜卫将军，享年四十。

故事选自《世说新语》。

郭家言：少年聪明，后又犬死人活，说明允之聪明干练，这一聪明链穿梭其一生，终成大器，丝毫没有江郎才尽之虞。

9. 钟毓兄弟

钟毓、钟会兄弟俩小时候，一次正碰上父亲钟繇白天睡觉，兄弟俩一起去偷喝父亲的药酒。父亲已醒，故做睡状，欲看他们究竟。钟毓先行礼后喝酒，钟会则一味喝不行礼。父亲问之，钟毓说："酒是完成礼仪用的，我不敢不行礼。"钟会说："偷酒喝本来就不合于礼，因此我不行礼。"

钟毓十三岁时，兄弟俩被魏文帝曹丕赐见。晋见时钟毓脸上有汗，钟会脸上却无汗。文帝问之，毓答："战战惶惶，汗出如浆。"会答："战战栗栗，汗不敢出。"

故事选自《世说新语》。

郭家言：读其言，如见兄弟俩一对儿小活宝，钟会更有机警。钟毓十四岁任散骑侍郎，后升至车骑将军；钟会累迁镇西将军、司徒，后来因谋反被杀。父亲钟繇是魏国大臣，其书法在历史上极有名气，父子三人皆名列历史。

这个故事，另一说是指孔融的两个小孩，当时一个六岁一个五岁，情节也几乎一样。

钟毓、钟会是三国时魏国大臣钟繇的两个儿子。其哥钟毓（？—263 年），字稚叔，颍川长社（今河南长葛）人。钟毓为人聪慧机敏，有其父钟繇遗风，少年得志，因军功曾为青州刺史，都督徐州、荆州诸军事。死后遗赠车骑将军。其弟钟会（225—264 年 3 月），字士季。钟会与兄在少年就有美名，上至皇帝下至群臣对他们都非常赏识，钟会在征讨毋丘俭、诸葛诞的作战中屡出奇谋，被人称为当代张良。公元 263 年，他与邓艾分兵攻打蜀汉，蜀汉灭亡。然后钟会欲据蜀自立而死于部将兵变。终年四十岁。

10. 罗母烧袍

南郡公桓玄打败了荆州刺史殷仲堪后，捉住了其将领十几人，咨议参军罗企生也在其中。当时拟杀死一些俘虏，桓玄向来善待罗，先派人告诉罗说："如果向我认罪，一定免你一死。"罗回答："我是殷荆州的官吏，现他生死不明，我有何脸面向你谢罪。"刑场上桓玄又差人问罗还有何话要说，罗说："过去晋文王杀了嵇康，但嵇康的儿子嵇绍却成了晋国的忠臣。因此我想让你留我弟弟不死来奉养我的老母。"桓玄立刻按其言饶恕了他的弟弟。桓玄原先曾经送给罗母一件羊皮袍子，这时罗母在豫章，听到罗被害的消息，当天就把这件皮袍子烧掉了。

故事选自《世说新语》。

郭家言：当大难来时想到的是如何奉养母亲是孝，闻儿子被害时毅然烧掉袍子表示与桓玄断绝旧谊是义。常言道失势时见人心，罗企生忠于旧主，不怀二心；其母烧袍表心，这样的儿子与母亲均受到后世敬仰。可惜罗企生的母亲没留下名字。

《世说新语》是我国南北朝（420—581 年）时期产生的一部主要记述魏晋人物言谈逸事的笔记小说。南北朝刘宋宗室刘义庆组织编写，梁代刘峻为该书作注。该书保存了当时的社会、政治、思想、文学语言等方面内容，具有极高的史料价值，很多故事也极有生活情趣与哲理。

11. 孙叔敖与庾亮

孙叔敖是春秋时期楚国的令尹（相当于宰相）。贾谊《新书》记载，孙叔敖 12 岁的时候在路上看到了一条两头蛇，回家哭着对母亲说："听说看见两头蛇的一定会死，而我今天看见了。"母亲问他蛇在哪里。他说我怕后面的人再看到就把它打死埋掉了。母亲说，你心肠好，一定会好心有好报的，不用担心。

庾亮是东晋时征西大将军、荆州刺史。他驾车的马中有一匹"的卢"马（迷信说"的卢"是凶马，主人会得祸）。有人劝他把这匹马卖掉以避祸。他说："卖掉它必定会有人买它，那就要嫁祸给买主。我怎么能因为对己不利就转嫁别人呢！古时候孙叔敖为了后人杀死两头蛇（以免以后有人再看到），在古代就传为美谈。我效仿他的做法不也很豁达吗？"

郭家言：这个孙叔敖政治上特别强。《列子·说符》中说了关于他的一个故事：有个叫孤丘丈人的隐士对他说："人有三怨，你知道吗？"孙叔敖问他何谓"三怨"。孤丘丈人说："爵位高的人，世人嫉妒；官位大的人，君主忌讳；俸禄厚的人，世人会将怨恨集中于他。"孙叔敖答道："不是这样的，我爵位越高，心志越在下层；我官位越大，野心就越小；我的俸禄越高，布舍越是广泛。这样可以免于害吗？"孤丘丈人立刻说："说得好啊！这种事连尧舜他们都感到患苦啊！"孙叔敖如此诠释"三怨"，其风流足以千古！这种当官为民厚施博爱的操守与情怀，如今仍有现实意义。

孙叔敖极善用兵，佐助楚庄王大胜晋于邲，使晋之霸主地位一战而摇落于楚。另外，他还是一位水利专家，在兴修水利方面有颇多佳话。

孙叔敖（约前630—前593年），楚国军事家、政治家。公元前601年出任楚国令尹（相当于宰相）。他主张施教导民，宽刑缓政，发展经济，兴修水利，改善农业生产条件，增强国力。司马迁《史记·循吏列传》和《吕氏春秋》对其均有记载和盛赞。

庾亮（289—340年），字元规。东晋颍川鄢陵（今许昌市鄢陵）人。明帝时任中书监，后与王导共辅佐6岁太子司马衍（晋成帝），为中书令。后又领江、荆、豫三州刺史，都督六州诸军事。339年，朝廷以其为司徒、扬州刺史、录尚书事，不就。340年正月病卒。

12. 儿时王戎

王戎七岁的时候，曾和小朋友出去游玩。看到路边李子树果实累累，小孩子们争先恐后去抢摘，只有王戎不动。人问其故，他答，树长在路边，人来人往，还有这么多李子，这一定是苦李子。拿李子来尝，果然全是苦李。

郭家言：王戎是西晋时竹林七贤之一。《世说新语》记载了王戎另一件事，说王戎嫁女时，女儿曾向他借了几万钱，女儿回娘家见王戎脸色不高兴，就赶紧把钱还他了，王戎才心平气和。还说他侄儿结婚，他送一件单衣，过后又要回去了。这说明王戎成年后的抠门，但他儿时的聪明和判断能力超群，乃是世人公认。

王戎父王浑，官至凉川刺史，死后，他在各州做官时旧部怀念其恩，相继凑了几百万钱给王浑做丧葬之费，王戎一概不收。这才是真正的王戎！抠门只是他生活的一个小处，这抠门对王戎来说是美玉有瑕怕是比较适当的。

> 竹林七贤：魏时山涛、阮籍、嵇康、向秀、刘伶、阮咸、王戎七人。因常在竹林下聚会，饮酒抒怀，世称“竹林七贤”。

13. 豫让不怀二心

《史记·刺客列传》记载了豫让的故事：春秋时期，豫让先侍奉范氏和中行氏两家做家臣时，没什么名声。后来侍奉智伯，智伯非常宠幸他。再后来赵襄子灭了智伯，将智伯的头骨做成饮具。豫让逃至山中，决计为智伯报仇。他更名改姓，混进赵襄子厕所欲行刺，不成被捕。赵襄子说："智伯无继承人而他的家臣替他报仇，这是天下的贤人呀！"最后放了他。不久，豫让漆涂其身吞炭为哑，使自己形体相貌连妻子都不能相认。于是他又藏于赵襄子必行的桥下行刺，又不成被捕。豫让知道此次自己必死，对赵襄子说："……今天我本当受死罪，但我希望能够得到您的衣服刺它几下，这样就达到我报仇的志愿了。"赵襄子赞其侠义，答应了他的请求。豫让拔剑奋起连刺其衣，然后引剑自杀了。

郭家言：春秋战国时代的士人追求"士为知己者死，女为悦己者容。"《史记·刺客列传》中记载的曹沫、专诸、豫让、聂政、荆轲五刺客都是愿为知己而死的典范。他们的侠义之举有的成功，有的不成功，但他们的名声都得到了流传。

14. 元方对客

陈寔和友人约定正午时分一起出行，时间到了朋友未到，陈寔便不再等就先行了，他离开之后朋友才到。陈寔的儿子元方年仅七岁，正在门外玩耍。客人问他："你父亲呢?"元方回答："父亲等您很长时间您没有来，已经先走了。"客人生气地说道："真不道德，约好一起出行却自己先走了。"元方说："您与我父亲约定在正午，您却没到，这就是没有信用；对着儿子骂他的父亲，这便是不讲礼貌。"朋友感到十分惭愧，忙下车来拉元方。元方径直走入家门，根本不回头看那人。

故事选自《世说新语》。

郭家言：元方是陈寔的儿子陈纪（字元方）。这个故事可以看出不只是有志不在年高，看来有理也不在年高。这小元方还挺有个性，竟然"径直走入家门，根本不回头看那人"。

陈寔（shí），东汉官员、学者。字仲弓，颍川许（今河南许昌长葛市古桥乡）人，与其子陈纪（元方）、陈谌（季方）并有高名，时号"三君"。

《后汉书》为陈寔立传。

15. 顾安康画像

晋孝武帝时，顾安康喜欢人物写生。他想画荆州刺史殷仲堪的画像。殷因一只眼睛而不愿画像就说："我的相貌不好看，不麻烦你了。"顾说："我知道你因为眼睛的原因罢了，我只要明显地点出瞳仁，用飞白笔法轻轻掠过上面，像一抹轻云遮住太阳一样，这不是很好吗？"

郭家言：殷仲堪任荆州刺史时正遇上水灾粮食欠收，吃饭时米粒掉了他会马上捡起来吃了，这说明他本性质朴。他常告诫子侄：贫穷是读书人的常态，怎么能做了官就丢掉了做人的根本呢？画像这件事只是他生活中的一个小故事。

16. 占卜坚胜心

宋朝时，南方的百姓十分相信鬼神。狄青讨伐智高时，路遇大庙。当地人都说里边的庙神灵验，狄青于是对神祈祷：这次出征胜败无法预料，我拿出 100 枚钱币与神约定，若神助我胜，那么这 100 枚钱币有字的一面朝上。

手下人劝阻狄青，担心如不能如愿，会影响士气，狄青执意投币。当全军将士紧张盯住之时，百枚钱币鬼使神差般个个字面朝上，全军欢呼，士气大振。狄青吩咐将百枚钱币就地封存，并许诺：若我军胜，定回来拜谢神明，再开封取钱。大军果然兵取昆仑关，平定了邕、管二州。凯旋时如约取钱谢神，此时大家才发现这百枚钱币是特制的，钱两面均是一样的字面。

故事选自《世说新语》。

郭家言：历史上有为的战将往往是智慧超人的。百枚特制的钱币用来鼓舞将士的必胜信心，这狄青真是把战前鼓动工作做到家了！有这样智慧的将帅，胜利之神自然会眷顾北宋一方了。

狄青（1008—1057年）字汉臣，宋汾州西河人，北宋军事家，善骑射。在宋夏战争中屡建奇功。平生25战，以其中1053年正月十五夜袭昆仑关最著名。死后追赠中书令，赐谥为“武襄”。

17. 荀巨伯探友

荀巨伯是东汉时人，因重视友谊而闻名。《世说新语》中记载了关于他的一则故事：荀巨伯到远处去看望一个生病的朋友，正好碰上了外族强盗攻打此郡城。朋友对荀巨伯说：“我这下活不成了，你快走吧！”巨伯说：“我远道来看你，你却叫我走；毁害道义而求活命，这是我荀巨伯干的事吗？”强盗进了城，对巨伯说：“大军到了，全城人都跑光了，你充什么男子汉，竟敢一个人留下？”巨伯说：“朋友有病，我远道来看他，不忍心扔下他，我宁愿代朋友去死。”强盗听了互相议论说：“我们这些不讲道义的人，却侵入有道义的国家！”于是就将军队撤回去了，全城也因此得以保全。

郭家言：荀巨伯探友的故事表现了他宁代朋友死去而不愿危急时刻抛友而去的壮举。荀巨伯的人生不为人知晓，仅此一个故事使得荀巨伯名耀历史，他的“义”感人至深。

18. 景真眼辩

晋时嵇康对赵景真说：“你的眼睛黑白分明，有白起（战国时秦国名将）的风度，遗憾的是眼睛狭小了些。”赵景真说：“一尺长的表尺就能审定浑天仪的度数，一寸长的竹管就能测出音乐的高低，何必在乎大小呢？只问见识怎么样就对了！”

郭家言：据说战国时秦国名将白起瞳子黑白分明，人们认为这样的人一定见解高明。赵景真果然见解超人。嵇康也是一个很有本领的人，但在与赵景真的这段对话中，却是见识稍浅。

嵇康，三国时期文学家、思想家、音乐家。赵景真名至，景真是他的字。嵇康的儿子嵇绍为他写了《赵至叙》。

白起（前315—前257年），郿邑（今陕西宝鸡眉县）人。战国时期秦国名将。为秦征战六国，战功赫赫，是中国历史上继孙武、吴起之后又一位杰出的军事家。与廉颇、李牧、王翦并称战国四大名将。太史公司马迁称赞白起：“料敌合变，出奇无穷，声震天下。”

19. 九岁杨童

梁国有个姓杨的人有个九岁的儿子，很聪明。一次孔君平去拜访这个儿子的父亲，父亲不在，儿子前来接待，给孔君平摆上果品，果品里有杨梅。孔君平指着杨梅道：“这是你家的果子？”孩子应声回答：“没听说过孔雀是孔夫子家的鸟。”

故事选自《世说新语》。

郭家言：孔君平是东晋人，叫孔坦，字君平。曾任廷尉，人称孔廷尉，司马绍为太子时他曾任太子舍人，迁尚书郎。这样看来孔君平应为一饱学之士。故事里的他却显得直白无知，还不如杨姓孩子。我以为孔君平应为当时戏言逗乐，是一种幽默而已！

故事显示了杨家小儿子的直率、机智与勇敢。

20. 神农

神农拿着赤色鞭子对各种草木进行鞭打，通过亲身体验了解哪些植物无毒、有毒以及它们的寒热温凉和药性，还有这些药物的酸、甘、咸、苦、辛五味到底能治哪些疾病，然后根据这些经验开始种植各种谷物。后来百姓称他为“神农”。

郭家言：按照传统中医的理论，酸主治肝，甘对脾益，咸主治肾，苦有利于心，辛有利于肺。神农亲身体验这些植物的药性与食性，是中华民族最早的科学家和医学家，他是十分伟大的！远古人往往迷信，不能正确理解世界的客观规律，对事物的判断往往有很强的主观臆断，并伴有许多迷信的东西。这也是当时科学条件的局限。神农却重视实践，探索事物内部的固有规律性，这正是他的伟大之处。

神农是中华始祖之一，即炎帝，号“神农氏”，与黄帝并称为中华始祖。他是中国远古时期的部落首领。

炎帝制耒耜（lěi sì，古代用于翻土的农具），种五谷。立市廛，首辟市场；治麻为布，民着衣裳；作五弦琴，以乐百姓；削木为弓，以威天下；制作陶瓷，改善生活。为中华民族之人文初祖。炎帝与黄帝结盟并逐渐形成华夏族，因此后世人被称为炎黄子孙。

21. 养生名言

元丰（宋神宗年号）末年，文彦博致仕回到洛阳，当时他已年近八十。神宗见他身体强健，就问：“您看来是养生有道哇！”文彦博回答：“也没有啥，臣只是喜欢随心所欲自享其乐，不因外在因素而伤内身平和，做事从不过分，做到恰好为止。”神宗认为他说的是至理名言。

故事选自《石林燕语》。

郭家言：文彦博九十二岁去世，他之所以得享高寿，实属养生有道！这段养生之论当是他养生处世的自我总结，字里行间都反映出封建士大夫为政的谨慎与艰险。

> 文彦博（1006—1097年），字宽夫，号伊叟，汾州介休（今山西介休）人。北宋著名政治家、书法家，被誉为“介休三贤”之一。历仕仁宗、英宗、神宗、哲宗四朝，出将入相五十年。为官谦逊待人，遵德乐善；精兵简政，减轻人民负担；曾成功抵御西夏入侵，为北宋中期社会稳定发展起到了极大的作用，被世人称为贤相。
>
> 文彦博少儿时留下了“灌水浮球”的历史故事：他和几个儿童玩皮球时球滚入树洞里。他们用手和小棍都够不着球时，文彦博想出了个好办法，把水灌入洞中球立刻浮上来了。2010年6月1日，中国邮政发行了《灌水浮球》特种邮票一套两枚，同时还发行了小本票。

22. 乐羊子之妻

河南郡乐羊子的妻子，不知是谁的女儿。她自己身体力行尽力赡养婆婆。一次别人家的鸡进了她家的园子，婆婆捉住鸡杀掉来吃，只有乐羊子的妻子不吃，反而呜呜哭了。婆婆问她原因，她说：“我伤心的是我们生活太贫穷了，以至于我们食物中有从别人家偷来的鸡肉。”婆婆最后把鸡扔了。后来又发生了一件事，有个强盗想污辱她，为使她就范就先劫持了她的婆婆。她听见婆婆的叫喊，手里拿着刀冲出屋来。强盗说：“放下你的刀，听从我的话，可以保全你的全家，如不顺从我，我就杀死你的婆婆。”乐羊子的妻子抬起头对天发出一声长长的叹息，随后把手中的刀往自己的脖子上一抹就死了。这个强盗也没杀她的婆婆。郡太守听说这件事后，把强盗抓起来处死了，并赠给了乐羊子的妻子一些绫罗绸缎，按照当地礼仪安葬了她。

故事选自干宝的《搜神记》。

郭家言：这故事没有鬼神怪异，可能是作者听闻的一则传说故事。乐羊子也不为历史所知道，其妻甚至没留下姓名，但妻子的这两件事是感人的。后来这个妻子死掉了，是不是她的壮举与孝奉使她进入了《搜神记》中神的系列不得而知，但她的精神是应该享受神坛祭祀的。

23. 骨肉之亲

周畅是个性情仁爱慈善的人，他对母亲极为孝顺。他独自与母亲居住在一起，每次出门在外，只要母亲想叫他回来，母亲就咬一下自己的手，周畅就会感到自己的手疼而知道母亲想他了，便马上从外边赶回家见母亲。治中从事（官名）不相信有这样的事，等周畅在田里干活的时候，他让周母咬自己的手，周畅果真马上赶回来了。

故事选自干宝的《搜神记》。

郭家言：母子之情，骨肉之亲，血肉相连，这个故事或许是怪异的，但古往今来世上的每个孩子和母亲的心都是连在一起的。这便是人间真情的永恒魅力。

24．相思树

《搜神记》中记载了这样一个美丽而悲壮的爱情故事。宋康王的随身侍从韩凭娶了妻子何氏。何氏长得非常美丽，宋康王因此把她夺走了。韩凭从心里恨透了宋康王。宋康王把韩凭囚禁在监狱里，判了他到边境去服役。他的妻子偷偷寄给他一封信，信中用隐语写道："那雨绵绵地下个不停；水面宽且河水深；太阳出来照耀我的心。"这封信落到了康王手中，康王及左右侍从均不知其意，大臣苏贺站出来解释给康王："那雨绵绵地下个不停，是说她有很深的忧愁而经常想念；水面宽广且河水深，意思是说不能互相往来；太阳出来照耀我的心，意思是说她对太阳发誓，自己有殉情的意志。"

过了不久，韩凭就自杀了。有一次宋康王和何氏一起登高台远望时，何氏趁机从高台上跳下摔死了。她把遗书留在衣带上，遗书中写道："大王希望我活下来，然而我希望我能死去。请把我的尸骨赠给韩凭，并且和他的尸骨葬在一起。"康王非常恼怒，并不按她的遗言办理，而把她的坟墓与韩凭的坟墓远远相对。康王说："他们俩生前爱得非常缠绵，现在死了，如果他们能让坟墓在一起，我就不阻拦他们了。"

一夜之间，两个坟墓上分别长出了一棵大梓树。十来天时间，两棵梓树就长到一抱粗。两棵树树干弯曲着互相靠近，树根在下面盘绕在一起，树枝在上面交错。而且还有一对鸳鸯鸟，一雌一雄，经常栖息在两棵树上，从早到晚形影不离，他们交颈相偎而鸣叫，叫声使人感动。宋国百姓就把这两棵梓树叫做

“相思树”。“相思”这个名词，就产生于此。

南方人说这两只鸳鸯鸟是韩凭夫妇魂魄变的。阳县有个地方叫“韩凭城”，在那里，哀悼传颂韩凭夫妇的歌谣，到今天还广为流传。

故事选自《搜神记》。

郭家言：相思树，相思鸟，生死相思情。有文献记载，韩凭妻叫息露。宋康王叫戴偃，春秋时期，公元前318年自立为王。宋国国君自此称王。史载宋康王倒是一表人才，“面有神光，力能屈伸铁钩”。他帅军伐齐，取五城，南败楚，拓地三百里。西败魏，取二城。他在历史上倒也算是个优秀的君王。

宋康王的形象在秦汉以后多有抹黑，如穷兵黩武，暴虐无道，人称“桀宋”。在这个故事中，他霸占人妻，逼死人命，罪恶罄竹难书。

“相思”这个词即从这个故事中产生。以故事看来，“恶棍”“混蛋”这些词汇却没从戴偃身上产出，真正是便宜了这个小子。历史上说春秋时代之战为“春秋无义之战”，春秋时代这戴偃也算是“春秋无义之人”了！

梓树为落叶乔木，高6~9米，叶对生，种子扁平。木可供建筑及铸造器物之用。因古代宅旁常栽桑树与梓树，故“桑梓”也为“故乡”之代称。

25. 羲和生日和常羲生月

东海外的大荒、甘水间有个国家，名叫羲和国。这里有个女子名叫羲和，羲和是帝俊的妻子，是十个太阳的母亲。

那里有个女子正在给月亮洗澡，这个女人叫常羲，她也是帝俊的妻子。她生了十二个月亮。

故事选自《山海经》。

郭家言：这是《山海经》中“大荒西经”中的两个神话。此书由战国初至汉代初不同时期作者集体写作而成，到西汉合编在一起。最早由西汉刘向、刘歆父子校定。晋代郭璞曾作序。书中《山经》部分记载了山川、地理、动物、植物和矿物的分布情况，《海经》记载海外各国风貌及海内神异事物。书中的人物也多演变演化，如清代李汝珍小说《镜花缘》中描述的四十一个神话国，都是根据《山海经》内容进行改编的。又如本篇两个故事中有羲和与常羲两个女神，由日月的母亲后来演变为黄帝手下主管日月的两个男性官员（见《吕氏春秋・勿躬》、《世本》等）。

现在山东省日照太阳文化源旅游风景区的天台山下，还有一个外表独特的老母庙，里面祭祀的是祖先太阳神羲和。

《山海经》中记载的东西太古老而遥远，但它是中华民族古代灿烂文化中的瑰宝，它描述记载的东西对现代人来说是一个神奇的世界。自然，其中的人物亦是神奇无比的。

26. 莼鲈之思

西晋齐王司马冏执政时期，征召张翰为大司马东曹属官。张翰在首都洛阳，他看到秋风起了，想到故乡吴郡的菰菜、莼羹、鲈鱼脍，说：“人生可贵的是能够顺心罢了，怎么能够为了名位跑到千里之外来做官呢？”于是弃官还乡。不久，齐王兵败被杀，（张翰因回乡而得免）时人认为他的弃官是看准了时机。

然而官府因他擅离，革除了他的官职。张翰没按时人的处世方法安排自己的生活，而是以自我能随心所欲而舒适自得。也有人不解地问他："你这样放纵自得一时，难道不顾及身后的声名吗？"张翰道："让我后世留名，不如即饮一杯美酒！"时人觉得他如此旷达非常可贵。

故事选自《晋书·张翰传》。

郭家言：张翰在洛阳为官时间不长，却留下"莼羹鲈脍"这个思念故乡的历史典故。张翰思念故乡的名吃而辞官回家，因而躲过了兵败被杀的厄运，这不应该是一个偶然的巧合。张翰在齐王执政时，见官场丑恶腐败，果断弃官而去，说明他极具前瞻眼光！他的人生放纵不拘，后因母逝而悲极去世，这该是何等的人生呀！

张翰字季鹰，西晋文学家。吴郡吴县（今苏州）人。他为人放纵不羁，有才名，文章极好。他也是一个大孝子，五十七岁时，母亲去世。他太过于悲痛，身染重病，不治而逝。

张翰有诗《思吴江歌》："秋风起兮佳景时，吴江水兮鲈鱼肥；三千里兮家未归，恨难得兮仰天悲。"

27. 王裒（póu）泣墓

三国时候，魏国有个叫王裒的人。他的母亲生来胆子小，每当夏天，一遇到乌云压顶电闪雷鸣就吓得魂不附体，浑身哆嗦。所以每当这时王裒就会放下手中的活计，赶快回家陪伴母亲。

母亲去世后，王裒把母亲葬在附近山林里。每当遇到风雨大作雷声轰鸣的时候，王裒便想起了母亲，觉得母亲孤苦伶仃在荒野里，一定非常害怕，希望儿子在他身边壮胆。于是就不顾一切向山里奔去，冒雨跪在母亲的坟前，哭着说：“母亲啊，不要害怕，儿子在这里陪伴着您呢。”

故事选自《古今二十四孝》。

郭家言：三国王裒本是一个无名人物，但因其孝母而名列二十四孝。这是不是个虚拟的人或事不好妄作推论。但就古今来看，奉行孝道的人是值得共仰的。以我看来，泣墓之事应该是真实的，因为它来自生活，也因为它是生活中正能量的因子，所以才得以弘扬和传颂。

古代有二十四孝的故事，他们分别是：虞顺大孝，文帝尝药，曾参至孝，闵子芦衣，子路负米，董永卖身，郯子鹿皮，江革背母，怀橘孝亲，唐媳乳姑，吴猛喂蚊，王祥卧冰，法师动骨，杨香救父，寿昌寻母，黔娄尝粪，老莱娱亲，蔡顺分葚，黄香温衾，姜诗涌鲤，王裒泣墓，丁兰刻木，孟宗哭竹，庭坚事亲。

二十四孝版本较多，这是其中之一。

28. 程门立雪

杨时，字中立，是剑南将乐地方的人，北宋哲学家，人称“龟山先生”。杨时是北宋程颐的学生。有一次他拜见程颐时天下大雪，而程颐则在小睡。他不敢打扰先生，就站在雪中等待。

程颐醒来时，门外积雪已有一尺多厚。这就是中国古代著名的“程门立雪”的故事。

郭家言：杨时在历史上确有其人。《宋史·杨时传》有其详细记载。程门立雪是他求学的一个小故事。史载他少小聪明，四岁入学，七岁能诗，八岁能赋，人称神童。熙宁九年登进士，一生立志著说，应该是一个饱学之士。杨时可贵之处在于发生这个故事的时候他已经四十多岁了，人道三十不学艺，而他却先拜程颢为师，师死后又拜程颐为师。《吕氏春秋·孟夏纪·劝学》中说：“疾学于尊师”。也就是说：要想很快学到知识，重要的是尊敬老师。“程门立雪”后来成了成语。这是一个尊师重道的千古美谈，这个美谈的中心含义是尊敬老师，虔诚求教。

程颐，字正叔，又称“伊川先生”。他与兄长程颢都是北宋著名理学家、教育家，被世人称为“二程”。程颐前后从事讲学和著书30余年。二程在前人理学的基础上，提出了一整套哲学思想。他们认为世界的本源是“道”，万事万物皆由“道”衍生而成，君王如要治理好国家，必须“行以顺道”，以德为主，与法制兼顾，这种思想自成一家。后来经过朱熹的提倡、研究和深化，最终使二程的理学思想发展为“程朱理学”。

29.“四知”杨震

杨震，字伯起。他是东汉末年人。他往东莱赴任太守时，道经昌邑县。县令（县令为太守下级官员）王密夜里怀揣着十斤金献给他并说："黑夜里没人知道。"杨震说："天知、地知、你知、我知，怎说无人知道？"

故事选自《后汉书·杨震传》。

郭家言：故事中的送金者王密曾是杨震以前推荐任县令的秀才，这么说杨震对王密有恩。但杨震持守高岸人格在重礼面前敢于"亮剑"拒之，做出了为官者千古慎独的榜样。"无人处，独处时"，在这些特定的条件下，升华了他清廉为官的道德标准。

唐代房玄龄每日坚持面壁自省，保持"慎独不苟"的操守；清代曾国藩践诺"笃实忠正"的人生信条，无数次受贿的机会，均可使他富有一生，数次拥兵自重的机会，都没让他丝毫动心。尽管以现代人看来古代对君王的愚忠也是不可取的，但这些人的廉政与人格操守却是中华民族古往今来为官者都要学习和效仿的！

杨震在"四知"故事后又转为涿州太守。他的子孙常吃蔬菜，步行出门。朋友中有年长的想劝他为子孙开办一些产业，杨震不答应，说："让后代被称作清官的子孙，把这个馈赠给他们，不也是很优厚吗？"

30. 伯俞泣杖

汉朝人韩伯俞以孝顺著称。他小时候做错了事，母亲就用木杖打他，他负痛却从来不哭。后来有一次，母亲又因他做错事打他时，他竟哭了。母亲因此事问他。他说："以往母亲打我，都能使我感到疼痛，因此知道母亲身体康健。今天同样是母亲打我，我却感到不疼，可知母亲力量不如从前，因此而哭泣。”

故事选自汉代刘向《说苑·建本》。

郭家言：男孩子因调皮大多都挨过母亲的打，但很少有人能从母亲打孩子的力度中感到母亲在逐渐衰老。父母的精力总是因儿女拖累而逐渐柔弱，伯俞在故事中对母亲的孝顺与深爱，给我们感染和共鸣。

刘向的《说苑》一书，是他校书时根据皇家藏本与民间图籍中一些历史故事与传说而成的。故事的真伪和人物的真实均不一定可靠，但故事本身是感人的。

汉代刘向，字子政，沛县人。西汉经学家、目录学家、文学家。宣帝时他为谏大夫，元帝时任宗正，成帝时任光禄大夫。所撰《别录》，是我国目录学之祖。著有《说苑》《列女传》等。《楚辞》是刘向在前人基础上辑录的一部“楚辞”体诗歌总集，他还根据战国史书编辑了《战国策》。

31. 司马越教子

太傅东海王司马越镇守许昌的时候，任用王安期做参军，并且非常赏识与看重他。司马越告诉自己的儿子司马毗（pí）说：“学习书本的效益浅，体验生活得到的感受深；学习礼制法度，就不如好好观看礼节仪式；背诵并体验前人的遗训，不如亲自接受贤人的教诲。王参军是人们的榜样，你就学习他。”

故事选自《世说新语》。

郭家言：太傅东海王司马越，是西晋末怀帝时的辅政大臣。他对儿子说的三件事，是告诫儿子学习理论的同时重视生活的实践，即我们常说的实践出真知。司马越的这些经验之谈，是他一生磨难和坎坷的总结。

司马越，字元超，河内温县人（今河南温县），司马懿四弟司马馗之孙。西晋惠帝至怀帝时权臣，“八王之乱”的参与者之一。

司马越年轻时谦逊又辅助平民。最初以高密王司马泰世子身份任骑都尉，侍讲于东宫。291 年，迁散骑常侍、辅国将军、尚书右仆射领游击将军。后任侍中，加封车都尉，封东海王。300 年，任尚书令，后迁侍中，再迁司空，领中书监。

311 年，病死项城（今河南项城）。其世子司马毗被石勒所杀。

32. 天才王勃

九月九日重阳节，正值滕王阁重修竣工。都督闫伯屿大宴宾客于滕王阁。先嘱咐女婿预先构思一篇序文到时拿出来，使人觉得是即席之作从而显得女婿有文采。在席上，闫伯屿让人拿来纸笔一个一个假意请客人们写序文，竟没有客人能写。轮到王勃时，王勃毫不推辞。闫伯屿大怒，起身借口去厕所，暗地里嘱下属官员看王勃如何写，并随时通报所写内容。但通报传来王勃文章的内容，语言越来越奇妙，闫伯屿惊奇而叹："真是天才呀！"于是请王勃将序文写完，宴会在主宾欢快至极中结束。

故事选自《唐代才子全传》。

郭家言：王勃系唐初文坛四杰之一，字子安。历史载六岁善文辞，可谓天才。这个故事本为都督夸女婿文才而起，却以王勃主宰为结，当属千古佳话！

滕王阁：653年，唐太宗李世民之弟滕王李元婴任洪州（今南昌）都督时所建的一座楼台。此阁饱经沧桑，历史上屡毁屡建达28次之多。今日的滕王阁，为1985年重建。高57.5米，占地47000平方米，仿宋代之风格。临江而建，壮丽而雄泽。

滕王阁因唐初大诗人王勃所写《滕王阁序》而名扬四海，序因阁和诗人一道流芳于世。滕王阁与岳阳楼、黄鹤楼并称为"江南三大名楼"。

33. 画框明志

何晏七岁时，聪明过人，容貌出众。魏武帝曹操非常喜爱他。因为何晏在曹操府里长大，曹操想认他做儿子，何晏便在地上画了个方框，自己站在里面。别人问他什么意思，他回答说："这是何家的房子。"曹操知道了这件事，打消了认他做儿子的念头。

故事选自《世说新语》。

郭家言：何晏（？—249年），字平叔。南阳宛县（今河南南阳）人。三国时著名玄学家。父亲早逝，曹操纳其母尹氏为妾，因此他在曹府长大。曹操想认他为子，他画框明志，使曹操放弃了自己的想法。七岁的孩子能如此坚持己见，且不为权势所动，聪明而有主见。

《魏略》一书说何晏是大将军何进之弟何苗的孙子。

历史典故“傅粉何郎”中的何郎，即指何晏，何晏才华出众，容貌俊美，面容细腻洁白，无与伦比。

《三国志·魏志》有何晏的记载。

34. 日与长安

司马绍才几岁的时候，一次正坐在父亲晋元帝的膝上，当时有人从远方的长安来。父亲问儿子：“你看长安和太阳比哪个远。”司马绍说：“太阳远，没听过有人从太阳来的。”，元帝对他的回答感到惊奇。第二天，召集群臣宴聚，就把儿子的意思告诉大家，并且又重问儿子一遍，不料儿子却回答说：“太阳近。”父亲大惊。问他：“你为什么和昨天答的不一样呢？”儿子回答：“现在抬头就能看见太阳，可是看不见长安。”

故事选自《晋书》。

郭家言：司马绍后来接了父亲晋元帝司马睿的班当了皇帝，即晋明帝。可惜他身体不好，只活了短短27岁就去世了。《晋书》说他非常孝顺，有文才武略，敬贤好客，善于安抚将士。从“日与长安”这个故事可以看出，父亲极宠爱他。几岁的孩子，能从不同角度回答日与长安的不同远近，说明了他少时的机敏与才华非同凡响。

司马绍（299—325年），父为东晋元帝司马睿。司马绍为元帝长子，神武有谋略。少年时留下“日与长安”的著名典故。他极有治国才干，历史上说他如不早死，东晋的历史就有可能改变。除“日与长安”以外，围绕他留下的历史典故还有“太子西池”“遗鞭脱身”“晋祚不长”“黄须鲜卑”。

35. 囊萤映雪

晋代车胤（yìn），谨慎勤劳而不知疲倦，知识广博，学问精通，因家境贫寒，无油点灯读书。夏天，他就用白绢做成透光的袋子，装几十个萤火虫照着书本看书，夜以继日地学习。这就是囊萤的故事。

映雪说的是晋代孙康也是夜晚读书而无钱买灯油，常利用外边雪地映出的光亮读书的故事。

郭家言：晋代车胤和孙康皆因家贫无钱买灯油读书，一个囊萤，一个映雪，是读书人勤学苦读的楷模。囊萤映雪的成语就来自两人创造学习条件夜晚读书的故事。除此之外，中国古代还有很多刻苦读书的成语故事，如韦编三绝、悬梁刺股、凿壁偷光等。

《晋书·车胤传》载：车胤（约333—401年）字武子，东晋南平郡江安县辛里（今湖北公安增埠头乡）人。历任中书侍郎、侍中、国子监博学、吏部侍郎。为人公心，不畏强权。

孙康，京兆（今河南洛阳）人，字号不详。官至御史大夫。他是一位很有名望的学者，有卷十集。史书上说他酷爱读书，夜里无灯光条件读书时，就白天多看书，晚上躺在床上默诵。五代李瀚《蒙求》与徐飞光注引《孙氏世界》均有孙康读书的记载。

36. 荀晞杀弟

西晋荀晞任兖州刺史时，他姨母前来依靠他，他对姨母奉养很优。他的姨母想让她的儿子在荀晞手下谋取官职。荀晞虽然很敬重姨母，但他听说这个表弟平时不太守法，就对姨母说："我执法甚严，从不姑息任何人，所以表弟不适合在我这里干事，否则您老人家会后悔的。"姨母执意要为儿子请官，荀晞只好让表弟做了个军官。后来，荀晞的表弟果然犯了法，按律当斩。姨母亲自向荀晞叩头请求赦免，但荀晞不为所动，按律依法处死了表弟。接着，荀晞换了丧服为表弟发丧，他抚尸痛哭说："表弟呀，杀你的是兖州刺史；哭你的是你的表兄啊！"

郭家言：西晋人荀晞（？—311年），字道将，河内山阳（今河南焦作修武县）人，西晋后期重要将领。《晋书·卷六十一》有其记载，他果断干练，骁勇善战。时人以韩、白（古代名将韩信、白起）与之并称。他政事老练，断决如流。同时历史上也说他杀戮成性，称之为“屠伯”；也说他出身平微，而后位至上将，因此志得意满。他家中仆妇近千，侍妾数十，生活极端腐化。这就是历史上真正的苟晞。但这个故事不失有教育意义。

苟晞，西晋名将，官至大将军、太子太傅、录尚书事、东平郡公。精通兵法，威名甚盛。后被石勒击败被俘，不久被杀。

37. 孔伋荐苟变

战国时期，著名思想家孔伋向卫国国君推荐一个叫苟变的人。卫国君说：“我知道苟变是个将才，但我听说他做地方官征税时吃了老百姓两个鸡蛋，我不能用他。”孔伋比喻说：“英明的君主选用人才，就好比木匠选用木材，取其所长，弃其所短。一根可以合抱的优质木材，有了几尺腐朽之处，高明的木匠不会因此扔掉整根木材不用。当前是战争时期，正是需要很多优秀人才的时候，因为两个鸡蛋就放弃一员大将，这话可不能让邻国知道啊？”国君说：“我接受先生的指教。”

故事选自《资治通鉴·周纪一》。

郭家言：苟变（前440—前370年），战国时武威（今甘肃武威）人。经孔伋推荐，成为卫国名将。他受命后打了许多胜仗，确保卫国安全达十几年之久。若当年因两个鸡蛋而被埋没的话，那对卫国来说是怎样的因噎废食呀！这个用人的故事其意隽永，值得借鉴。

文中孔伋的比喻很好，这孔伋也是何等了得！

孔伋，字子思，战国鲁国人，是战国时期著名哲学家、思想家。他是中国历史上儒家的代表人物之一，有“述圣”之称。他是孔子的孙子，孔鲤的儿子。孔伋著有《子思》二十三篇，已失散。有学者认为儒家的经典之作《中庸》为他所著，但学界颇有异议。

《资治通鉴》为北宋司马光主编的一部多卷本编年体史书，计294卷。历时19年编成。它以时间为纲，以事件为目，从公元前403年写起，到公元959年为止，涵盖十六朝1362年的历史。它是中国第一部编年体通史，在中国官修史书上占有极重要的位置。

38. 夫妻情深

荀奉倩和妻子的感情极其深厚，有一年冬天，他的妻子因病发烧不止。他就亲自到院子里挨冻，然后回到屋里用冰冷的身体贴着妻子给她降温。后来妻子死了，不久荀奉倩也去世了。

故事选自《世说新语》。

郭家言：故事中主人公荀奉倩是南朝时人，他人品高尚，为当时所重。他爱妻子的做法感人至深。荀奉倩的妻子去了，荀不久也去了，也许是偶然巧合。但从本故事情节来看，因妻去世，荀奉倩伤心过度追随亡妻而去世也是符合情理的。但这只是我为荀奉倩爱妻之举而演绎出的心理推测而已。

39. 匡衡读书

匡衡勤奋好学，夜学时没有蜡烛，邻居家有蜡烛而不能给他，匡衡就在墙壁上凿了个洞引来烛光读书。同镇有个大户不识多少字，家庭非常富有而且藏了很多书，匡衡就为他打工而不要工钱。这家大户非常奇怪就问他原因。匡衡说："希望能将你家的书通读一遍。"这家大户很感叹，于是将所有藏书资助给他通读。匡衡后来成为大学问者。

郭家言：匡衡凿壁偷光、孙敬悬梁、苏秦刺股、车胤囊萤、孙康映雪等故事，都是古人读书有成就者前期苦读之事。发愤苦读，这往往是人才出头前的痛苦历练过程。

匡衡生卒年不详，字稚圭，西汉大臣，官至丞相，也是西汉著名经学家。因少年勤奋好学，凭自己努力，位极人臣，是古代标榜的青年人读书勤学的楷模。汉成帝时他遭人弹劾，请求辞职，返回故居，不几年，病死家中。

今山东枣庄匡谈村是匡衡故里。

匡衡"凿壁偷光"的典故出自中国古代笔记小说集《西京杂记》，作者疑为东晋人葛洪。它弥补了《史记》《汉书》记史不细的不足。

40. 戴渊投剑

戴渊年轻时很侠义，只是不注意品行，曾在长江、淮河间袭击和抢劫过往商旅。陆机度假后回洛阳，行李很多，戴渊便指使一帮年轻人去抢劫，而他只在岸上坐在折叠椅上指挥这些人，指挥和安排得头头是道，而且显得风度不凡。陆机在船舱里对戴渊说："你有这样的才能，还要做强盗吗？"戴渊感悟流泪，便扔掉了剑投靠陆机。陆机和他谈话觉得他非同一般，就更加看重他，和他结为朋友，并写信推荐他。后来戴渊做官做到征西将军。

故事选自《晋书·戴渊传》。

郭家言：这陆机识人能力达到了惊人的程度，他竟能从强盗中选出一个未来的征西将军！看来人都是可以改变的，识人与被人所识都是很重要的，如果戴渊不遇陆机，那就可能做一辈子强盗了！

陆机（261—303 年），字士衡，吴郡吴县（今江苏苏州）人，西晋文学家、书法家，是三国名将陆逊之孙，与其弟陆云（文学家）合称"二陆"。他的书法作品《平复帖》是我国古代存世最早的名人书法真迹。陆机诗与赋均有名。

戴渊（269—322 年），字若思，广陵（今江苏扬州）人，东晋大臣。他才学出众，很有韬略。公元 322 年率军救援建康而兵败被害，终年 54 岁。

41. 王经忠孝

王经年少时家境贫困，后来做官做到两千石的职位时，母亲对他说："你本来是贫寒人家出身，现已做到两千石的官，可以止步了吧！"王经不能采纳母亲的意见。后来担任尚书，帮助曹魏，对晋司马氏不忠，被司马氏逮捕。当时他流着泪辞别母亲说："没有听从母亲的教诲，以致有今天！"他母亲一点愁容都没有，对他说："做儿子能够孝顺，做臣子的能够忠君。现在你有孝有忠，有什么对不起我呢！"

郭家言：这个故事发生在三国时期魏国末期，当时司马氏欲篡魏自立。王经本是魏国曹氏的大臣，他不随波逐流去迎合司马氏，而是选择忠于故主。所以当魏帝曹髦被杀时，王经与家属也被杀。临刑之前，王经向母亲谢罪，他母亲脸色不变，笑着说道："人谁能不死，只恐怕死得不得其所。为此事大家同死，还有什么遗恨！"

这件事在《三国志·魏书》中有记载。王经在军事上天分不高，政治上耿耿忠魏，坚守自己的志向，这些在《资治通鉴》《汉晋春秋》《晋书》中均有记载。其母在历史上无名，但其爱憎分明与深明大义都给后人留下深刻的印象和记忆。

王经（？—260 年），字彦纬。三国时期曹魏大臣，曾任江夏太守、雍州刺史。后迁任司隶校尉、尚书。司马氏篡位时，和母亲一同被杀。

42．苏公论佛

宋代范镇平生不信佛事，苏轼曾经问他不信佛事的原因。范镇说："我一生中不是亲眼所见的事我都不相信。"苏轼说："你能安心于这种论点吗？比如说你得了病，让医生给你把脉，医生说是寒症，那么你就要服热性的药；医生说是热症，你就要服寒性的药，你从哪里能见到自己的脉象才相信医生说你热和寒呢？"

郭家言：两个人的辩解很有意思。其实信佛与否是一个信仰问题，与"看不见的东西"不是一回事。从此来看，苏轼极具辩才且选取论点与论据是准确而有力的。

范镇：北宋大臣，字景仁，宋仁宗宝元元年举进士第一。宋仁宗时为翰林学士，累封蜀郡公。生平与另一文学家司马光相交甚欢，议论常常如出一口。

43．真实的谢安

淝水之战时，前秦苻坚的力量强盛，东晋军在战场上颇有忧虑，诸位将领也相继败退。东晋统帅谢安派弟弟谢石与侄儿谢玄和前秦作战。谢玄在前线打败苻坚后驰书报捷，当时谢安在后方正与客人下围棋，看完捷报，就随手放在床上，毫无欣喜之色，像刚才一样继续下棋。客人们问他，他才缓缓回答说："小子们打败了敌人。"

故事选自《晋书·谢安传》等。

郭家言：淝水之战是我国历史上一个以弱胜强的战例。前秦号称"百万之众"，东晋以区区八万人迎敌，东晋统帅虽在后方，身在棋盘，心应该是担心前方战况，捷报传来，心喜而不露于言表，平静地说道："小子们打败了敌人。"谢安面对强敌举重若轻，以镇静之态，掩饰内心的汹涌澎湃，真乃一代帅才。其实谢安闻捷是欣喜若狂的。下棋的客人们走后，他回房间时心里太过高兴，过门槛时把木屐齿折坏了都不知道。这就是真实的谢安！谢安在历史上很有名气，在关键时刻总能保持坚定与从容。

淝水之战产生了不少成语典故，如写战前秦苻坚的外表强大的成语"投鞭断流"，战中的"八公山上草木皆兵"及战后形容苻坚狼狈逃窜的"风声鹤唳"情景。

谢安，字安石，东晋著名政治家、军事家、书法家、宰相。是东晋在淝水之战中的总指挥，385 年去世。

苻坚，前秦皇帝，字永固，在位期间励精图治，重用汉人王猛，推行一系列政策与民休息，加强生产，终使国家强盛。383 年，前秦发动战争，以图消灭长江之南的东晋，史称"淝水之战"。最终苻坚战败，前秦陷于混乱。385 年苻坚亦遭羌人姚苌杀害，终年 48 岁。

44. 桓妻劝衣

车骑将军桓冲不喜欢穿新衣服。有一次洗完澡，他妻子故意叫仆人送去新衣服给他换穿，桓冲大怒，催仆人将衣服拿走。他妻子又叫人再拿回来，并且传话说："衣服不经过新的，怎么能变成旧的呢?"桓冲听了大笑，就穿上了新衣。

故事选自《世说新语》。

郭家言：不知桓冲犯了哪根筋不穿新衣，他妻子很会从道理上说服丈夫，且选择的论点很符合生活的逻辑。这样一个小故事，给后人多少生活启迪呢?

桓冲（328—384年），字幼子，东晋名将，谯国龙亢（今安徽怀远）人，是桓温的弟弟，曾任车骑将军，忠于东晋，在东晋对前秦的淝水之战中为东晋立了大功，384年去世。

45. 晋元帝幽默

晋元帝皇子降生，因而遍赏群臣。殷红乔谢赏时说："皇子诞生，普天下同庆共贺，臣下没有什么功劳，却辱蒙重赏。"元帝笑着说："这事难道能让你有功劳吗？"

郭家言：这只是《世说新语》中的一则小故事，无独有偶，古代有一则故事说一个士大夫笑别人没有儿子，又吹嘘自己儿孙众多。被笑人反唇相讥："儿子嘛，那是你的本事，至于孙子，那就不是你的本事了！"

晋元帝司马睿（276—323年），字景文，东晋的开国皇帝。西晋灭亡后，公元318年即位为帝。因江南大族王导势力强大，司马睿虽贵为皇帝，其号令却不能出宫门，因此忧愤成疾，不久病死。终年47岁，在位6年。

46. 忌名讳

五代时，有位叫冯道的在朝中任宰相。有一次，他在家中考试门生《道德经》，《道德经》开头是："道可道，非常道。"句中的道字忌冯道的名讳。门生不敢照原文念，但一时又没有好的主意，只得硬着头皮念道："不敢说，可不敢说，非常不敢说。"

冯道听了，一时哭笑不得。

故事选自《世说新语》。

郭家言：重教与敬师都是应该推崇的，可故事里的门生忌讳冯道的名讳也太滑稽了吧！《道德经》开头的原文是："道可道，非常道。"原文中的第一个"道"字是名词，是指宇宙的本质和实质，第二个"道"字是动词，是解说、表述的意思。

《道德经》又称《道德真经》《老子》《五千言》《老子五千文》，是中国古代先秦诸子分家前的一部著作。传说是春秋时期老子（李耳）所著，是道家思想的重要来源，是中国历史上首部完整的哲学著作，思想内容微言大义，一语万端。据联合国教科文组织统计，它是除《圣经》之外被译成外国文字发布量最多的文化名著。

47. 北宋赵普

北宋初年的宰相赵普刚毅果断，没人能与他相比。有一位大臣应当升官，宋太祖一向讨厌他的为人，不答应升他的官。赵普坚决地为他请求，太祖发怒道："我就是不给他升官，你能怎么样？"赵普说："刑罚是用来惩治罪恶的，赏赐是用来酬谢有功之人的，这是古往今来的共同道理，况且刑赏是国家行为，不是陛下个人的刑赏，怎么能凭自己的喜好而独断专行呢？"太祖更加愤怒，起身就走，赵普也紧跟在他身后，过了很长时间也不离去，最终赵普的请求得到了太祖的认可。

故事选自《宋史·赵普传》。

郭家言：这赵普一身是胆呀！封建社会当臣子的敢在皇帝面前力争且不给皇帝台阶下的，屈指算来也无几人！这样说来，他应该算是宋太祖的"魏征"！历史上还记载了他一则小故事。宋太祖问他天下什么东西最大，赵普也极费思量，最后答道："世界上道理最大。"他的回答得到了太祖的拍手称赞。

赵普（922—992 年），字则平，北宋初年名相。北宋初期杰出的政治家，是历史上著名的谋士。他足智多谋但不好读书，后来在宋太祖赵匡胤劝告下开始读《论语》，历史上说：“半部论语治天下”就是指赵普。他从政 50 年，终年 71 岁。

48. 驴马顺序之争

尚书令诸葛恢和丞相王导一起争论姓氏的排先排后，王导说：“为什么不说葛王而说王葛呢？”诸葛恢说：“比如说驴马，不说马驴，驴难道胜过马吗？”

故事选自《世说新语》。

郭家言：驴和马谁先谁后本是一个无稽的命题，无须论先后。诸葛恢能够马上从生活上常用的现象给出一个较为合理的解释，也算急中生智。就语言习惯来说，也确实应该平声字在前，仄声字在后。驴为平声，马为仄声，这样分两字的前后顺序是汉语读声规律的要求，也是语言美声的体现。

王导（276—339 年），字茂弘。少年时代就很有见识器量，清越弘远。南渡以后，他为晋元帝司马睿积极出谋划策，联合南北世族，建立与巩固新建的东晋政权。王导在此期间官居宰辅，总揽元帝、明帝、成帝三朝国政。他是东晋的著名政治家，是东晋的实际开创者。东晋的建立，有利于抵抗北方少数民族的入侵，促进了江南经济和文化的发展，但东晋政权也有偏安江南的思想。339年，王导病逝。刘禹锡有诗："旧时王谢堂前燕，飞入寻常百姓家。"诗中王谢正是指的以王导与谢安为首的江南两大家族。

49. 丁谓造宫

1009年4月，大臣丁谓负责修建玉清昭应宫。工程巨大，工程除了钱以外还有三大难题：一是该皇宫需要很多新土，京城空地少，取土需到郊外，路远费时费力；二是建筑材料需要从城外运来，而运材料只有水运方便，可汴河在郊外，离工地远，从码头到工地需要很多人力财力；三是建筑废料清理运出京城，同样费时费力。丁谓为此订出科学施工方案：首先从施工现场向外挖了若干条大深沟，挖出的新土解决了修建皇宫用土问题；利用挖好的大沟接通城外的汴水，利用水运改变了城外向城内运输建筑材料困难的问题；最后将沟水排空，把建筑废料倒入沟中，使沟重新变为平地。

故事选自《晋书·丁谓传》。

郭家言：丁谓如此建筑宫殿，使原计划十五年建成的工程，提前八年完工。"丁谓造宫"后来成了工程理论的典型事例。其实，类似"丁谓造宫"的故事应该很多。这是古人在生产实践中的创造与总结，也说明了中华民族伟大的创造力和应用力。

丁谓作为北宋时的著名政治家与经济学家，他在治理水利、减免税赋、整顿经济秩序等方面有许多闪光之处。但历史上也说他鼓动皇帝大兴土木，有残害忠良等劣迹。

丁谓（966—1037 年），字公言。北宋著名的政治家、水利家和经济学家，且有一定的军事能力，还给历史留下了一定的诗词篇章。他少年有才气，机敏聪慧，是个天才式的人物。被当时称为“今日巨儒”。他历任高官，历史对他的评价是毁誉参半。1037 年死于光州。

50. 东阳之廉

李东阳在朝做官五十年，清廉的气节没有改变。赋闲在家时，请他写诗文书篆的人填塞门户，得来的润笔费用供给日常所需。一日，夫人送纸笔进屋，见李东阳有疲倦之色。夫人笑着说：“今日请客，能够使桌上没有鱼菜吗？”李东阳于是欣然命笔，没多久就写完了。

故事选自《明史·李东阳传》。

郭家言：明代李东阳，史书上说他四岁能写直径一尺的大字，因而受到皇帝的喜爱和奖赐。李东阳在朝做官五十年，赋闲后仅以润笔费开销家庭用度，不可谓不廉！故事中其妻虽着墨不多，不可谓不贤！

李东阳（1447—1516 年），字宾之。明朝中叶重臣，文学家、书法家，是茶陵诗派的核心人物，立于朝廷五十年，柄国十八载，清节不渝。文章典雅流丽，工篆隶书。著作颇丰。1516 年去世。

51. 艾子教孙

艾子有个孙子，十多岁，脾气顽劣不爱学习。艾子经常用木棒打他，他也不思悔改。艾子的儿子只有这个孩子，常怕儿子经不住棒打被艾子打死，每次总请求艾子宽恕。艾子发怒说："我这是因为你教子无方才这样啊！"于是敲打孙子更厉害。他的儿子也没有办法。有一天早上下大雪。孙子团雪球玩，艾子见了，便剥去他的衣服，让他跪在雪地上。孙子冻得瑟瑟发抖，艾子的儿子不敢劝说，也脱掉衣服跪在孩子旁边。艾子惊讶："你儿子有错，应该受到这样的惩罚，你何苦呢？"艾子的儿子哭道："你冻坏我的儿子，我也要冻坏你的儿子。"艾子大笑，于是免了对孙子的体罚。

故事选自《艾子后语》。

郭家言：《艾子后语》是一部古代幽默作品集。文中主人公艾子是虚拟人物，这个故事写的是教育孩子的问题。从文中事看，艾子和他儿子对小孩的教育与要求，一个严厉、一个宽爱。家长对孩子教育的不一致性，是教育的大忌。古往今来均是如此！当然艾子与儿子的教育方法均有不妥之处。然而文章写得幽默有趣，使人在寓教于趣中得到启发，这是故事的吸引力所在。

苏轼的《艾子杂说》中有一则"艾子行水"小故事：艾子从水路上走，看见了一个装饰甚庄严的小庙。庙前有一水沟，有人走在水边，不能走过水沟。看看庙里，就把大王神像取来，横在沟上，踩着神像就走了过去。又一个人走来，看见这种情况，再三叹息，说："对神像竟然这样侮辱怠慢"，于是亲自将神像扶起，用衣服擦干净，捧到神座上，叩拜而去。一小会儿，艾子听见庙里的小鬼说："大王居此为神享受当地百姓祭祀，反而被蠢人侮辱，为何不施法惩罚他？"大王说："那么，惩罚应该施给后来那个人。"小鬼又说："先来的用脚踩大王，侮辱大王特别厉害，你对他不加惩罚，是何原因呢？"大王说："先来的那个已不相信神灵了，又怎么能对他施以惩罚呢？"艾子说："其实是鬼怕恶人呀！"

艾子，《艾子杂说》中虚构的人物。《艾子杂说》是古代讽喻笑话集，共三十九则。疑为宋代苏轼的作品。内容多为讽喻现实之作。其文学性与哲理性均达到很高的境界。

《艾子后语》是明代陆灼仿照《艾子杂说》写的一部笑话集。共十五则，每一则均以两个字为篇名。

52. 程氏教子

宋代苏轼十岁时，父亲苏洵到四方游学，母亲程氏亲自教他读书。他听到古今的成败得失，常能说出其中的要义。程氏读东汉的《范滂传》很有感慨，苏轼问道："我如果做范滂，母亲能答应我这样做吗？"程氏说："你能做范滂，我难道不能做范滂的母亲吗？"

故事选自《宋史·苏轼传》。

郭家言：苏轼的母亲程氏是眉山富豪程文应之女。范滂是东汉时一位品高德厚之臣，他的品德与修养在其年轻时就受到所在州郡和乡里人敬佩。他为官公正廉洁。刚到冀州时，贪官太守和县令听说他来竟吓得弃官而去。程氏教育苏轼要成为范滂一样的人。

《后汉书·范滂传》记载了范滂之死。说建宁二年（公元169年），朝廷大兴党锢之狱。执行缉捕范滂的督邮吴导到了县里，因知范滂的人品高重，为难得手捧诏书在驿馆伏床哭泣。范滂为不连累吴导而主动赴县就捕。此壮举感动了县令郭揖，愿意丢下官印拉范滂逃走。范滂拒绝后与母诀别，说："我跟随父亲先去了，是死得其所。只希望母亲割舍这不可分割的恩情，不要为我再增添悲伤了！"他母亲说："你这样的行为已经可以与名人李膺、杜密齐名了，这样去死还有什么遗憾呢！有了好的名望，又想追求长寿，能够两全吗？"范滂跪下接受母亲的教诲，再三拜别后而去。在此经过的人听见这些话，没有不被感动而流泪的。这年，范滂才三十三岁。

53. 太宗怒拍

唐太宗李世民曾在一棵树下歇脚，说："这真是棵好树。"宇文士及连忙也对这棵树赞不绝口。太宗面色严肃地说："魏公（魏征）常劝诫我远离小人，我常觉得小人是不是你，还一直拿不准，今天看来小人果然是你。"宇文士及忙叩头解释说："朝廷中百官，常常在廷堂上争吵，使陛下您都没有机会开口。今天臣有幸随您左右，如果我一点都不顺从您，那么您贵为天子，又有什么兴趣呢？”唐太宗又重新恢复了常态。

故事选自唐代刘𫗧的读书笔记《隋唐嘉话》。

郭家言：刘𫗧作为唐朝人，本朝人写本朝事，情节应是可信的。一棵普通的大树，一件很小的事，引起了皇帝对溜须拍马者的不快，说明这时的太宗为政之谨慎。从故事来看，宇文士及应是近侍一类的角色，他的随口称赞与随机应变也都是他侍奉君王的看家本事。

唐太宗李世民（598—649年），是唐高宗李渊和窦皇后的次子，唐朝第二任皇帝。他先被封秦王，军事建树极多，先后率军平定了薛仁杲、刘武周、窦建德、王世充等劲敌，为唐王朝建立了不世之功。626年，发动“玄武门之变”，以后被立为太子，不久即位，年号“贞观”。

李世民即位后，广泛听取群臣意见，以文治天下，开拓疆土，虚心纳谏，厉行节俭，使百姓得以休养生息，开创了中国历史上的“贞观之治”，为后来一百多年的盛世奠定了重要基础。649年病逝，享年52岁，在位23年，庙号“太宗”，葬于昭陵。他喜文学与书法，有墨宝传世。其出生年岁有另一说为599年。

54. 太上侍中

贞观十年（公元636年），魏征因眼疾而自请辞去侍中（宰相），唐太宗不允，说：“我是一个富矿，你是最高明的工程师，你尽管有病，但并没有衰老。”魏征坚持，太宗只好同意。加授魏征为特进（优待元老重臣的散官），仍知门下省事。从此知某某事也成了宰相的一种。太宗尽管又任命了新侍中，但魏征俨然成了太上侍中和元老宰相，只是具体小事不管了，国家大事照常掌管。他为唐帝国掌舵护航直至贞观十七年（公元643年）去世。

郭家言：魏征并非根系秦王李世民嫡系。他曾经五易其主。首先他响应李密，又跟李密投唐，帮李渊平定山东，后被窦建德俘虏，继之二次投唐，太子李建成引荐他为太子属官。“玄武门之变”之后，继位的李世民没有追究他的责任，反而将他留在宫中。李世民继位后任他为谏议大夫，643年病死于任上。

魏征以性格刚直、才识超卓、敢于犯颜直谏著名于世，是中国历史上最负盛名且得到善终的谏臣。他善谏、敢谏、巧谏，唐太宗听谏、容谏、从谏，使得他们受到后代政治家的效仿与赞扬。

魏征谏议极多，据史料记载他向太宗面陈谏议达五十次之多。他谏面极广，军国大事、医治战争创伤、与民休养生息、废严刑峻法等，劝太宗兼听广纳，这就是著名的“兼听则明，偏信则暗”；他为谏的方式极其尖锐，坚持原则，据理力争，有时甚至直指皇帝本身，使太宗多次几乎不能容忍。这些谏议对唐代的“贞观之治”有深远的意义，给唐太宗经国治世以辅佐与影响！

贞观十七年（643年），魏征病情恶化，唐太宗赐药无数，来往使者不绝于道。太宗与太子两次临榻看望，并许将衡山公主下嫁给他儿子叔玉。死后陪葬太宗陵墓昭陵。安葬时，其妻裴氏遵魏征遗愿，仅以布车载着灵柩。太宗悲极，登苑西楼望丧痛哭，并诏令百官送丧至郊外，亲笔撰写碑文，并对侍臣说：“人以铜为镜，可以正衣冠；以古为镜，可以知兴替；以人为镜，可以明得失。魏征的去世，使我亡一镜呀！”

55. 越人溺鼠

老鼠喜欢夜间偷吃粮食。越国有个人把粮食存放于一个腹大口小的容器里，老鼠进入容器里任意偷吃，并且呼唤群鼠都来容器内吃。一个多月，容器内的粮食将被吃尽，这个越国人很担心。有一个人教给他一个办法，即把容器内的粮食换成水放入容器，再放层糠皮浮在水面上。到了夜晚，老鼠又来偷吃，高兴地进到容器里，不经意间全被淹死了。

故事选自宋濂《宋文宪公全集·燕书》。

郭家言：其实故事出处并不重要，悟出道理并运用它才是重要的。这个故事告诉我们：①贪欲是没有好下场的。②聪明的人总能利用对手的弱点去打败对手。③生活中要学会防微杜渐，“粟将尽”和“亡羊补牢”均太晚矣！

另一个故事叫《越人患鼠》：从前，越地有个独居的男人，他棒扎茅草为屋，辛勤劳作为食。久之，粮食丰盈。可是这里的老鼠成灾，白天公然结队而来，夜晚磨牙和吱叫通宵达旦。男子一直为此事而烦恼。一天男子喝醉而归，睡梦中老鼠如常令他恼火，令他一夜无法入睡。他终于发怒了，拿着火把四处烧老鼠，老鼠死了，房屋也烧光了。第二天酒醒后，茫茫然无家可归。

56. 舍命陪君

明代大臣李东阳在翰林院供职时，一次，陪家乡太守宴饮，李东阳喝得过多而大醉。酒醒后对太守说：“我今日是舍命陪君子了！”太守赔笑说：“学生我也不是君子，老师您也不能如此轻生！”

故事选自《世说新语》。

郭家言：这个太守应是风趣之人，读其文字，如见其人！下级陪酒往往是恭维与呆板。而这个太守无疑深受李东阳喜爱，因为这个太守“拍”得上级高兴且不显山露水。这样的“拍”应叫“奉”似乎更准确些！

翰林院：翰林院从唐朝开始设立。入翰林院的人，为翰林学士，担当起草皇帝命令的职责。翰林学士始终是社会中地位最高的士人群体。这个群体是知识分子的精英荟萃，是皇帝身边的饱学之士。中国古代名人如杜甫、张九龄、苏轼、欧阳修、王安石、司马光、张居正、李东阳、曾国藩、李鸿章等，均是翰林院出身。

明朝以后翰林院被内阁等代替，成为养才储望之所，负责修书撰史，起草诏书，为皇室成员侍读，担任科举考官等。地位清贵，是成为阁老重臣以及地方官员的踏脚石。然而，翰林学士的荣耀使得大量知识分子投身科举，造成了人才浪费。社会的重文章轻工技，阻碍了中国科技发展，这对人才培养都是不利的。

57. 许允之妻

许允担任吏部郎的时候，所任用的人大都是他的同乡，魏明帝知道后因此逮捕了他。许允的妻子追出来嘱咐他说："对英明的君主只可以用道理去取胜，很难用感情去求告。"押到后，明帝审查追究他。许允回答说："孔子说'提拔你所了解的人'，臣的同乡，就是臣所了解的人。陛下可以审查、核实他们是称职还是不称职，如果不称职，臣愿受应得的罪。"查验以后，知道各个职位都用人得当，于是就释放了他。许允穿的衣服破旧，明帝就叫赏赐新衣服。起初，许允被逮捕时，全家都号哭，他妻子阮氏却神态自若，说："不要担心，不久就会回来。"并且煮好小米粥等着他。一会儿，许允就回来了。

故事选自《世说新语》。

郭家言：许允的妻子阮氏在历史上有名气。史书上说了另一则小故事：因她很丑，丈夫新婚之夜都不愿进屋。后经客人劝说才勉强进屋，并立刻就想拔腿退出。妻子拉他衣襟求他留下，许允就问她："妇女应有四种美德，你有几条？"妻子说："我所缺的只是容貌罢了。可是，读书人应有各种好品行您有几种？"许允说："我样样都有。"妻子说："各种好品行里头首要的是德，可是您爱色不爱德，怎能说样样都有？"许允听了，面有愧色。从此夫妻俩便相互尊敬。后来，许允被晋景帝杀害时，她临危不乱，保护了两个孩子不被株连。阮氏应该说是一个超俗拔萃的妻子，又是一个智慧勇敢的妻子和母亲。

许允，三国时魏国大臣。因劝魏国权要曹爽早日向司马氏认罪为司马政权立了大功，被司马氏任命为禁军首领。后因卷入谋杀司马氏事件中被流放，途中死去。

58. 母猿爱子

桓温进军蜀地时，部队进入三峡。有个军人捕到了一只小猿。母猿却为此沿江悲哀地号叫，一直跟着部队的船走了百里也不肯离开。后来母猿终于跳到部队行进的船上，一上船就气绝而死。剖开母猿的肚子，发现肠子都一寸一寸地断开了。桓温大怒，立刻下令革除了那个军人。

故事选自《世说新语》。

郭家言：长江三峡自古多产猿。有歌云："长江三峡巫峡长，猿啼三声泪沾裳。"李白有诗："两岸猿声啼不住，轻舟已过万重山。"这个故事中母猿肠子寸断的情节感人至深！这种母爱和人类是一脉相承的。

桓温（312—373年），字元子，谯国龙亢（今安徽怀远县龙亢镇）人。东晋著名军事家，一生战功累累。曾三次率军北伐，以图收复中原，皆不成。第二次北伐，途经金城时看到自己早年栽下的柳树已有十围之粗壮感慨而歌："树尚且如此，人哪能不老（木犹如此，人何以堪）！"

《晋书·桓温传》中说他生性俭朴，但后期在朝专权，对朝廷有非分之想。曾说："纵不能流芳千古，亦要遗臭万年（即不能流芳百世，亦不足复遗臭万载邪）！"公元373年病死，终年62岁。

59. 泰山之力

唐代大臣张说的女婿郑镒，跟随岳父张说伴驾到泰山封禅（帝王祭天地的典礼）。就因这次封禅，郑镒的官品由九品一下升至五品。黄幡绰开玩笑说："这真是泰山的力量呀！"原来泰山有座峰名为"丈人峰"，所以黄幡绰借故如此说。以至于后人称妻子的父亲为"泰山"就是据此而来的。

郭家言：在泰山顶，有峰如老人弓腰，人称"丈人峰"。唐代有旧例，每逢朝廷登泰山祭天地这样的国家大典，自三公以下官吏皆官迁转一级。而郑镒却升了四级。据唐代段承式《酉阳杂俎·语资》载，此次封禅大典，唐玄宗以郑镒岳父张说为封禅使。郑镒为何能打破制度一下子官升四级，看来不排除岳父的力量在其中呀！而故事中的黄幡绰只是一个宫廷杂耍唱戏的伶人，就是他一句戏言，开了称妻子之父为"泰山"的先河。

张说（667—730年），字道济，又字说之。少年有才志，参加殿试，即中状元，一生历任高官，曾三任宰相，三作中书令，政绩斐然。擅辞文，也擅诗，著有《张燕公集》30卷。

历史对张说评价极高，说他政治、军事、史志文学，三者兼于一身，是古往今来不可多得的文才、将才、大才、奇才！

60. 搏击状元

北宋初年录取状元是看谁先交卷，王嗣宗与陈识两人才思敏捷，在同一时间将卷交给宋太祖赵匡胤，这使得太祖为难而不可定夺。太祖是马背上取天下的皇帝，于是他出了一个叫人惊奇的怪招：让王嗣宗与陈识当场相搏。结果王嗣宗把陈识打趴在地而因此博得了状元。

故事选自宋朝人王明清笔记《玉照新志》。

郭家言：王嗣宗是宋朝太祖、太宗、真宗三朝元老，他以搏击而中状元，看来他文武兼备。从历史上看，他为政严明，政绩卓著。他晚年有首诗写得好，其意为："我欲辞官走了，先找可隐居的地方，卖掉我曾杀敌立功的宝剑，买来黄牛教育子孙自食其力。"原诗如下："欲挂衣冠神武门，先寻水竹渭南村。卖将旧斩楼兰剑，买得黄牛教子孙。"

北宋王嗣宗，字希阮，汾州人。生于944年，975年得中状元，其事迹在《宋史·王嗣宗传》中有详细记载。他文笔极好，有勇力，所著有《中陵子》三十卷。真宗时曾任御史中丞。1021年在家中病逝，享年七十八岁。

61. 书橱陆公

南齐人陆澄，从小勤奋好学，收藏了很多世所罕见的秘本书籍。他博览群书，无所不知，行路安坐睡觉吃饭，都手不释卷。

陆澄如此博学，在当时被称为大学问家。然而他读《易》三年不解文中的意义，想撰写宋书最终也没能成功。另一位大学子王俭同他开玩笑说："陆公是书橱。"

郭家言：古人云"学而不思则罔"。说的是人掌握大量知识，重要的是要思考和运用，不然自己就会变得迷茫。《南齐书·陆澄传》中的陆澄就是一个只能将知识当成摆设而不能将知识化为已用的"书橱"。一千多年前陆澄的故事，告诫我们读书不能"死读书，读死书"，要将书中的道理应用于实践，把知识变为治国、卫国的法宝，这才是读书的真谛。

《南齐书》系南朝梁肖子显撰。它记述了南朝萧齐王朝自齐高帝建元元年（479 年）至齐和帝中兴二年（502 年），共 23 年史实，是现存关于南齐最早的纪传体断代史。

62. 王思政封金

公元546年，王思政为荆州刺史。荆州地势低洼，气候潮湿，护城的壕沟大多受到损坏。王思政命令都督蔺小欢监督工匠修整。施工时挖得三千黄金，蔺小欢在半夜偷将金子送给王思政。次日天亮，王思政召集部下，把金子拿给大家看，并说："作为臣子不应该私聚财产！"于是把金子全部封交上去。

故事选自《周书·王思政传》。

郭家言：历史记载王思政魁梧伟岸，有勇力，且极有智谋。说他有一次打仗身受重创而晕迷，敌人清扫战场时见他战甲破旧，认为他不是将帅，因此没有杀他。这说明王思政为人勤俭，而且不张扬，因而保全了性命。王思政封金的故事读来让人为之敬佩，这种公而无私的做法被写在历史里，应该是王思政的荣耀。

王思政，生卒年不详，太原祁县人。南北朝时西魏名将，是东汉司徒王允的后人。548年率军坚守颍川（今河南许昌），抵挡东魏十万大军。549年，颍川城破，王思政自杀未成，为东魏军俘虏。

63. 五品药商

明代苏州有个叫陈见三的药商，开了一家叫“青之堂”的药材铺，在扬州靠卖药发了财，这是扬州城里最大的药铺了。他又买了一个他人的园林作别墅，又捐了个五品同知的官。每逢喜庆宴会，他便穿上天青色的五品官服。在一次酒宴上，有两位少年讽刺他。其中一位说：“我有个上联，是‘五品天青褂。’”另一位少年应声而对出下联：“六味地黄丸。”

故事选自《历代幽默小品》。

郭家言：陈见三这样的“土豪”在当代仍不为少数，一旦发点财，便不知自己到底有多少“斤两”了。人贵有自知之明，人们办任何一件事都应有底线，越过了底线就会留下笑柄的。

明朝的官员服饰属于汉族传统服饰体系，其材料与工技水平较高。就制度而论，它承袭唐宋官服制度的传统，指导思想比较保守，但制作精美，整体配套更趋和谐统一。

明《大学衍义补遗》介绍，文武官常服中，一般文官服饰上绣各种飞鸟，象征有文采；武官绣走兽，象征勇猛。从颜色上分一至四品为绯袍，五品为青袍。

64. 张融的智慧

南北朝的时候，齐太祖萧道成曾当面答应张融为司徒长史，然而竟始终不见太祖下任书。张融骑着一匹瘦得厉害的马上朝下朝。太祖见了问张融：“你这匹马怎么这样瘦？给它吃多少料粟？”张融答：“每天给它一石粟。”太祖问：“那为何还这么瘦？”张融说：“我答应喂它一石粟，可我实际没有喂它呢？”第二天，太祖马上下任书授张融为司徒长史。

故事选自《太平广记》。

郭家言：一个小故事，反映出张融的机智敏捷且诙谐幽默，这应是当时名士的风范。

张融饱读诗书，颇有文采，深受齐太祖萧道成器重。《南齐书》记载：有一次萧道成把自己穿过的衣服改了一下送给张融穿，并随手写书送去：“这是我穿过的一件衣服，已让人按你的身材重新裁剪了，送给你穿应像新衣一样，你穿应该很合适。”这个故事后来演变为成语，叫做“量体裁衣”。

萧道成（427—482 年），齐太祖高皇帝，本为刘宋政权之重臣（相当于宰相），封齐王。479 年，刘宋顺帝将帝位禅让给齐王，即齐高帝。482 年病死，在位四年。历史上说他性节俭，极擅书法、围棋。

65. 长安易居

唐朝大诗人白居易当初参加科举考试，刚到京城，就拿着他写的诗集去拜见当时名流著作郎顾况。顾况看到“居易”这个名字，凝视着白居易说：“长安米价很贵，因此居住不容易。”边说便翻开诗集审阅，第一篇有：“离离原上草，一岁一枯荣。野火烧不尽，春风吹又生。”顾况马上惊讶赞赏说：“吟出这样的诗句，居住长安是容易了。”因此顾况开始向人宣扬和推荐白居易，使白居易的名声大了起来。

故事选自《唐才子传》。

郭家言：这个故事流传很广，但《旧唐书·白居易传》与《新唐书·白居易传》均无记载。顾况作为当代大才子，对白居易的认识从“长安米贵，居大不易”到“有句如此，居天下亦不难”，这是认识人才、发现人才、推荐人才的一个过程，此乃真是千秋佳话，读来余香盈口。

《唐才子传》，作者元代辛文房，字良史。此书对中、晚唐诗人事迹所记尤为详细。书中保留了唐代诗人大量的生平资料，书中多有作者精辟之见。

辛文房的历史资料不多，但从他的作品中可以看出他是一位热爱唐诗又极倾慕唐代诗人气质的才子。此书通过对唐代近400位重要诗人生平及重要事迹等史料进行探索考证，起到了唐一代诗人事迹资料库的作用。本书涉猎了极广的历史文献，所以取材亦多可信。

66. 虞世南

唐太宗李世民一次外出，有关官员请示是否要将出行能用到的公文副本带在随行车上，太宗说："不需如此，有虞世南随行，他就是此行的活公文。"太宗还曾称赞虞世南品德高尚、忠诚正直、博学识广、文词优秀、行文书法俱美，一个人兼备了此五种殊绝于人的品质。虞世南去世后，唐太宗伤心地说："皇宫里石渠阁、东观这些藏书和著书的地方，再也找不到虞世南这样的人才了！"

故事选自《国朝杂记》。

郭家言：虞世南是唐太宗非常欣赏的类似秘书长一类的人才。他历任文馆学士、秘书监等职，是个行政方面的人才无疑。《新唐书》《旧唐书》均有虞世南的传记。看来历史对他的行政、为人、处世、藏书、著书的能力都是肯定的。

虞世南（558—638 年），字伯施，唐朝著名政治家、文学家、诗人、书法家。凌烟阁二十四功臣之一。其一生事迹多见于《新唐书》《旧唐书》。其书法与欧阳询齐名并称"欧虞"，俱为后世书法宗法。传世碑帖有《孔子庙堂碑》《破邪论序》等。

67. 张璪（zào）画松

唐朝时张璪擅长画松树，他能手握两支笔同时作画。一支笔画松树的绿枝叶，画得绿意盎然满含春色；另一支笔画松树的树干，仿佛是秋色里的枯树色彩暗淡。

故事选自唐代张彦远《历代名画记》。

郭家言：这个故事演绎成了成语“双管齐下”。比喻为了一个目的，两件事同时进行。

张璪在唐代以善画树、石著称，张彦远在《历代名画记》中说：“画树和画石，以韦愜画得最妙，最终应该是张璪。”

张彦远（815—907年），唐代画家、绘画理论家，出身宰相世家。家藏书法名画甚丰，精于鉴赏，擅长书画，无作品传世，著有《历代名画记》《法书要录》《彩笺诗集》等。

《历代名画记》是我国第一部系统完整的绘画通史。该书内容大致分为三部分：绘画历史发展的评述和绘画理论的阐述、画家传记及有关资料、作品的鉴藏。书成于847年，它为前代中国绘画理论和历史的研究作了总结，并为以后的研究奠定了基础。该书共10卷，地位极高，被人认为是美术史上的“画中史记”。

68. 张芬与西蜀客

张芬在韦皋帐下当幕僚时，有一西蜀来的客人在酒宴上用筹碗中当筹码的绿豆掷击苍蝇，十击十中，满座客人惊奇大笑。张芬说："不要浪费我们的绿豆。"说着就用手指捉苍蝇，苍蝇都是被捏住后腿捉到的，几乎没有一只苍蝇逃脱。

故事选自宋代《太平广记》。

郭家言：这个小故事告诉我们，干事情往往是熟能生巧。干得多了，巧了，也没有骄傲的理由，你可以进一步"生巧"，学无止境。再说，山外有山，天外有天，张芬就是故事中的山外之山和天外之天。

《太平广记》是宋代的一部大书，由李昉、扈蒙、李穆、徐铉等14人奉宋太祖之命编撰。977年开始，978年编成。因成书于宋太平兴国年间，又和《太平御览》同时编撰，所以称《太平广记》。

全书按题材分92类，又分150余细目。书中神怪故事占的比重最大，还有道人、方士、异人、释证等。《太平广记》对后世文学影响很大。宋代以后，唐代小说单行本逐渐散失，话本、杂剧等均从《太平广记》一书中选取题材，转引故事。特别是绝大部分唐代小说都收在书中，如《莺莺传》等。

69. 艺人高崔嵬

唐朝时，宫中艺人高崔嵬擅长装傻逗趣。有一次他逗趣时，唐太宗命侍从将他的脑袋按入水中，很长时间才被松开，高崔嵬从水中抬起头来还带着笑脸。太宗问："你笑什么呀！"高崔嵬答道："我在水中见到屈原了。他问我：'我遇到的楚怀王是个无道的昏君，我才自沉汨罗江，你现在遇到的唐太宗是圣明的皇上，你为什么还到水中来呢？'"唐太宗听了开怀大笑，赏赐他布帛一百段。

故事选自《太平广记·诙谐五》。

郭家言：明明是很气愤的事，为了寻皇帝开心，却拐弯抹角用恭维的语言说出，这是宫廷艺人的保命本事。故事揭露了皇帝的无聊与杂耍艺人被人玩弄的痛苦。

《中国童话故事》一书中，这个故事叫"见到屈原"，故事情节与此故事一样，只是故事中的皇帝是唐敬宗李湛。

70. 郁林太守

吴陆绩任郁林太守，任满以后渡海回家。因没有带什么贵重宝货，船太轻而不稳，只好用大巨石压在船上以保持船稳，人们就将这块大巨石叫作“郁林石”。

故事选自《太平广记》。

郭家言：陆绩是三国时期吴国人，历史上说他博学多识。从故事看，他当属清官无疑。从故事本身来说船上无财，但陆绩有才呀！

> 陆绩，字公纪，父亲陆康曾为庐江太守。陆绩少年机智，貌雄伟博学多识。曾在孙权时期为郁林太守。他有军事才干，著书不废，后病死，仅三十二岁。
>
> 《吴书十二》中与虞翻、张温等人合传。

71. 王锷“散财”

王锷连续担任大镇镇守这样的官，积攒的财货很多。有一个旧时朋友，告诉他财物能积就能散的道理。随后几天，这个朋友又见到王锷。王锷说：“前几天你告诫我的话，我已按你的意思去做了，财物大部分都分散出去了。”朋友问都给谁了，王锷说：“儿子们各给一万贯，女婿们各给一千贯。”

故事选自《太平广记》。

郭家言：故事简直是在给贪官画像。贪是人生的大敌，有人说得很精彩：人生在世就是一张嘴吃饭，一个身子穿衣。一张嘴能吃多少饭？一个身子能穿多少衣？财聚得多了是祸而不是福，这是被多少实践证明了的真理。王锷就不懂财聚人散、财散人聚的道理。

72. 新旧“太公”

唐朝人辛郁，是管城人，从前旧名太公。不及二十岁时，在皇帝的行宫遇到了唐太宗。太宗问：“你叫什么名字？”辛郁答：“我叫辛太公。”太宗说：“和旧太公比怎样？”辛郁回答：“旧太公（指周朝姜子牙）年纪八十才遇到周文王，我今年才十八岁，就遇到了皇上，所以比旧太公强多了。”太宗听了非常高兴，命令将辛郁安排在中书省。

故事选自《太平广记·诙谐五》。

郭家言：哎！这太公不是那太公，尽管如此，这辛（新）太公还是沾了旧太公的光。人说：“好话当钱使”，故事中辛郁一句好话就确定了前途，中书省可是唐代的中央重要机构啊！当然，能在皇帝行宫遇见皇帝，说明辛郁的出身本身就具备从政基础。

> 唐朝为了加强中央集权，进一步削弱相权，完善了三省六部制度。三省即中书省、尚书省、门下省构成。中书省负责草拟诏书，门下省负责审核，尚书省负责执行。三省的长官都是宰相，相权一分为三，相互制衡与监督。

73. 李崇吝啬

李崇的官职是尚书令，其富裕为天下少有，家里的书童和仆从多达千人，但他本性过于节俭而成吝啬，穿破衣吃粗粮，食物里经常无肉，只有炒韭菜与腌韭菜。李崇家的食客李元佑对人说：“李崇一顿饭要吃十八个菜。”人们问都有什么菜，李元佑说：“二韭十八。”听的人都大笑起来。

故事选自《太平广记》。

郭家言：李崇吃饭只有炒韭菜与腌韭菜。被李元佑笑为“二韭十八”，是节俭是吝啬，应是兼而有之。历史上对李崇评价还算不错。无独有偶，节俭过分的还有个叫韦庄的数米做饭，称柴烧火。但是从文中李崇书童仆从多达千人来看，这种所谓的节俭是虚伪的。

李崇（454—525 年），字继长，北魏顿丘（今安徽滁州来安县）人，为高祖、世宗、肃宗三朝元老，历治八州，五拜都督将军，政绩显赫，战功卓著，堪称一代名臣。历史上说他“深沉有将略，宽厚善御众，屡平边患。”又说他“性好财货，贩肆聚敛，家资巨万，营求不息”。

74. 老虎报恩

唐朝刘禹锡被任命为连州刺史，接替的是前任高寓。高寓后来到皇宫警卫部队当上了羽林军的将军。他从京城送封信给刘禹锡说：“曾经得到你的关照，在此我以遥望表示致谢了！”刘禹锡回信说：“从前有个故事：曾有个老婆婆走在山里，看见一只老虎身体瘦弱，迈小步还行走困难，好像是脚部受了伤。老婆婆看它时，那虎竟举着脚让她看，原来是有芒刺扎在它脚掌上，于是老婆婆给它拔掉。那虎突然奋力而迅猛长啸以感谢老婆婆的恩情。从此总有麋、鹿、狐、兔等被扔进老婆婆的院子里，老婆婆登墙望去，确定是那只老虎所为。老婆婆对亲戚族人说了这件事，大家心里都觉得奇怪。一天早上，忽然有个血肉模糊的死人被扔进来，老婆婆因此被地方官询问和拘捕。老婆婆细说这个虎的前因缘由，才得以被松绑释放。于是，当老虎再来时，老婆婆登上墙头，告诉它：“谢你了，我给大王叩头，以后再也别把死人抛进来了！”

故事选自《太平广记》。

郭家言：故事说明一个道理：报恩适度，过了度就会适得其反。

刘禹锡（772—842年），字梦得，唐朝洛阳人。793年进士，曾任监察御史，后任多州刺史。是唐代著名诗人，有“诗豪”之称。同时是唐代文学家、政治家、哲学家、散文家。与白居易并称“刘白”。与柳宗元并称“刘柳”。卒年七十，追赠户部尚书。著有诗集十八卷，今编为十二卷。

75. 崔光取绢

北魏自从在太和年间迁移了国都以后，国家富足，国库里的存物放不下了就堆积在走廊和房屋外的露天场地，堆放的钱币与布匹等无法清点。太后决定将多余的布匹赏给朝臣百官。大家都以自己的力量尽量多拿。只有章武王融和陈留侯李崇因拿得过多而跌倒伤了脚踝。太后马上决定不给他俩了，令他二人空手回去。他俩遭到了当事人耻笑。而侍中崔光只取两匹。太后问他：“你怎么拿得这么少？”答道：“臣只有两只手，只能拿两匹，这已经够多了。”朝中的朝贵们都佩服他的清廉。

故事选自《洛阳伽蓝记》。

郭家言：国家富足，就拿国库财物送人，这是慷国家之慨。文中太后，应为胡太后。当时出了两个有名的太后，一明一昏，明者为冯太后，由罪臣之女入宫，由婢女成长为太后，是北魏女政治家，对北魏颇有贡献，掌实权二十年，是无冕之王；昏者为胡太后，是孝明帝元诩的皇后，生性风流，腐化堕落，国家灭亡后，沦落为烟花。

故事耻笑贪婪、赞扬清廉是可取的。胡太后坐享国家富足之成，挥霍国家财富，宛然一副败家子之态。

北魏太和（477—499 年 12 月），是北魏孝文帝元宏的第三个年号。485 年冯太后、孝文帝颁布“均田令”，495 年迁都洛阳，命鲜卑贵族汉化，采用汉族统治阶级的政治制度，推行一系列改革。这些改革加速了当时北方民族封建化进程，促进了北方民族的大融合。

76. 得意失意诗

以前有四句诗夸世人的得意之极。这四句诗是：“久旱逢甘雨，他乡见故知，洞房花烛夜，金榜题名时。”有好事的人又续了四句诗专说世人的失意之极：“寡妇携儿泣，将军被敌擒，失恩宫女面，下第举人心。”这两首诗，把人生可喜可悲之事写到了极致。

故事选自《隋唐嘉话·卷八》。

郭家言：得意与失意，都是人生不可缺少的体验。得意不可少，它使人长志气，抒豪情，使人生有滋有味；失意亦不可无，失意使人历练，催人成长。这两首诗，含有告诫人们得意莫自傲、失意莫失志之意。

《隋唐嘉话》是唐代笔记小说集。作者是唐代刘𫗧，生卒年月不详。他是史学家刘知几的儿子。该书记载了南北朝到唐代开元年间历史人物的言行事迹。以唐太宗和武后两朝为多。《新唐书》《旧唐书》《资治通鉴》里的某些史实，即取材于此书，因此，此书史料价值极高。

77. 以瓜祭灵

唐太宗当年为秦王的时候，秦王府中的辅佐之人常以升迁的名义被夺走。房玄龄说："其他人被夺不值得可惜，杜如晦聪明过人见识极深，具有古代著名谋士王佐的才干呀！"太宗极吃惊。因此对杜如晦亲密宠爱一天比一天深厚。后来杜如晦去世后，有一次太宗吃瓜，感到这瓜极美味，突然想到杜如晦，于是将还未吃的半块，使人放置在杜如晦的灵座之上。

故事选自《隋唐嘉话》。

郭家言：太宗将还未吃的半块瓜使人放在杜如晦的灵座上，其情甚切！杜如晦是太宗李世民帐下的重要参谋，在一系列大仗中，为太宗出谋划策，运筹帷幄，深为时人所敬服。太宗即位后，杜如晦与房玄龄为左右宰相，二人为唐朝建立章典、选拔人才、恢复经济立下不世之功。

贞观四年（630年），杜如晦病逝，太宗废朝三天，追封他为司空、莱国公，被列入凌烟阁表彰。

房玄龄（579—648年），名乔，字玄龄。唐朝初年宰相，太宗李世民为秦王时，是得力谋士之一。谋划"玄武门之变"，与杜如晦、长孙无忌、尉迟敬德、侯君集五人并功第一。太宗即位后，他先后为中书令、尚书左仆射、封梁国公。648年病逝。

房玄龄善于谋划，杜如晦处事果断，因此人称"房谋杜断"。

78. 正房之主

隋炀帝杨广大宴群臣，见当时还是大臣的李渊（后来唐朝的开国皇帝）脸上多皱纹，便称呼他为“老太婆”。李渊回到家中，为此不高兴，并将事情经过告诉给妻子窦氏（即后来唐朝建立后的窦皇后）。妻子说：“这是吉祥之兆，你被封为唐国公，唐就是堂（指房屋的正房），老太婆就是正房的主人。”李渊听了非常高兴。

故事选自《隋唐嘉话》。

郭家言：隋炀帝称李渊为“老太婆”，本是戏语。这戏语被李渊妻窦氏解为吉祥之兆，这件事或许给了李渊许多信心。这样的妻子，在封建时代被称作“贤内助”应该是当之无愧的！这故事还告诉人们，许多事可能是多解的，切不可被表面的东西迷惑而放下已有的决心。

隋炀帝即杨广，隋朝第二位皇帝，是隋文帝杨坚和独孤皇后的次子。600年被立为太子，604年继位。在位期间修大运河，营建东都洛阳，开创科举制度，亲征吐谷浑，三征高丽，后因滥用民力造成天下大乱，导致隋朝灭亡。公元618年他在扬州江都被部下缢杀，唐朝谥“炀皇帝”。

《全隋诗》录存其诗40多首。

79. 能诗免死

李德林当时任内史令，和杨素一同共掌隋朝朝政。杨素是有功之臣，生活豪华奢侈，内廷的美女，有千人之多，享受着锦衣玉食的生活。德林的儿子百药有天半夜受杨素的宠妾呼唤而入内室，杨素为此要将百药斩首。当时百药还不满二十岁，仪表与神态俱佳，杨素从内心怜惜他，说："听说你擅长文笔，你可以做首诗陈述一下这件事，如合我意，你可免死。"然后松绑给他纸墨，百药立刻就写好了。杨素看后很高兴，把自己的小妾送给百药，且送他数十万钱。

故事选自《隋唐嘉话》。

郭家言：李百药是《北齐书》的作者，历史上称他以才学和操行闻名于世，受到各方面名流的敬重。他的生平事迹《唐才子全传》中有专记。这个小故事中的杨素是一个成人之美的人，使得李百药财色兼收。还有另一个故事说，杨素身边有个年方二八的乐伎名叫红拂，当英雄李靖拜访杨素时，美女识英雄，两人竟然相约私奔了。杨素不但未予追究，反而推荐李靖出任马邑的郡丞，成全了又一段爱情佳话。

李百药（564—648年），字重规，唐朝史学家、诗人。其父李德林任隋朝内史令，预修国史，撰有《齐史》。隋文帝时百药任太子舍人，东宫学士。后归附唐朝，拜中书舍人、礼部侍郎（礼部副职）、散骑常侍。他为人耿直，曾直言上谏取消诸侯，为唐太宗李世民采纳。曾受命修订五礼，律令。

627年，奉诏撰《齐书》，他以父亲旧稿为基础，兼采他书，经过十年，写成五十卷，后朝人为区别萧子显的《南齐书》，将他撰写的《齐书》称为《北齐书》。

80. 天外有天

王积薪下围棋的功力很深，自认为天下无敌手。有一次他去京城游历，途中住在一个小旅店里。灯烛熄灭后，听到隔壁一个老婆婆呼唤儿媳说："长夜难以排遣无聊，愿意下盘棋吗？"儿媳说："好。"老婆婆说："第几道下棋子了。"儿媳说："第几道下棋子了。"她们各说了几十次。老婆婆说："你输了！"儿媳说："这一局我认输。"王积薪暗暗记下她们每步落子的步骤，第二天他在棋盘上复原了那局棋，那局棋的精妙都是他所不能及的。

故事选自唐代李肇《国史补》。

郭家言：王积薪是唐代围棋名手，在一个小旅店里竟能服气一个老婆婆和儿媳摆下的那盘棋之精妙，说明任何棋艺都是天外有天、人外有人、艺无止境这样的基本道理。

这个故事也从侧面反映出唐代围棋的普及与唐人对围棋的研究之深。

《国史补》记载了唐代开元至长庆之间一百多年之事，涉及当时社会风气、朝野轶事及典章制度等各个方面的重要轶事，对于全面了解唐代社会具有极其重要且十分特殊的功用和价值。书分卷上、卷中、卷下三卷，书中反映的内容客观，少了许多怪异。

81. 佛像流汗

汴州（今开封）相国寺，百姓传言寺中有佛会流汗。节帅刘玄佐立即吩咐驾车前往，自己拿钱财去供奉。中午时候，他的妻子也赶到了。第二天，再次去捐献供品。由此而带动了军人、官吏、生意人络绎不绝奔走于去供奉的道路上，只恐自己供奉钱财不及时而被神灵怪罪。刘玄佐叫有关官员将大家供奉的钱财造册，登记所有收入。十天后关闭寺门公告供奉者："佛已不流汗了。"所有钱财大概达到万计之多，全部入作军费之用。

故事选自《国史补·卷上》。《新唐书·卷二百一十四·列传一百三十九》亦有记载。

郭家言：刘玄佐身为军帅，当为军费操心。借佛出汗之事，大做供奉之秀，得钱万计之多，全部作为军费，显示出刘玄佐的"殊智"。历史上说刘玄佐"性豪纵，轻财好厚赏，有军事、政治、经济才干。其母在刘玄佐富贵以后，每月织絁（一种粗绸）一匹，以示不忘本。这种母教，对刘玄佐的影响应该是很大的。

刘玄佐（735—792年），原名刘洽，河南匡城（今长垣西南）人，唐朝中期任宣武军节度使，割据一方。年少时倜傥不群，当上县里捕盗吏，后来从军。唐代宗大历年间，为永乐军牙将。李灵耀占据汴州（今河南开封）谋反时，刘奉节度使李勉之命率兵偷袭宋州得手，被任命为宋州刺史，后又封御史中丞、亳颍节度使，死后被追赠“太傅”，谥“壮武”。

82. 李勉遇盗

天下不太平的时候，就会经常有刺客。李勉在开封当县尉时主管县里治安与抓捕，在审问狱中犯人时，有个囚犯言语高昂，用言语感动李勉，请求放他一条生路。于是李勉就释放了他。几年以后，李勉罢官后去河北游历，偶然见到了那个被释放的囚犯。那个囚犯高兴地将他迎回家里款待他，并私下对妻说：“这位就是释放我的恩人，咱们怎样报答他呀？”妻说：“偿还他细绢千匹怎样？”那个囚犯说：“不行。”妻又说：“偿还两千匹怎样？”那个囚徒又说：“也不行。”妻又说：“如果这样，不如杀了他。”那个囚徒对妻的话有些动心。囚徒家的仆人同情李勉，将囚犯夫妻的对话告诉了他，李勉慌忙上马而逃。跑了半夜，行程百余里，到了渡口旅店。店中老翁说：“这个地方多猛兽，你怎敢夜行啊？”李勉将刚发生的事告诉店中老翁。话未说完，房梁上有盗贼往下边看边感叹：“我差一点误杀这个有才有德的人啊！”说完他就离去了。天未亮，梁上盗贼提着那囚徒夫妻两人的人头给李勉看。

故事选自《国史补》。

郭家言：这应该是唐朝版的“东郭先生传”。李勉主要活动在唐玄宗时期的“安史之乱”以后，身处乱世，为官本应施以重典，可他竟被囚犯所蒙蔽，导致后来差一点丢了性命。不过从历史上看，他一生还是有所作为的，此事只能算是美玉有瑕而已。

李勉（717—788年）字玄卿，唐朝宰相，系皇家宗室。早年曾任开封县尉，后任监察御史、工部尚书，封汧国公，788年病逝。他一生留下许多典故，除本故事“穷邸遇侠”外，“信而葬金”“拯救无辜”“不杀孝子”等。

83. 人生如戏

即使是天下最无耻的人，当初他们也都是知道廉耻的。有了错误，若不及时革除，习以为常就难以纠正了。活着的时候像河间妇人般淫荡无耻，死后想变为谢豹，也是不可能的。我曾经劝人多看戏，从戏中找一个理想的人生角色。古往今来的历史书籍，哪一个不是剧本？只是少了一副喧闹的锣鼓罢了。

故事选自冯梦龙《古今谭概》。

郭家言：人生如戏，人生如梦。河间妇人是指原本淑贞之女而变成淫妇。谢豹本是指杜鹃鸟，这里指一种很知自愧的虫子。冯梦龙这段话说得很精彩。在人生之戏中，各人要注意自己扮演的角色，切不可干出贻笑千古的事情来。

冯梦龙（1574—1646年），明代文学家、戏曲家。字犹龙，又字子犹，号墨憨斋主人、吴下词奴、姑苏词奴等。明代苏州府长洲县（今苏州市）人，出身士大夫家庭，兄及弟均有名，并称“吴下三冯”。

其作品较强调感情与行为，最有名的《喻世明言》《警世通言》《醒世恒言》，被称“三言”。“三言”与明代凌濛初的《初刻拍案惊奇》《二刻拍案惊奇》合称“三言两拍”。它们是中国白话短篇小说的经典代表。

冯梦龙对小说、戏曲、民歌、笑话等通俗文学的创作、搜集、整理、编辑做出了独异的贡献。

84. 狄仁杰认错

唐代狄仁杰与娄师德一同在朝为宰相，狄仁杰一直排斥娄师德。武则天问狄仁杰：“朕重用你，你知道为什么吗？”狄仁杰回答说：“我以文章和品行端正而受到重用，并不是碌碌无为而靠依附他人得以晋升。”武则天久久不语，然后才说：“朕曾经不了解你，你现在得到高官，全仗娄师德推荐之力。”于是令近侍拿出文件箱，从中取出十余件娄师德推荐狄仁杰的奏折给狄仁杰看。狄读后，害怕得连忙认错，武则天没有责备他。狄仁杰走出去后说：“我没想到一直被娄大人所容忍。”而娄师德对此从未有骄矜的表现。

故事选自《唐语林》。

郭家言：古代官场相互倾轧已成为官弊之源。从这个小故事来看，就连狄仁杰这样优秀的人物也不能例外。客观来说，官场中的互相排斥，互相攻讦，应该是古代官员防身立命的本能。

《唐语林》是宋代王谠（dǎng）编撰。它是笔记体唐代文史资料集，全书共分八卷。书中材料录自唐人五十家笔记小说，资料集中，内容丰富，广泛记载唐代的政治史实、宫廷琐事、士大夫言行、文学家轶事、风俗民情等。对研究唐代历史、政治、文学均有参考价值。

作者王谠，字正甫，曾任国子监丞，后改任少府监丞，其生卒年月不详。

85. 乐师罗程

乐师罗程擅长弹琵琶，技艺成为天下第一。他能够变换创出新颖的乐曲，受到唐武宗的宠爱，因此依仗皇上恩宠横行放肆。后来因为瞪眼的小事杀人。被皇上赶出宫廷，交付法律机关处治。

其他乐工因罗程演奏技艺天下无双，想以此使皇上改变命令。刚好皇上去花园，将要演奏音乐，乐工们便在乐队席座上预留一个空位，把琵琶放在空位上。乐工们列队上前，边哭边连连叩拜。皇上说：“你们这是干什么？”大家进言道：“罗程对不起皇上，他的罪行怎么都不能赦免。但我们这些乐工爱惜罗程天下第一的技艺，他因罪不能永远给皇上演奏，这件事我们深为遗憾。”皇上说：“你们所怜惜的只是罗程的技艺罢了。我所遵从的是高祖、太宗时代制定的国家法度呀！”最终，没有赦免罗程。

故事选自《唐语林》。

郭家言：罗程技艺天下第一，而因为瞪眼一点小事杀人，恃宠而公然挑战法律，得到了法律的严惩。唐武宗不因情所动，不因才惜人的做法令后世称道。历史上说，宠幸罗程的是唐武宗，杀罗程的是唐宣宗。这个宣宗在历史上还是有些名气的。他曾经以微服私访的方式，从樵夫嘴里听到一个县令不惧上司威胁，将几个与此上司有交情的恶霸强盗绳之以法的事情。为此他立刻将县令官职提升为刺史；另一位叫梁新的医生治好皇帝的厌食症，以此为功竟要求皇帝赐官，却被宣宗毫不客气拒绝，只给以钱财打发。这宣宗授官尺度之严，不以情代法在历史上留下了佳话。

唐宣宗李忱（810—859年），唐朝第十七位皇帝。他勤于政事，整顿吏治，昭雪旧案，公谨节俭。在对外关系上，曾击败吐蕃，收复河湟，这是“安史之乱”以后，唐对土藩的军事胜利之一。

纵观宣宗50年人生，他曾为祖宗基业做过不懈努力，这些努力只是延缓了唐帝国走向衰落的时间，但无法彻底扭转这一历史趋势。后世将他与唐代最有作为的唐太宗李世民相比，称之为“小太宗”。

86. 当庭理争

徐大理曾经有功于朝廷。他每次遇到武后（武则天）杀人，必定依据法律当庭力争。他曾经与武后反复争执，并且言辞与脸色越来越严厉。武后大怒，命令将他拖出去斩首。他被拖出去时还回过头辩解："我就是死了，法律最终也不能随人意而更改。"到刑场即将行刑时得到赦免，但被除去官职贬为民。像这样的事发生过很多次，他始终不屈服。朝廷非常看重并依赖他，直到现在人们仍然还记得他。

故事选自《唐语林》，《隋唐佳话》也有记载。

郭家言：古代的权贵往往以权代法。武则天也不能脱其窠臼。故事中，武则天的海量与智慧溢于字里行间；徐大理斗胆抗命没有给"大理"二字蒙灰。

徐大理（641—702年），名宏敏，字有功。青年及第，历任司法参军、大理寺丞、秋官（刑部）郎中、侍御史、司刑寺少卿等，他长期在司法任上，是唐武则天时与酷吏斗争的一面旗帜，也是历史上罕见的一位以死守法、执法的法官和清官。死后被追赠为大理寺卿，是当时的最高法官。

87. 苏世长归顺

武德四年（公元621年），高祖（李渊）平定王世充后，王世充的行台仆射苏世长来归顺。高祖指责他归顺来迟。苏世长深深一拜说："自古以来帝王登基都是用擒鹿来比喻，一个人擒到了，其他猎手就会放手了，哪里有擒到鹿的人，还怨恨其他同猎之人，追究他们曾共同夺鹿的罪名呢？"高祖和苏世长是旧日朋友，听辨后一笑而过。

故事选自《唐语林》。

郭家言：此书还记载了苏世长讽劝高祖的另一则故事：苏世长曾经在披香殿陪高祖用餐，酒喝高兴时对高祖说："这殿是隋炀帝建的吧？不然那些雕饰咋那么像呢？"接着规劝道："这些寝宫、鹿台、琉璃如此奢华，这就不是一个崇尚节俭的君王应有的。"

类似这样的进谏，使高祖感到了极大震惊。依我看来，历史上的君王打下天下之初，大多是节俭而听谏的，这在当时应该也是进步的、革命的。守天下，还能像当年打天下时一样吗？

苏世长（？—627年），唐初文学馆十八学士之一。他少时生长在周武帝时期。隋文帝时被越级提为长安县令。后又在隋炀帝政权任职，隋朝灭亡后，王世充称帝，任他为太子少保，行台右仆射（即右丞相）。王世充被唐高祖平定后，因为与高祖有故交之情，投奔了唐朝。

苏世长机智而长于言辞，而且平生博学，敢于直面劝谏皇帝，曾出使突厥，不辱使命。在出任巴州刺史途中，船坏落水而死。

88. 宋濂正直

宋濂曾与客人聚饮，明太祖暗地派人查看。第二天，太祖问宋濂昨日是否饮酒。席上客人都有谁，菜肴都有什么。宋濂全部按实情回答。太祖大笑道："的确如此，你没有欺骗朕。"隔了数天又问及群臣每个人的好与坏，宋濂只挑那些正直的忠臣作回答。太祖问他为什么如此回答。宋濂告诉太祖："正派的忠臣都是我的朋友，我了解他们；那些不良之辈，我因不和他们来往，所以我不了解他们。"

故事选自《唐语林》。

郭家言：宋濂小时候家穷而好读，常常借书来读。借来的书边读边抄，算着日子按时还书。冬天手指冻得不能弯曲和伸直，仍然抄书不停，因还书守信，人家都愿意把书借给他，因此他得以读很多书。成年后仰慕古代圣贤，交往于明师与高朋之间，因此成为一代文学大家。曾被明太祖誉为"开国文臣之首"。学者称为"太史公"，与高启、刘基并称"明代诗文三大家"。其代表作品有《送东阳马生序》等。

明太祖朱元璋，明朝开国皇帝。幼时家贫，曾给人家放牛，25 岁参加郭子兴领导的红巾军反抗元朝。1368 年击破各路农民起义军后，在应天府称帝，国号“大明”，年号“洪武”，从而结束了蒙元在中国的统治。朱元璋在位期间，下令农民归耕，奖励垦荒，兴修水利，抑豪强，减税赋，解放奴婢等。社会生产因此得以恢复和发展，史称“洪武之治”。1398 年病逝，享年 71 岁。

89. 元方卖房

陆少保，字元方。曾经在东京洛阳准备卖掉一套小房子。他的家人和买者几乎要成交了，买者提出求见元方。元方坦率地告诉买者：“这处房子很好，但缺点是下雨时水无出处。”买者听后，立刻推辞不买了。子侄们为此说了埋怨他的话，元方却说：“我不将实情告诉买者，那就是欺骗人家。”

故事选自《唐语林》。

郭家言：故事告诫人们，为人要坦率真诚。历史上说陆元方为官“素清慎”。为官一生，得“素清慎”之评，足矣。

陆元方字希仲，苏州吴人，唐朝大臣。曾任太子少保，历任监察御史，武则天时任朝殿中侍御史，长寿二年（693 年）任鸾台侍郎、同凤阁鸾台平章事。死时 72 岁。

90. 太祖节俭说

太祖（明代开国皇帝朱元璋）在东阁处理政务，天气很热，汗水湿透了衣服。侍从给太祖换衣服，换下来的衣服全部送到专门洗衣服的部门（洗过后还要继续穿）。参军（官名）宋思颜看到了后说：“主公亲自厉行节俭，真是以身作则教育子孙呀！然而老臣担心您现在这样做，以后还会不会这样节俭，希望您能始终如一这样做。”太祖高兴地说：“你说得太好了，尽管别人也可能会说这样的话，但他们可能只会考虑眼前劝告我，而不会劝我永远这样做。或者只是忧虑我已有的苗头，而不能忧虑到我将来会不会有不节俭的行为。今天思颜见我办事节俭，而担心我今后能否永远这样，我相信你一定能够永远效忠于我。”于是赏钱给宋思颜。

故事选自《典故纪闻》。

郭家言：宋思颜敢于说出忠言，而且思量深远，他担心太祖一件节俭小事只是一时作秀，于是果断从眼下之事说起，以劝谏皇帝，收到了极好的效果。

历史往往会有很多节点，明朝通过战争取代了元朝，这就是一个历史节点。而明太祖朱元璋和参军宋思颜则是这个节点上的节点人物，历史正是由这些人物推动而发展的。

> 《典故纪闻》是明朝余继登编著的一部典籍，作品涵盖了明代政治、经济、典章制度等方面内容。

余继登在明代一生为官，累迁至礼部尚书，对明代列朝实录烂熟于胸，并以此为据，写下了这部不朽的名著。

91. 马后宝说

马后（明太祖朱元璋之妻）听知元朝原府库中的货物财宝作为战利品已经运来京师，问太祖说："运来的都是些什么东西？"太祖说"都是宝贝和钱财。"马后明知故问："元朝拥有这些财宝而不能守住它们，说明这些财宝不是宝物，皇帝您自己应有自己的宝物。"太祖说："皇后您的意思，我知道了。您是说君王应该以得到贤臣辅佐才是得到宝贝。"马后徐徐说道："我每每看到有人产业雄厚就骄傲自满，命运和时机把握好了因此就放纵自己。治家与治国尽管不同，但其中的道理都是一样的。只要得到贤才辅佐，他们必能给您启发引导，共同保护大明江山。这才是国家的大宝呀！"

故事选自《典故纪闻》。

郭家言：这个马皇后是明太祖朱元璋的结发妻子，明朝建国后尊为皇后。在战争年代，一次朱元璋因上司之子猜忌而被关押。妻子（即后来的马后）冒险给丈夫偷送刚烙好的大饼，因藏在内衣里而烫伤了乳房，这是妻爱！作为战利品的元朝财宝押解至京，马后在这个故事中的循循善诱，应是"贤爱"啊！

马皇后（1332—1382 年），名讳不详，明太祖朱元璋结发妻子，《大明英烈》称为马玉环，部分野史与地方戏曲称之为马秀英，《明史》未见记载。民间又称马大脚或大脚皇后。

马皇后是宿州人，父母名字失传，史书仅作马公、郑媪。马公早逝，因生前与郭子兴是莫逆之交，所以马氏自幼长在郭府，认郭子兴为义父。朱元璋少年贫困，投奔郭子兴帐下，立有数功，郭子兴就把养女马氏嫁给朱元璋为妻。

马氏随夫征战几十年，感情深厚，夫妻共患难。马氏位居中宫后，仍然节俭严谨，限制外戚专权，并规劝朱元璋，挽救了不少大臣的命。同时以“骄纵生于奢侈，危亡起于细微”之言告诫皇帝。

92．太祖大度

明太祖朱元璋擒获了陈兆先，陈的部下就都投降了，太祖在投降的人中选择了五百名骁勇的军士作部下。这五百人为此感到疑虑、恐惧而内心不安。太祖察觉到了这些人的恐惧不安。到晚上的时候，就令这五百人入内警卫自己，而把自己原来的内卫放在警戒线以外，然后解甲酣然入睡。这五百人于是相互告诫：“太祖不杀我们，又像心腹之人对待我们，我们一定要尽力报答他。”等到部队进攻安庆的时候，这些降卒有很多人竟然争先登上了城墙。

故事选自《典故纪闻》。

郭家言：疑人不用，用人不疑，太祖撤下原来自己的警卫不用，而用降卒警卫自己，这一举动，征服了降卒的人心，显示了太祖恢宏的气量和大度，这也是明代开国之君用人的高明之处。

93. 太祖轻财

明太祖朱元璋率军攻下了采石，将军们见缴获的粮草和牲畜很多，都想取这些战利品以资军用，太祖则命令全部砍断固定战船的缆绳，将满载缴获的战船推到激流中，使这些战船全部顺流向东而去。全军看到这种情况大惊，并问其中原因。太祖告诫全军："想成就大事就要不图取小利，今全军渡江，侥幸获得了胜利，应当乘胜直接攻取太平。如果大家此时取这些财物回军，再想回来一定更难，那样的话，我们的大业就完了。"于是，率领大军乘胜攻取太平。

故事选自《典故纪闻》。

郭家言：朱元璋身为元帅，不为小利而全局在胸，这的确是一个战略家所为。

94. 诗鬼李贺

唐朝诗人李贺，七岁就能写诗词文章，当时的大文人韩愈、皇甫湜刚听说时还不相信。一次路过李贺家时，他们叫李贺赋诗，李贺提笔就写好了，然后他抬头看看就走了。韩愈和皇甫湜大为惊奇，从此李贺有了名气。他身材高瘦，浓眉，手指纤长，写东西很快。常骑一匹弱马早早出去，背一个古式的锦囊，偶有灵感而得来的句子，就马上写下来投入锦囊中，从不曾有过预先确定题目再写诗的事，不像别人那样按题目而牵强附会进行创作。等到晚上回来，就将锦囊中所得之句整合成一首诗，除去饮酒大醉或是吊丧的日子以外，他天天如此，丝毫不顾及自己的身体。他的母亲曾使婢女取出锦囊的草稿，见写的东西极多就嗔怪他说："这个孩子是呕吐出心肝才算完呀！"

故事选自《唐代才子传》。

郭家言：又据《新唐书》记载，李贺少小读书有名，文章奇特豪迈，冠绝翰林，但始终不能考中进士，原因是父亲叫晋肃。父亲名字中的"晋"与进士的"进"同音，这是犯了父名之讳。这也应该算是唐代科举中的"莫须有"吧！

李贺（790—816年），字长吉，唐代著名诗人，有"诗鬼"之称（李白有"诗仙"之称），是中唐到晚唐诗风转变的一个浪漫主义诗人。他的诗极富创造性，所写内容主要包含：一、讽刺社会黑暗。二、个人发愤抒情。三、写神仙鬼魅。四、咏物和其他。李贺的诗文章法跳跃，思路跌宕，变幻莫测，遣词造句"语不惊人死不休"。著名诗句如："黑云压城城欲摧""天若有情天亦老""大漠沙如雪，燕山月似钩""嫁与春风不用媒""雄鸡一唱天下白"等。

李贺、李白、李商隐人称唐代"三李"。只可惜，李贺活了二十七岁便去世了！

95. 獭祭鱼

唐代诗人李商隐写诗喜欢用典，总是不停地翻书查典故，所以诗写得很隐晦。古人认为水獭这种动物，捕到鱼后先不吃，像祭祀一样都摆在岸上，等捕到了一定数量再来慢慢享用。李商隐这个样子，也像水獭在祭祀一样，所以这种现象叫“獭祭鱼”(意思就是水獭拿鱼来祭祀)。岸上摆的那些鱼，就像李商隐写诗爱用典就要查很多书，而那桌上摆的书就像水獭祭祀鱼一样。所以有人送李商隐一个绰号“獭祭鱼”。

故事选自《唐代才子传》。

郭家言：李商隐写的诗，在唐代就有很多人欣赏。《唐代才子传》上说，大诗人白居易当时已经退休了，晚年极喜欢李商隐的诗文，并说“我死了，如下辈子投胎，要当李商隐的儿子”。为此，李商隐给自己才生下的儿子取名“李白老”。

李商隐，字义山，怀州（今河南沁阳）人。唐朝著名诗人，他擅长诗歌写作，是晚唐最出色的诗人之一。他写的诗构思新奇，尤其是爱情诗和无题诗写得缠绵悱恻，优美动人，广为传颂。但部分诗歌过于隐晦迷离，难以理解。政治上他一生不得志，最后郁郁寡欢而死。

96. 趁锅煎饼

北齐高祖皇帝曾经宴请身边的亲信臣子作乐。高祖说：“我出一个谜语，大家一起来猜，谜面是“卒律葛答”。石动筒说：“是煎饼。”高祖笑说：“是的。”接着提出：“大家出一个谜语，我来猜。”其他人还没想出来，石动筒就说了，我的谜面也是“卒律葛答”。高祖猜不出来，就问他谜底是什么。石动筒说还是煎饼。高祖说我刚才就是出的这个谜语，你怎么又来了一遍。石动筒幽默地回答：“趁皇上的热锅，我再做一个煎饼。”高祖听了哈哈大笑。

郭家言：石动筒是北齐皇家御用戏子。历史上说他善于幽默与插科打诨。故事中，石动筒“制笑”只是临时凑一个小笑话，由此能够看到他的多才多艺。

《启颜录》上有不少石动筒说的笑话。

> 北齐高祖皇帝高欢（496—547 年），字贺六浑。世居怀朔，为鲜卑化的汉人。虽为汉人，但举止与鲜卑人差不多。目有精光，长头高颧齿白如玉，深沉大度，轻财重士。自幼家贫，先投尔朱荣，后归之魏皇室。立北魏孝文帝之孙元修为北魏孝武帝。但高欢与孝武帝关系一直不好。534 年孝武帝逃往关中投靠宇文泰，而高欢另立元善见为孝静帝，迁都邺（今河北临漳西），史称东魏，由高欢任相。547 年高欢因与西魏作战不利而病，不久死去。

高欢的儿子北齐文宣帝高洋追崇高欢为献武帝，后又被尊为高祖神武帝，庙号“太祖”。

高欢是一位顺应历史发展的政治家，军事家。

97. 处世如戏

读书人处世，看待富贵利禄，应当像戏剧演员扮演军官一样，当他身在桌案之里，正襟危坐发号施令时，众演员拱手而立听从他的命令，戏演完了，一切就都结束了。

此段话选自《容斋随笔·卷十四》。

郭家言：作者教育人对待功名利禄的态度要如同演戏，大不可过于认真，也就是要处世如戏。这个比喻有一定的教育与启发意义。

《容斋随笔》作者是宋朝洪迈。据作者自述，此书写作时间近四十年，是他多年博览群书，经世致用的智慧和汗水的结晶，其内容繁复，议论精当，是一部涉及领域极广的史料笔记。该书分为《随笔》《续笔》《三笔》《四笔》《五笔》，共五集七十四卷，作者自说：“意之所之，随即记录，因其先后，无复全次，故目之曰‘随笔’”。

洪迈，南宋著名文学家，号“容斋”，又号“野处”。官至翰林院学士、资政大夫、副丞相、封魏郡开国公、光禄大夫。卒年八十，谥“文敏”。

98. 江宁织造

康熙年间，曹练亭为江宁织造，每次出门，相拥而行的总有八匹马，并且他必携带书籍一本。有人问："您这么好学习？"答："不是。我虽不是掌管一方的地方长官，而百姓见到我必会起立行礼，我内心不安，所以用书来掩人耳目。"曹练亭一直与上司江宁太守陈鹏年不和睦，等到太守陈鹏年犯罪之时，他却秘奏朝廷保荐陈鹏年，世人因此而高看他。他的儿子曹雪芹写了一部《红楼梦》，详细记述了风月繁华的盛事。书中有叫"大观园"的一处是以"随园"为原型描写的，知道他书斋（"随园"）的人，联想到其中的"大观园"一定羡慕他的"随园"。

故事选自《随园诗话·卷二》。

郭家言：曹练亭与上司陈鹏年不和睦，但当陈犯罪时又给陈开脱，这样的事儿出在古代官场，尤属可贵，这是一种为官的厚重。

> 江宁织造是清代的一个官名，掌管江宁织造府。江宁织造府是专门制造御用和官用缎匹的官办衙门。江宁织造府当时不仅是全国最大云锦生产基地，其本身的建筑和园林艺术也是我国古代建筑的艺术典范。

99. 痴人说梦

一个姓戚的人从小就酷爱读书而性格有些呆傻。一天早上起来，对身边一个使唤的女佣说："你昨天晚上梦见我了吗？"女佣回答说："没有。"他就大声斥责说："我梦中明明梦见了你，你为什么要赖说梦中没见到我。"

故事选自《笑笑录》。

郭家言：人生中往往有些荒诞的人爱说些荒诞的事，可怕的是有些有权势的人，用荒诞的道理去处理事情，这样会把事情处理得一塌糊涂。

《笑笑录》是清代以来以历代笑话选集形式编写的一部文言小说集。作者署名独逸窝退士，其真实姓名不详，只知作者是晚清苏州人。《笑笑录》选材自古代稗官野史、笔记杂谈、诗话词话、学术著作等。选辑近千篇，费时三十年而成。

100. 司马芝遇盗

司马芝字子华，河内温（今河南温县）人，年轻时是个书生。因躲避战乱到了荆州，在鲁阳山遇到强盗，同行的人都丢下老弱逃走了，只有司马芝坐在母亲身边守护着母亲不肯逃走。强盗来了，用刀逼近司马芝，司马芝叩头说："我母亲年迈，死活仰仗各位了。"强盗说道："此人是孝子，杀掉他是不义之举。"于是母子免以被害。司马芝让母亲坐在鹿车上推着走了。司马氏在南方十余年，亲自耕种，恪守礼仪节操。

故事选自《三国志》。

郭家言：司马芝为母求盗，终于使母子脱险，看来孝道不但能感动上苍，也能感动盗贼。从司马芝"恪守礼仪节操"的品行来解读这件事，他叩首求盗应是一种孝行，而绝不是屈节。

> 《三国志》是西晋史学家陈寿所著，是三国时代断代史，是二十四史中评价最高的"前四史"之一。陈寿曾任职于蜀汉，蜀汉灭亡后，被征入魏。后来在西晋担任著作郎职务。《三国志》最早以《魏志》《蜀志》《吴志》单独流传，直到北宋咸平六年（1003 年）三书合为一书。该书善于叙事，文笔简洁，剪裁得当。

101. 功人萧何

汉高祖刘邦建国之初，曾大赏群臣，并将萧何定为功劳最大，众将不服气。刘邦解释说："这像打猎一样，直接去追杀野兔的任务，是由猎狗担当的。而发现野兔指示野兔踪迹的是猎人的行为。现在大家只是直接猎得野兔的人，这就像是功狗；至于萧何，发现野兔并驱使你们去追猎，这是功人。"

故事选自《史记·萧相国世家》。

郭家言：故事说明看事情、办事情要善于抓根本，不能只被表象迷惑。

《史记》是我国著名汉代史学家司马迁撰写的中国第一部纪传体通史，位列二十四史之首。全书分十二本纪、十表、八书、三十世家、七十列传，共一百三十篇，五十二万余字，记载了从传说中的黄帝开始到汉武帝（公元前101年）约三千年间的历史。

《史记》与《汉书》《后汉书》《三国志》合称“前四史”，与宋代司马光编撰的《资治通鉴》并称“史学双璧”。《史记》还是中国传记文学的典范，具有很高的历史价值和文学审美价值。鲁迅称它是：“史家之绝唱，无韵之离骚。”

102. 明初“乡约”

上元典史隋吉说：“农民家庭一般有一夫一妻，如果正值耕种时节，有家庭不幸丈夫患病，妻子负责饮食熬药，这样农田活计就耽搁了，田地随之也荒芜了，等到病痊愈，那么农时已经过了。这样对上无法缴纳国家的赋税，对家庭无法养活全家。请求将百姓中的二十家或四十家合在一起结为一社。这样一来每当农时家庭有人患病时，就由全社帮助他耕种，老百姓的田地不至于荒芜，老百姓就没有饥困。”太祖（明太祖朱元璋）同意他的见解，并告诉户部大臣说：“从前的人风俗淳朴厚道，百姓间相互亲近和睦，贫穷患难之时，亲戚互相救助，婚姻死丧，周围的邻居互相帮助。而现在社会教化不行，风俗倒退衰败，乡邻亲戚，不互相周全体恤。更有甚者，倚强凌弱，以多欺少，以富欺贫，这样就大大损害了忠厚之道。我现在将老百姓一百户为一里，一里之中，有贫有富，一旦遇到婚丧嫁娶、疾病患难，富裕人家出财，贫困人家出力，老百姓哪里还有穷苦急迫的忧患呢？由此如春耕秋种时节，一家缺乏劳力，百家支援，老百姓还有不互相亲善和睦的吗？你们户部要将我的意思告白天下。”

郭家言：上元即应天府上元县，在今天的南京市内。典史是知县下属佐杂官，属未入流（九品以下）之官，典史均由吏部铨选，由皇帝签批任命，属朝廷命官。朱元璋贵为皇帝对九品以下官员的建议能听之信之，关心平民疾苦冷暖，这和他自己出身平民有关。

明代建立基层群众组织，颇有互助精神，这正是中华民族淳朴民风的体现。

103. 徐孺子赏月

徐孺子九岁的时候，一次在月光下玩耍。有人对他说：“如果能使月亮中没有桂树之类的物体，月亮会更加明亮。”徐孺子说：“不是这样，就像人眼睛中有瞳仁，才能看清东西。”

故事选自《世说新语》。

郭家言：《商芸小说》中说，当时的豫章太守刚一到任就去看望徐孺子，并解释说：“当年周武王没等坐暖席子，就急着去拜访商蓉，我礼贤下士又有什么不可呢？”这样看来当时还是在野之身的徐孺子已经颇有名气了！

徐孺子九岁因赏月而联想到人的眼睛，孩子观察事物的洞察力和语言的表达力都是准确而惊人的。

徐孺子（97—168年），是我国东汉著名的高士贤人，经济学家，世人称“南州高士”。

徐孺子“恭俭义让，淡泊明志”，不愿为官而乐于助人，有“布衣学者”之称。豫章太守陈蕃极为敬重徐的人品而为他专设一榻，因此王勃在《滕王阁序》中便有“人杰地灵，徐孺下陈蕃之榻”这不朽的名句，并传为千古佳话。

《后汉书》为徐孺子作传。

104. 大力美姝

王忠肃公平时不喜欢开玩笑。一天退朝后回家，他看见同行的一位大臣目送一位擦肩而过的美女，人家已经走远了，这位大臣还反复回头看她。王忠肃公忍不住和这位大臣开玩笑说：“这个美女真有力气。”这位大臣说：“你怎么知道她有力气呢？”王忠肃公应声说道：“他若没有力气，你老夫子的头为什么被她拉得一转再转呢？”

故事选自冯梦龙《古今谭概》。

郭家言：王忠肃公即王翱，字九皋。他是明代前期大臣。爱美之心，人人有之，文中那位大臣的言行有些“过了”，全然没有封建大臣应有的自重。还好，没有做出过分举动，只是被王忠肃公笑涮了一把而已。

王忠肃公（王翱 áo），永乐年间进士。曾任御史、吏部尚书、太子少保等，在惩贪、辨巫等方面多有政绩。为人刚正廉直，忧国奉公，忘情恩怨，故死后谥号“忠肃”。公，是古代对尊长或平辈男子的敬称。

105. 法外之法

鞠真卿担任润州（今镇江）知州时，对于斗殴百姓除了按已有的法律处理外，还命令先动手打人的人赔钱给后动手还击的人。老百姓吝啬钱财，再加上不甘心赔钱给对方，所以即使是整日纷争，相互怒视对方也没有人敢先下手打斗。特别是民间的无赖之徒，有些并不害怕被法律所杖责，所以采取这种方法来折服他们。

故事选自《梦溪笔谈》。

郭家言：鞠真卿，字颜叔，宋代仁宗时知润州（今江苏镇江）。在故事中鞠真卿法外有法，以制先动手打人者，收到了极好的效果。在现在看来，这个法外之法是属地方性法规，当时却是长官口中的法规。当今法治社会这是不可取的。

106. 神童庄有恭

住在粤中部的庄有恭，幼年就有“神童”的美誉。他家的邻边就是镇守粤的将军府。有一次他放风筝玩耍，风筝恰好落入将军府的内院中，庄有恭直接进入拾取。很多衙役因他年纪小没有把他当回事，未及时阻止他进入。将军正与客人下棋，见他神色气度不凡，急忙问他：“小孩从哪里来？”庄有恭据实回答。将军又说：“你读过书吗？会对对子吗？”庄有恭回答：“对对子小儿科了，这有什么难的！”将军问：“能对多少字的对子？”庄有恭说：“一个字的，一百个字的都能对。”将军认为他自大而夸张，就指着大堂里张贴的画幅出了上联：“旧画一堂，龙不吟，虎不啸，花不闻香鸟不叫，见此小子可笑可笑。”庄有恭说：“这里有一局棋，便可以对呀，”应声对出下联：“残棋半局，车无轮，马无鞍，炮无烟火卒无粮，喝声将军提防。”

郭家言：小孩面对将军提问，侃侃而谈，说明他少年不凡。至成年，他果真做出一番事业。真是英雄出少年呀！

> 庄有恭（1713—1767年），字容可。乾隆四年（1739年）状元，曾任刑部尚书、两江总督、太子少保、江苏巡抚、浙江巡抚、湖北巡抚、福建巡抚。1767年死于福建任上，享年55岁。
>
> 历史上他一生清正，勤政爱民，清廉自励。当时他为官江浙，这里常受海潮危害，他把兴修海塘看得极重，其治水思想和方法至今还有借鉴意义。

107. 明年同岁

艾子出行，走在邯郸城外的大路上，看到两位老太太互相让路。其中一个问：“您今年多大岁数了？”另一个回答说：“七十了。”问的人说：“到了明年我就应当和您同岁了。”

故事选自《艾子杂说》。

郭家言：这个故事讽刺的是只想到自己的进步而看不到别人发展的人。其实，故事中这个问者应该是一位风趣的人！

108.戴嵩画牛

四川有个处士（没有做过官或不肯做官的读书人）姓杜，喜欢书画，珍藏的著名书画作品有几百幅。其中有戴嵩《牛》画一轴，特别珍爱，他把画用玉石做轴装裱起来，装在用锦做的画袋里，常常随身带着。有一天他晾晒书画，一个牧童看到了这幅画，拍手大笑，说：“这是画的斗牛吗？牛相斗时，牛的力用在角上，尾巴紧紧夹在两条大腿之间，现在画里的牛摇着尾巴相斗，这是画错了！”杜处士笑笑，觉得小牧童说得很对。

故事选自《苏轼文集》。

郭家言：看来大艺术家也会出现败笔，原因在于他对事物观察不细。艺术来源于生活，小牧童在这个细节上，就比画家观察得仔细。当然，故事未说画的真伪，如是赝品，这个细节正是检验真伪的一个有力证据。

戴嵩，唐代画家，生卒年月不详。他是韩滉的弟子，韩滉镇守浙西时，嵩为巡官。戴嵩善画田家、川原之景，画水牛最为有名。相传他曾画饮水之牛，水中倒影与牛唇鼻相接，可见他观察之精微，他与韩干之画马并称“韩马戴牛”。传世作品有《斗牛图》。

109. 裴度大度

裴度做中书令时，有一次身边的人忽然告诉他官印不在了，在场的人没有不吃惊失色的，而裴度却命令继续设宴并同时上歌舞。大家都感到奇怪，不理解他为什么这样做。夜深宴会达到高潮时，身边的人对裴度说官印又回到原处了，裴度也没表态，大家痛快淋畅地欢乐到结束。事后有人问及其中的缘故，裴度说："这准是下面的小官吏拿去私自使用了，这时不必急于处理这事，印就会送回来，如果逼得急了，那人恐怕会把印丢入水里、火里，那样就再找不回来了。"当时的人都佩服裴度的大度与大气，遇事沉着有智慧。

故事选自冯梦龙《智囊全集三》。

郭家言：这个故事在《太平广记》和《唐语林》均有记载。故事说明一个道理：当偶遇突发事件时，当事者要采取冷处理的方式去处理，这样做有两个好处：一是给自己留下思考的时间，二是不把制造事件的人逼急了。裴度揣透了事件制造人的心理，他确实大度、大气、沉着、智慧。

裴度（765—839年），字中立，唐朝名相，唐中期杰出政治家。他曾平定淮西，打击宦官，推荐贤臣。历经四朝，以全德始终。他在文学方面也有成就，对文士多有提拔，《全唐文》存其文二卷，《全唐诗》存其诗一卷。

110．刻削之道

雕刻人物塑像的技巧，在于雕刻时人物的鼻子可以先刻大些，刻眼睛时可以先刻小一些。鼻子刻得大了可以削小，鼻子刻得小了就不能再刻大了；眼睛刻得小了可以刻大，如刻大了就不能刻小了。办事情也是这样，对于那些不可以重复去做的事情，小心去做就会少有失败。

故事选自《韩非子·说林下》。

郭家言：这个故事告诉人们，办任何事情须先筹划得当，同时还要留有余地。

韩非子是战国时期韩国公子，本为韩国贵族，后为秦始皇赏识，但遭到丞相李斯嫉妒，最终下狱被毒而死。他师从荀子，是中国古代著名的道家、思想家、法家思想的集大成者。后世称“韩子”或“韩非子”。他是中国古代著名法家思想的代表。著有《韩非子》，内有文章55篇，10万余字。文章风格严峻削刻，干脆犀利，里面保留了丰富的寓言故事，在先秦诸子散文中独树一帜。他具有唯物主义与效益主义思想，倡导君主专治主义理论，目的是为专制君主提供富国强兵的霸道思想。他主张君主集权，提出重赏罚、重农战，主张变法改革。《韩非子》间接补遗史书对中国先秦时期史料的不足，著作中许多当时的民间传说和寓言故事也成为成语典故的出处。

111. 主考崔沆（hàng）

隋唐时，凡读书人做官，都须先通过科举考试。唐僖宗时，在京城长安举行了一次考试，各地区取得一定资格的考生都来长安应考。众多考生中，有个叫崔瀣（xiè）的考生很有才华，考后他自认为发挥不错，只等发榜了。这次考试主考官叫崔沆，他批阅崔瀣试卷时，越看越觉得写得好，就把他录取了。发榜那天，崔瀣见自己上榜，非常高兴。按当时习俗，考试及第的都算是主考官的门生，而主考官就是考试及第的学生的座主，大家都尊称为恩师。发榜后，考生都要去拜见恩师。崔沆作为座主，见到崔瀣这位同姓门生格外高兴，也算巧合，“沆”“瀣”合起来是一个词，表示夜间的水气、雾露。于是，爱凑趣的人就把这件事编成两句话：“座主门生，沆瀣一气。”

故事选自钱易《南部新书》。

郭家言：这个故事后来演变成了成语“沆瀣一气”。本是师生联谊佳话，变成成语时成了“坏人聚在一块同流合污”，这是历史千演万变的结果。

> 崔沆（？—881年），字内融，唐代宰相崔铉之子。官至员外郎、知制诰，拜中书舍人。他选拔的名士十数人多至卿相。

112. 董叔攀权

董叔将要娶范祁为妻。叔向劝他："范家富贵，还是放弃这门亲事吧！"董叔说："我正想利用这门亲事攀缘范家呢。"婚后有一天，董祁（嫁后随夫姓，范祁所以为董祁）向哥哥范献子诉说："董叔不尊敬我。"范献子就把董叔抓来吊在庭院的槐树上。恰巧叔向从那里经过，董叔求救说："你为何不为我求求情呢？"叔向说："你希求结交权贵，现在结交上了，你希求攀附高枝现在也攀上了，你的欲望都满足了，为什么还有求与我呢？"

故事选自《国语·晋语九》。

郭家言：不合脚的鞋子就不要硬塞了，这董叔就是因此磨坏了脚！范祁是晋国正卿范宣子的女儿，董叔与叔向都是晋国大夫，这个董叔攀附权贵自食苦果的故事说明：办任何事情都不能超越客观条件，违背和超越客观条件就要受到惩罚。

《国语》为左丘明所著。左丘明为春秋末期鲁国人，是著名史学家、文学家、思想家、散文家、军事家。作品有《左传》《国语》，两书记录了大量西周、春秋时期的史实，保存了有很高价值的原始史料。

左丘明是中国传统史学创始人，是中国史学的开山鼻祖。

113. 终身食鱼

春秋战国时，有人给郑国宰相送鱼，郑国宰相不接受。有人对宰相说："你喜欢吃鱼，为什么不接受呢？"他回答说："正因为我特别喜欢吃鱼，所以不能接受任何人送的鱼，接受别人送的鱼就会使我失去官职和俸禄，那样我就不能凭我的俸禄去吃鱼了。不接受别人送的鱼，就能保住职位和俸禄，这样我就可以终身吃到鱼。"

故事选自汉代刘向《新序》。

郭家言：一则小故事，劝诫为官者要懂得眼前利益与长远利益的辩证关系。同时也可看到古代为官者精于谋身，小心遵循"官道"的谨与慎。

汉代刘向，字子政。西汉经学家、目录学家，著有《谏营昌陵疏》和《战国策叙录》，书中叙事简约、理论畅达、舒缓平易、极有特色。

代表作品还有《楚辞》《列女传》《战国策》《说苑》等。他曾任辇郎、光禄大夫、中垒校尉等职。

114．“苍鹰”郅都

郅都，汉景帝时为中郎将，敢于向皇帝直言进谏，在朝廷上使人当面折服。

济南有一宗族达300多家，强横奸猾。济南太守这样2000石的官都不能制服他们，于是景帝派郅都接任济南太守。到济南他就把族中的首恶分子全家处死，其余的人都被吓得大腿发抖。他在那里一年有余，济南郡路不拾遗。济南郡周围十多个郡的郡守惧怕郅都就像惧怕上级官府一样。

郅都为人勇敢，有气节。公正廉洁，从不拆封私人求情的信。送礼，不接受，私人所托付之事不听。他常告诫自己：“既然背离父母来做官，就应在官位上终生忠于职守保持节操，终究不能顾及妻子儿女。”

郅都调任中尉之官，丞相周亚夫官高对人傲慢，而郅都见他只是行拱手之礼（而不跪拜）。当时民风淳朴，害怕犯罪，大家都守法自重，郅都首先施行严酷的刑罚，执法甚至不畏避权贵和皇亲，就连列侯与皇族见到他，都不敢正面而视，称呼他为“苍鹰”。

故事选自《史记》。

郭家言：历史上称郅都为酷吏，《史记·酷吏列传》将他列入。历史上对他忠正清廉，对内不畏强权，对外抵御外侮给予极高评价。他的传记中后来提到，由他守卫边疆，匈奴人不敢犯境，直到他死去，匈奴人一直没敢侵犯他所防守的雁门关。匈奴人对他又恨又怕。恨，说的是匈奴人按他的模样做了木偶人，供骑兵奔跑射击所用；怕，说的是竟没有人能射中这个木偶人。

读这样的古人传记，心里总产生敬佩之情，脸上总溢有骄傲之意。古代的酷吏多是害人的皇上的帮凶，像郅都这样对内公正清廉，对外抵御外侮的人，那真是举世罕见而且令人产生敬意。

郅都，生死年月不详。主要活动于汉景帝时期，是西汉最早用严刑峻法镇压不法豪强、维护封建秩序、为民营造一方安居乐业天地的酷吏。

最后他被窦太后以汉朝法律治死。后人把他与战国时期的廉颇、赵奢等名将并列，被誉为“战克之将，国之爪牙”。

115. 陈遗孝报

东晋末年吴郡（今江苏）陈遗非常孝顺。他母亲爱吃锅巴，陈作吴郡主簿的时候，每逢煮饭都将锅巴收集起来，准备回家时一并带给母亲。太守袁山松出兵讨伐叛军孙恩，陈遗已存了几斗锅巴来不及送回家，于是就带上随军出征。后袁山松兵败，部队溃散逃至山林沼泽边绝地，众人被饿死，独陈遗依靠锅巴活了下来，当时与后世人认为是他的孝行获得了好报所致。

故事选自《世说新语》。

郭家言：一个意想不到的小事，因与孝行有关，得以保留了性命。这本是偶然所使，但得到了必然的回报。这个故事中的孝道给人的回味是深邃的。

陈遗，东晋吴郡（今江苏苏州）人，生平不详。

116. 偏枯之药

鲁国有个名叫公孙绰的人，他对人说："我能够把已死的人医活。"别人问他有什么医术，他回答说："我能够治好半身不遂，现在我把治半身不遂的药增加一倍，就可以把已死的人医活了。"

故事选自《吕氏春秋·似顺论·别类》。

郭家言：这个故事是荒谬的。有些事物因本质上存在差异，因此是不能类推的。偏枯的意思，就是今天所说的半身不遂。

当代也有类似的笑话：维生素 B_1，一次二片能治某病，有人说一次吃二片费事，拿 B_2 来吃一片就够 B_1 的量了。

117. 黄允修借书

黄允修向我借书，我将书借给他的同时告诉他："书不是借的就不会认真去读。你没有听说藏书的事吗？《七略》《四库》这些都是皇家藏书，然而皇帝真正读过的书有多少？用牛运书牛累地出汗，运的书多得都充满了屋子（汗牛充栋），这是富贵人家藏书，然而富贵人家真正把书读好的有几人？至于其他的，像祖辈积攒书籍而子孙丢弃的情况更不用说了。"

不只是这样，天下的事情都是如此。不是自己的东西而是借来的，必然担心别人随时要回而感到不安，因而仔细把玩不已，心里还要告诫自己："今日在这，明日就要还回去了，还回去我就不能再看了！"如果是自己的，就必然束之高阁，会说："姑且等以后再看吧。"

我从小喜欢读书，家贫难以供给。有个姓张的人家藏书很多，我去借，他不给，回来后几次梦里梦见此事，借书的欲望竟是如此迫切。所以，只要我能读到的书，我总是去思考、记诵。我做官以后，有俸禄去买书，屋里的书堆得满满的，蠹虫灰层不时蒙在书卷上，而后，我感叹借书来读书的人读书专心，感叹我少年时借书来读的岁月的珍贵。

现在黄允修贫穷很像当年的我，他借书的情况也与我当年相似。我愿将书借给别人和张氏舍不得借书予人，这一点我们不同。然而我当年多么不幸而遇到的是张氏，黄允修固然是幸运地遇到了我。知道这种幸运和不幸的人，那么读书必定专心而且还书也必定快。为此，我写了这篇文章把它和黄允修借的书一并交给他。

故事选自《随园诗话》。

郭家言：这篇文章是清代大学问家袁枚写的。阐述的是借书才会读得珍惜和少年之时读书的不易。我本想部分选摘这篇文章，但节选时又不忍删去其中的任何一部分，足见这文章的动人魅力！

袁枚（1716—1797年），字子才，清代诗人、文学家，是乾隆嘉庆时期代表诗人之一。1739年进士。曾在江宁（今南京）购一园，改名"随园"，文稿中多称自己为"随园主人"。他在随园生活近50年，从事诗文著述，著有《小苍山房文集》《随园诗话》等。散文代表作《祭妹文》，哀婉真挚，流传久远。

118. 千万买邻

原先，宋季雅被免去了南康郡守的官职，他买了一处住宅在吕僧珍家旁边。有一天，吕僧珍问到了宋季雅这个住宅的价格，宋季雅回答说："一千一百万钱。"吕僧珍惊奇买价太贵。宋季雅说："我是用一百万买了这个住宅，那一千万是买了个好邻居呀！"

故事选自《南史·吕僧珍传》。

郭家言：这个故事叫做"百万买宅，千万买邻。"是继"孟母三迁"之后南朝出现的一个选择好邻居的故事。中国是个礼仪之邦，吕僧珍在当时极有美名，又是个饱学之士。宋季雅重金买邻，看来他也应是一位品格高雅之人。

吕僧珍，字元瑜，家甚贫寒。儿时从师学习，有一相面人来看众学生，指着他说："此儿有奇声，有封侯的相貌。"梁武帝时吕僧珍曾为辅国将军，颇有军事才干。他礼贤下士，不私亲戚，为人鞠躬谨慎，素有极高的声誉。

119. 阴差阳错

苏轼与弟苏辙一同进京会考，苏轼以一篇《刑赏忠厚之至论》得到考官梅尧臣的青睐，并将论文推荐给主考官欧阳修。欧阳修极为欣赏，原本欲选为第一，但又怕是自己的门生曾巩所作，为避嫌，列为第二。结果试卷拆封后发现为苏轼所作，而取为第一的却是曾巩的文章。礼部复试时，苏轼再以《春秋对义》一文取为第一。

故事选自《唐才子传》。

郭家言：苏轼父亲苏洵是《三字经》中提到“二十七，始发愤”的苏老泉。这说明苏洵发奋很晚，但用功甚勤。苏洵的家教，成就了两个孩子苏轼与苏辙。他们父子三人在中国文学史上称作“三苏”。“三苏”与韩愈、柳宗元、欧阳修、王安石、曾巩被称为“唐宋八大家”。历史评判苏轼文、诗、词、字（书法）、画俱优，尤以词对中国文学史贡献最大。另外，苏轼在西湖修了苏堤，贡献了美食作品东坡肘子。65岁时死于常州。遵照他的遗嘱，其子苏过将他葬于汝州郏县城县（今河南郏县）。河南郏县现在有“三苏坟”，葬的就是他们父子仨。

哎呀！父子仨同时享誉中国历史，从古算来能有几人？

苏轼（1037—1101年），字子瞻，又字和仲，号东坡居士。宋代重要文学家，与父苏洵和弟苏辙同入“唐宋八大家”之列，是宋代文学最高成就的代表之一。苏轼为宋仁宗时进士，文章“汪洋恣肆，豪迈奔放”，与韩愈并称“韩潮苏海”；他的诗题材广阔，清新雄健，善用夸张比喻，独具风格，与黄庭坚并称“苏黄”；他的词开豪放一派，与辛弃疾同为豪放派代表，并称“苏辛”；他又能书善画，书法与黄庭坚、米芾、蔡襄合称“宋四家”。

代表作品有《东坡七集》《东坡易传》《东坡乐府》等。享年65岁，葬于今河南郏县。

120. 米汤大全

社会上把互相吹捧的行为叫“灌米汤”。曾国藩的军队攻克（太平天国都城）金陵后，得到许多人写的歌颂祝贺的诗文，他叫书记官将这些诗文全部抄编在一起，亲自题鉴：“米汤大全”。

郭家言：胜利者仍能保持清醒头脑，是政治家为政的过人之处。灌米汤的人动机各有不同，被灌米汤的人可不能“难得糊涂”。曾国藩拥兵而不自重，成功后交出兵权，免遭清廷猜忌，这是很高的政治素养所决定的。

曾国藩功成名就前和后都是极其低调的。日前我去了他的老家（今湖南双峰县荷叶镇），宅及院也就是150米见方的样子，一般黑砖黑瓦砖木结构，朴素宽敞，仅此而已！

曾国藩（1811—1872年），初名子城，字伯涵，号涤生，汉族。晚清重臣，湘军的创立者和统帅。清朝的战略家、政治家，晚清散文“湘乡派”创立人。晚清四大中兴名臣之一，官至两江总督，直隶总督，武英殿大学士，封一等毅勇侯，谥号“文正”。

曾国藩对清王朝的政治、经济、文化、军事等方面都产生了巨大影响。在他倡议下，建造了中国第一艘轮船，建立了第一所兵工学堂，印刷翻译了第一批西方书籍，安排了第一批赴美留学生。可以说曾国藩是中国近代化建设的开拓者。

曾国藩家书流传极广，影响极大。

121. 草稿黥刑

陆东在苏州做官时，判一名犯人充军流放，命人在犯人脸上刺字，刺的是“特刺配”字样。刺完以后，幕僚告诉陆东说：“凡是被称为‘特’的人，是因为罪行没有达到量刑的程度，而是出于朝廷的临时之意，不是一般官员能随便使用的。”陆东听了，便命令把“特刺”改为“准条”（依照律条）重新在犯人脸上刺字。后来有人向主管部门推荐他的才干，有人讽刺说：“莫非是在人脸上打草稿刺字的那个官员吗？”

故事选自《宋稗类钞》。

郭家言：据史料记载，宋朝确有陆东其人，也确有其事。领导不懂政策，尽管没有草菅人命，但草菅人脸难道不是一种辛辣的讽刺！

> 黥刑，又名墨刑，就是在犯人脸上刺字，是上古的五刑之一。黥刑是古代表示犯罪的标志，刺在脸上，擦洗不掉，给人造成肉体痛苦，同时也造成巨大精神羞辱。
>
> 此刑西周时已很普遍，清朝末期才被废除。

122. 孟母三迁

孟子小的时候，父亲亡故，母亲仉（zhǎng）氏守寡。当时母子居住的地方离墓地很近。孟子和其他小孩子就学起丧葬游戏，像办丧事人那样跪拜哭嚎。孟母感叹：“这里不是孩子应该居住的地方。”于是搬家到集市边住。这里靠近屠宰房，孟子和邻家小孩又学起生意买卖和屠宰牲口的一类事。孟母又说：“这里也不是我们孩子适合居住的地方。”继而搬家至学府附近。每月初一、十五，官员们入文庙（古时祭孔子的地方），行礼跪拜，进退拱手相让。孟子见了，每每学习并记在心里。孟母喜叹：“这里才是真正适合我家孩子居住的地方，”于是居住下来。

故事选自《后汉书·列女传》。

郭家言：这就是历史上有名的“孟母三迁”的故事。给孩子一个好的学习环境，是一个做母亲的责任！知道孟母是仉氏的人不多，为孩子的成长能“三迁”的人又有多少？

刘向（前77—前6年），西汉经学家、目录学家。他所写的《列女传》是一部赞扬古代妇女行为的书，也有观点认为该书是一部妇女史。作者书中选取的故事，体现了儒家对妇女的要求和看法，主要注重妇女的母仪，贤明，仁智，贞顺，节义等。其中有些赞扬的内容在今天看来是对妇女的不公平和偏见。

123. 史妻忠烈

明代洪武年中，京城里一个姓史的人与朋友合伙经商。史妻长得漂亮，这个朋友对她有不良之心。史某与这个朋友经过外地，史某溺水而死，其妻没有子女，一个人寡居。这个朋友向她求婚，她答应了。婚后几年，和他生了两个孩子。有一天，大雨突然下得很猛，路上积水流满庭院，一个蛤蟆躲避大水而爬上台阶，其中一个孩子逗玩蛤蟆，被人用杖棍击昏跌入水中，后来这个朋友告诉妻子说："史某死时，也是这样。"妻问原因，得知先夫是后夫所害。第二天，趁后夫外出，她亲手杀了两个儿子，诉讼于朝廷。明太祖赞她的忠烈，于是将后夫按法律处理，对她则立牌坊给予表彰。有好事的人作《虾蟆传》以褒扬她的爱憎，但这本书现在失传了。

故事选自《菽园杂记》。

郭家言：害友，占朋友妻，不齿于人。史妻忠烈、刚毅，堪称古代美人楷模。她的爱憎受到当时皇帝的赞美，陆容又写文追记，使她名满千秋。只是她没有留下名字。对于两个儿子的死，古代官吏并未追究，这是当时的社会制度造成的。

《菽园杂记》，明朝陆容所著，共15卷。本书是关于明代朝野掌故的史料笔记，多有可与正史相参正并补充的可贵资料，如郑和下西洋等。

124. 高皇画像

高皇帝（明太祖朱元璋）曾经召集画工为自己画像，可画出来的像大多不能让他满意。有位画工画得很逼真，自己以为必能得到皇上的赏识，等将画像拿给高皇帝看时，高皇帝仍然不满意。又一画工探明皇帝的意思，即在形似外，稍加了雍容、肃穆、端庄的神态后以画进献。高皇帝看后很高兴。于是命令复制几幅赐给各位王爷。事实上高皇帝早有意向，只是其他画工不知道他的心思而已。

故事选自《菽园杂记》

郭家言：皇帝叫画工画像，他要画工表现的不是纯画技，而是要求画工粉饰尊容。这样一来，只有善于揣摩皇帝心意的画工才能得到皇帝的赏识。

陆容（1436—1494年），字文量，性志孝，嗜书籍，家藏书极多，博学，才高多识，1466年进士，著有《世摘录》《菽园杂记》等。

125. 汉寿亭侯

关云长，被封为汉寿亭侯。汉寿，本是一个亭的名字，现在人以汉寿亭中的“汉”字为国号，认为“寿亭”是亭的名字，所以称他汉寿亭侯，这是错误的！汉朝法律规定：十里为一亭，十亭为一乡。万户以上或不满万户为一县。凡是需要封侯的，视他们功劳大小，最初从亭侯封起，其次是乡侯、县侯、郡侯。云长为汉寿亭侯，大概是初封亭侯的缘故。现在《印谱》有“寿亭侯印”，应该是不知道其中的原因而伪造的吧。

故事选自《菽园杂记》。

郭家言：陆容说的倒是自成一说，这一说甚有道理。

关羽，字云长，三国时期蜀国名将。早期跟随刘备转战各地，曾被曹操生擒。在白马坡斩杀袁绍大将颜良，和张飞一起被称为“万人敌”。刘备入益州后，关羽留守荆州。数次与魏战于襄阳，遭东吴吕蒙偷袭，使他腹背受敌，兵败被杀。

关羽去世后，因其忠义，渐渐被神化。历代朝廷对他多有褒封，清代被封为“武圣”，与“文圣”孔子齐名。

126. 闽人种荔

福建有种荔枝，果核小的只有丁香那么大，肉多还特甜。当地人能种出这样好的荔枝，其办法是取荔枝树砍掉它主要的根，并用火把主根的砍痕烧焦，然后把它种入土中，种入时要用大石头垫在烧焦的主根下，只让那些旁根得以生长。这样结出的荔枝就核小，不过用这种果核小的荔枝核再种到地里就不再发芽，就好像是牲畜被阉割以后，只能多长肉，而不能繁衍下一代一样。

故事选自《梦溪笔谈》。

郭家言：闽人，即今日福建人。苏东坡有诗云："日啖荔枝三百颗，不辞长作岭南人。"看来岭南的荔枝栽种技术和荔枝品种自古有名。这则故事主述了优秀荔枝品种的种植技巧，根据故事去品味其中的道理，应该是准确和正确的。

沈括（1031—1095 年），他所著《梦溪笔谈》是一部笔记体百科全书式著作，有"中国科学史上的里程碑"之称。

该书一共分 30 卷，其中《笔谈》26 卷，《补笔谈》3 卷，《续笔谈》1 卷，共 609 条。内容涉及天文、数学、物理、化学、生物等各个分类学科，价值非凡。书中的自然科学部分，总结了中国古代特别是北宋时期科学成就。书中社会历史方面，对北宋统治集团的腐朽有所暴露，对北宋时期西北和北方的军事利害、典制礼仪的演变、旧赋役制度的弊害都有较为翔实的记载。

127. 梅询之感

梅询为翰林学士，有一天，有许多皇帝诏书需要草拟，因此他感到构思十分辛苦，于是边构思边拿着纸笔沿石梯踱步。这时他看到一个老兵，在太阳下躺着，而且哈欠连天。梅询突然有感而发对他说："你真畅快呀！"接着又徐徐问老兵说："你识字吗？"老兵回答说："不识。"梅询说："那你更快活了！"

故事选自《梦溪笔谈》。

郭家言：梅询为翰林学士，老兵是下层普通之兵，二人身份见识都不在一个层次上，但各有各的快乐。梅询构思之苦应是一种快乐，老兵无忧无虑也是一种快乐。人生要善待自己的快乐，充分享受自己的快乐；羡慕别人的快乐，而体会不到自己的快乐，那就是没有把人世间苦乐的辩证关系体味明白。

梅询（964—1041 年），989 年进士，宋朝翰林学士，多次任知州、转运使，晚年出任许州知州，不久病逝任所。

梅询严毅修洁，机辨敏明。其游宦 40 多年，门生部属很多担任宰相要职，所以他对待官绅常以先生长者自居，为人幽默风趣，颇具文采，善于作诗。他生平所作的文稿，由他的子侄编为《许昌集》20 卷。

128. 林广射敌

熙宁年间，西夏太后梁氏领兵进犯庆州所辖的大顺城。庆州主帅派将军林广去据守。围困总不能打破。林广命令守城士兵都用射程近的弓箭射击敌人，围困的敌军根据守城士兵弓箭的射程渐渐靠近城池。于是林广马上命令士兵更换射程远的弓箭密集射击，敌军被射死很多，活着的互相拥挤着向后溃退。

故事选自《梦溪笔谈》。

郭家言：“熙宁”是北宋神宗的年号。西夏（党项）太后梁氏1070年（熙宁三年）率30万大军进攻北宋的大顺城。林广射敌的故事就发生在此时。

将军林广在敌强我弱的情况下，先用射程近的弓箭射击以麻痹敌人，然后用射程远的弓箭去射击，因而取得了胜利。看来战争之神历来总是眷顾那些用智慧去战胜敌人的军事家。

党项梁氏太后（1048—1085年），西夏惠宗李秉常生母。秉常七岁即位，梁太后摄政，任命弟梁乙埋为国相。梁太后有政治才干和军事才干，1085年去世。

129. 王雱（pāng）答客

王雱（字元泽）才几岁时，有客人指着养在同一笼中的一只獐和一只鹿问他："哪只是獐，哪只是鹿？"王雱确实不认识，思考了一会儿回答："獐边上的是鹿，鹿边上的是獐。"客人对这个孩子大为惊奇。

故事选自《梦溪笔谈》。

郭家言：雱（pāng），雨雪下得大。王雱是北宋王安石的儿子，雱是王安石为孩子取的名字。

故事中小孩子用排除选择法回答了客人，反映了孩子的聪慧，"思考了一会儿回答"，说明王雱内心有一个选择与思考的过程。

> 王雱（1044—1076年），字元泽，北宋学者，是北宋文学家，道学、佛学学者。北宋著名政治家、思想家、文学家王安石之子，33岁英年早逝。
>
> 王雱善写诗，诗词写得清新自然，很有其父风范。《全宋词》及《宋诗纪事》均有其作品。其著作有《老子训传》《佛书义释》《南华真经新传》《论语解》《孟子注》等，《全宋词》及《宋诗纪事》亦存其作品。

130. 正午牡丹

欧阳修曾获得一幅古画，名叫“牡丹丛”，画中牡丹下面有一只猫。欧阳修不知道这幅画的粗精。副宰相吴育与欧阳修是亲家，他一见这幅画就说：“这画中的牡丹是正午的牡丹。何以见得呢，细看这花虽已绽放，但是色泽干枯，这正是花在中午时的样子；猫眼的瞳仁眯成一条细线，这也是正午时猫眼的样子。猫的眼睛早晨与晚上瞳仁是圆形的，近中午时，猫眼会变得细长，正午时会变成一条线。”这真是善于揣摩古画作者笔下的意境呀。

故事选自《梦溪笔谈》。

郭家言：北宋参知政事（副宰相）吴育，善于鉴别书画。另一个故事说欧阳修将一幅古画“牡丹丛”给一个张画师看过，张画师复制后将复制品送还欧阳修，吴育从赝品中猫的眼睛早中晚不同的形状判定了这幅画是伪作。张画师不得不归还了原画。

细节决定成败，看来是十分有道理的。

欧阳修（1007—1072年），字永叔，号醉翁、六一居士。北宋政治家、文学家，且在政治上负有盛名。他官至翰林学士、枢密副使、参知政事，谥号“文忠”。与韩愈、柳宗元、苏轼被后人合称“千古文章四大家”。与韩愈、柳宗元、苏轼、苏洵、苏辙、王安石、曾巩被后世称为“唐宋八大家”。

欧阳修是宋代文学史上最早开创一代文风的文坛领袖，他领导了北宋诗文革新运动，继承并发展了韩愈的古文理论，他的散文创作的高度成就与其正确的古文理论相辅相成，从而开创了一代文风。在文风变革的同时，他对诗风也进行了革新。在史学方面，也有较高成就。

131. 驯养鹧鸪

《庄子》说：养虎的人不能给虎喂整只的动物和活着的动物。这话是对的。曾经有人善于驯养鹧鸪，他养的鹧鸪与其他的鹧鸪打斗，其他的鹧鸪总不能斗胜。有人得到他驯养鹧鸪的方法。原来他每次喂食时都是用鹧鸪皮裹着肉食喂鹧鸪，时间长了，他所养的鹧鸪望见真鹧鸪，就想上去搏杀并吃掉对方。这是因为驯养的方式改变了它原来的生活习性。

故事选自《梦溪笔谈》。

郭家言：二人同干一件事，结果可能不同。要干好一件事，就要仔细琢磨它的规律性。斗胜的饲养者用鹧鸪皮裹肉去喂，这样的鹧鸪就斗性十足。读这样的文字，给人以生活的启发。

《庄子》也称《南华经》，是道家经典著作之一。书分内篇、外篇、杂篇，原有52篇，现仅存33篇。一般认为，内篇确为庄子所作。内篇大体可代表战国时期庄子的思想核心。

庄子的文章，想象奇特，文笔变化多端，采用寓言故事形式，多有讽刺意义，对后世文学影响巨大。《庄子》在哲学、文学上都有较高研究价值。如名篇《逍遥游》《养生主》等。《养生主》中的“庖丁解牛”最为有名。庄子的思想包含着朴素辩证法因素，认为一切事物都在变化中。

132. 孝子之门

有个丁姓男子居住在越枫桥里，母亲双眼失明。丁男非常孝顺，每天早上给母亲洗漱完毕，要做的一件事就是用舌舔母亲的瞎眼，这样做已有几年了。忽然有一天母亲左眼能看见东西了，不多时，母亲右眼也重见了光明。此事被人报至朝廷，他家所住的里巷之门因此被表彰为“孝子之门”。

故事选自《南村辍耕录》。

郭家言：因孝奉母亲，所住里巷之门被表彰为“孝子之门”，这是何等的美誉！舌舔母亲瞎眼使母亲重见光明，故事的真实性不一定靠得住，但人们都愿意相信它是真的。这也像看戏一样，人们不太追求剧情的真实，但都愿戏的末尾有个好的结果。这并不是人们僭越现实，而是在追求美好与幸福。

《南村辍耕录》是有关元朝史实的笔记，亦名《辍耕录》，是元末明初人陶宗仪所著。陶宗仪，字九成，号南村，浙江黄岩人。他学识渊博，明洪武时曾任教官。元末避乱隐居松江农村，耕读之余，有所感受，即随手札记于树叶上，贮于罐中。后由其门生整理成书，共30卷，20余万字，记载了元代社会掌故、典章、文物、天文历算等。

133. 耿直如筷

宋璟为宰相时，朝廷内外人心钦服。新春时节，宫中摆宴，玄宗皇帝以自己所用的金筷子令内臣赏赐给宋璟（当时黄金餐具为皇家所垄断）。宋璟为此十分惶恐，愣在那里不知所措。玄宗皇帝见状说："不是赐你黄金，只是赐你筷子，以表彰你直率罢了。"当宋璟知道皇帝是以赐筷赞扬他如筷子一样耿直刚正时，才受宠若惊地接过金筷。但这位守法持正的老臣，并不敢以金筷进餐，只是把它供奉在相府而已。

故事选自《开元天宝遗事》。

郭家言：宋璟是唐代名相，与另一名相姚崇并称"姚宋"。他为政清廉，性格耿直，为人民办了许多好事，历史上口碑极好。据说唐玄宗很喜欢一个叫王毛仲的宦官，王的女儿出嫁时巴结者极多，唐玄宗问他"还缺什么"时，王毛仲说"有一位客人请不来"，玄宗说"我明白，一定是宋璟了"。当时人们称赞宋璟像长了脚的春天，走到哪里就把光明和温暖带到哪里。在宋璟的治理下，唐朝迎来了"开元盛世"。典故"有脚阳春"说的正是此人此事。

宋璟（663—737年），字广平，河北邢台人。其族在北魏、北齐时多为名官。他博学多才，擅长文学，十七岁中进士，历任高官，729年任尚书右丞相，历经唐代武则天、中宗、睿宗、殇帝、玄宗五朝，在任52年。他一生为振兴大唐励精图治，与姚崇同心协力，开创了大唐的“开元盛世”。

74 岁去世，玄宗追封他为太尉。

134. 不记人过

吕蒙正不喜欢总记别人过错。他初任参知政事（副宰相）进入朝堂时，有位朝臣在朝堂帘内指着他说：“这小子也是参知政事？”蒙正假装没有听见就走过去了，与蒙正同班的有位大臣非常恼怒，下令责问那个朝臣的官位和姓名。蒙正急忙制止不让这样做。下朝以后，那些与蒙正同在朝班的大臣仍然愤愤不平，后悔当时没有彻底追问。蒙正坦然地说：“一旦知道那个人姓名，那就会终生不能忘记，所以不如不知为好。不追问那个人姓名，对我也没有什么损失。”当时知道这件事的都佩服吕蒙正的肚量。

故事选自《涑水记闻·卷二》。

郭家言：“宰相肚里能撑船”，这吕蒙正是真宰相啊！初任副宰相不被人识，难免有人指点，这时去计较，不如做出成绩使人转变对你的看法。宽善待人不是任人宰割，而是用豁达心态去对待生活和人生！

《涑水记闻》，宋代司马光著。通行本十六卷，是司马光的一部语录体笔记。书中详尽记载了北宋六朝（960—1070 年）的国故时政，内忧外患；该书反映社会问题，揭示矛盾，为后世留下了极其珍贵的史料。

司马光是山西夏县涑水乡人，书中涑水应为司马光自指，故将此书称为《涑水记闻》。

135. 太祖弹雀

宋太祖赵匡胤经常持弹弓在皇宫后花园弹雀。一次，有一群大臣称有急事请见皇上，太祖接见他们，发现所奏之事并不紧急，太祖发了脾气，责问为什么这样做。有一大臣代表大家的意思告诉皇上："我们认为所奏的任何事都比弹雀之事要紧。"太祖更怒，用斧柄打击这个大臣的嘴，砸落了两颗牙，这个大臣弯腰拾起牙塞入怀中。太祖说："你将落牙放起来，还想以后控告我吗？"这个大臣毫不口软："我不能控告陛下，但有史官在史书上会记载这件事。"太祖这才由怒转悦，赐给这位大臣钱绢作为慰劳。

郭家言：此故事选于宋代司马光《涑水记闻》，此书又名《司马温公记闻》，是一部笔记体史书，也是为写《资治通鉴后记》准备的资料汇编。《宋史》没有记载这件事，但笔记体史书记载了这件事。太祖不是怕史官，怕的是史官手中的笔。故事中太祖由怒转色喜，是怕在历史中留下恶名。

司马光（1019—1086 年），字君实，陕州夏县（今山西夏县）涑水乡人。北宋著名政治家、史学家、文学家。他历仕宋代仁宗、英宗、神宗、哲宗四朝，任太师，温国公。他为人温良谦恭，刚正不阿，做事用功刻苦勤奋，以"日力不足，继之以夜"自诩。其人格堪称儒家教化下的典范，历来受人景仰。

宋神宗时司马光反对王安石变法，变法开始后，司马光离开朝廷十五年，其间主持编撰了中国历史上第一部编年体通史《资治通鉴》。他生平著作甚多，主要有《温国文正司马公文集》《稽古录》《涑水记闻》《潜虚》等。

136. 寇准忆母

寇准少年时非常喜欢玩飞鹰和猎狗而不爱读书。他母亲性格严厉，有一次，因对他不务学业异常愤怒，举起手中秤锤砸向他，砸中了寇准的脚部，鲜血流了出来。从此寇准像换了个人似的热爱学习。等到后来寇准做了大官富贵之时，他的母亲已经去世了。每当记及母亲的时候，他总是抚摸脚上那个伤痕，每每痛哭不已。

故事选自《涑水记闻·卷七》。

郭家言：故事虽小，十分感人！感人的魅力在于人人都有母亲，大多数人都在内心保留着自己和母亲亲爱的“私品”，这些“私品”往往是刻骨铭心且穿随人之一生的，回忆起来，那幸福是世上其他的幸福不能企及和比肩的。

寇准（961—1023 年），字平仲，华州下邽（今陕西渭南）人，北宋政治家、诗人。他进士出身，为人刚直，敢于直谏皇帝。他历任高官，两度入相，1023 年病逝雷州。宋仁宗皇帝诏翰林学士孙抃撰神道碑，谥“忠愍”，复爵“莱国公”。

寇准能诗善文，七绝尤有韵味，有《寇忠愍诗集》三卷传世。为人有高风，造福百姓。

137. 王明收财

宋朝初建国，王明是鄢陵县县令，他公正廉洁、爱护百姓。当时天下刚定，法律与禁令不严，官宦大多都会接受百姓的贿赂和赠送，并且一年里什么时候赠送和赠送数额已成惯例。此事多了，百姓也习惯了，不认为这是不对。王明当鄢陵县令，百姓也以这种习惯送钱财给王明，王明告诉百姓："本县令不缺钱用，但我想得到这些钱财，为全县百姓谋利。"百姓当时不知县令话中含义。几天后，百姓所送的钱粮柴草已约值数十万钱。王明用这些钱财筑堤坝兴修水利，使百姓再也不受水患之苦。宋太祖赵匡胤知道后，提拔王明为广州知州。

故事选自司马光《涑水记闻·卷一》。

郭家言：县令收受钱财，不为积私而为兴修水利，此举可谓别具一格。但今天看来，不值得推崇，而且属于罪过。

> 王明（919—991年），字如晦，大名成安人，举进士不第。曾任清平、鄄城和鄢陵县县令，后为刺史。宋太宗时，兼领江南诸路转运使。后因契丹扰边，被诏为知府以拒契丹，契丹闻讯遁去。后回京为京官，两年后去世。

138. 滕子京与岳阳楼

滕子京任泾州知州时，用公款无度，修建楼堂，被谏官弹劾。朝廷派官员追查此事，滕子京闻讯，烧毁了全部公使历（即账册），使追查官员到后不能定案。朝廷为此迁徙他为岳州（今岳阳）知州。

滕子京调任岳州不久，重修了岳阳楼。这次他不再使用公款，也不为建楼搜刮老百姓。但贴出告示：民间有欠债长期不还的，债主可将欠款献给州府，由官府负责代为追债。有很多追不回欠债的债主争相将债权献给州府，这样追到的债款达到万缗（缗是古代穿线用的绳子，这里指钱的数量）。钱到府后，置于厅堂边上，由滕子京自己掌控筹建岳阳楼，不设管账人员，不记账。岳阳楼建成以后，极其雄丽，花费也巨大。当然，入滕子京私囊的也不少。然州里没人认为这件事滕子京有什么不对，反而都称赞他有能力。

故事选自《涑水记闻》。

郭家言：滕子京是历史名人，范仲淹《岳阳楼记》中："庆历四年春，滕子京谪守巴陵郡"说得就是他。看来他有些好大喜功，在泾州修建楼堂被迁职岳州，又建岳阳楼，可见习性不改。追民间死账用于公用事业，在古代应为能官所为，在今天看来依然违法。但人们仍然喜爱古代的滕子京，因为他办法野，路子多，当然为世人所喜爱。

范仲淹（989—1052 年），字希文，汉族，北宋著名政治家、思想家、军事家、文学家、教育家，世称“范文正公”。在西夏李元昊叛乱中，和韩琦共同担任陕西经略安抚招讨副使，采取“屯田久守”之计，协助夏竦平定叛乱。庆历三年（1043 年）与富弼、韩琦等人参与“庆历新政”，提出“明黜陟，抑侥幸，精贡举”等十项改革建议。1052 年病逝于徐州，谥“文正”。著有《范文正文集》《岳阳楼记》《明堂赋》等。

《岳阳楼记》中“先天下之忧而忧，后天下之乐而乐”名句流传千古。

139. 李梦登罢官

李梦登（任孝丰县知县）被罢官之时非常贫穷，穷得连家都回不去。百姓们都争相接济他，商贩小民一清早就将自己多余的蔬菜、水果、粟米放到他的门外，他打开门，就将这些东西拿来做饭生活，不问这些东西从何而来。就这样他在此生活了一年，从未出现过非常匮乏的情况。最后，孝丰县人民集资为他筹备回家事宜，并制了一把青盖伞赠他，上面签名的人达到上万人，他就这样载誉回到故乡。曾经受到梦登恩遇的几个人，他们挑着担子，一直把梦登送到了福建家中。

故事选自徐珂《清稗类钞》。

郭家言：李梦登本是福建人，远离家乡，于乾隆庚寅年到孝丰县（今浙江孝丰）任知县。他为官清廉正直，拜见上司巡抚时，不给门卫通报银，以致巡抚都说他不熟悉官场规则。任职才三个月，就因他办事不合官场程序被罢官。接替的官员办交接手续时，县里的存粮存款和公物，仍贴着前任知县的封条。财钱虽未动，但为百姓办了许多好事。罢官后百姓万人为他制青盖伞送行，并为他筹集回家所需费用。此官青史留名，他为后代官场立下的是一尊闪耀千古的百姓拥戴碑!

《清稗类钞》是民国时期徐珂创作的关于清代掌故遗文的汇编。他从清人、近人的文集、笔记、札记、报章等广积博采，仿清人潘永因《宋稗类钞》体例，编辑而成。记载之事，上起清顺治、康熙，下到光绪、宣统。全书分九十二类，一万三千伍百余条。书中涉及内容：军国大事、典章制度、社会经济、学术文化、名臣硕儒、疾病灾害、盗贼流氓、民情风俗、下层社会生活等。该书对于研究清代社会历史，很有参考价值。

140. 天宁寺住持

清代乾隆皇帝南巡时，游巡中曾临时驻扎下来。一天，去游天宁寺。听说这寺中住持有不守戒规的名声，乾隆帝就这个事专门责问这个住持，问："你有几个老婆?"这个住持回答说有两个老婆，乾隆帝听此话感到诧异，又细问，得到的回答是："夏天取凉抱着竹妇人，冬天取暖搂着汤婆子（汤壶，也叫热水壶），这难道不是两个老婆吗?"乾隆帝一笑而罢。

故事选自《清稗类钞·诙谐类》。

郭家言：这住持是幽默而智慧的，他生活到底检点与否，不得细知，面对皇帝询问，以有二妻对之，"竹妇人、汤婆子"

可谓风趣得体之至！哎！说话的艺术是一种愉悦，是一种享受。

《清稗类钞》的作者徐珂（1869—1928年），字仲可，浙江杭县（今杭州）人。光绪年间举人，是《辞源》编辑之一，其著作甚多，除《清稗类钞》外，还有《国难稗钞》《小自立斋文》《康居笔记》《历代白话诗选》等。

141. 字据在心

蔡璘有个朋友将两千两白银寄放在他这里，没有立下字据。不久，他的这个朋友死了。蔡璘立刻招来这个朋友的儿子，将银两归还他。朋友儿子惊讶而不接受，说："嘻嘻，没有这事呀！哪里有寄存两千两白银而不立字据的人？而且我父亲从来没有告诉我此事呀。"蔡璘笑而答道："字据在心里，不是在纸上，你父亲把我当知己，所以没有告诉你。"最终蔡璘用车子把两千两白银运还给他朋友的儿子。

故事选自《清稗类钞》。

郭家言：不昧千金，人品万全。只知蔡璘是吴县人，其他不详。其实，有一件善事义事留在史册里，人生足矣！

142. 吴中羞愧

工部尚书吴中是山东武城人。他很有才能，然而迷恋声色，又贪图财利，宠爱的妻妾有几十人，但他特怕老婆。有一次他领回皇帝命令，他妻子听侍从宣读完毕以后问："这命令是皇帝亲自书写的还是文臣代写的？"吴答道："是文臣代拟的。"妻子说："代拟的就对了，今天将这皇命从头到尾读遍，没有一个'清'字和一个'廉'字。"吴不敢恼怒。他居官不廉，才被妇人借口责骂，这也足以令吴羞愧了！

故事选自《典故纪闻·卷十一》

郭家言：封建官吏吴中不廉而受到妻子责骂，这真是令吴中羞愧！也道是：锈由铁生而伤铁，贪由人为而伤人，古今有多少吴中毁在一个"贪"字之中啊！其妻责骂也不能使吴中从而"拒贪"，从这点来看，贪婪是猛于惧内的！

《典故纪闻》是明代余继登编辑的一部典籍，作品蕴含了明代政治、经济、典章制度等内容，为研究明代政治、经济，尤其是典章制度提供了有用的史料。

作者余继登（1544—1600 年），字世用，号云衢，北直隶交河县（今河北交河县）人。万历五年（1577 年）进士。参加纂修《大明会典》。

他为人朴直缜密，不喜言笑，居家简约，家里"蓬蒿满地，拥粗布衾"。

143. 李纲遇劫

都御史（官名）李纲，山东清县人。他为官廉洁而耿直。担任太仆少卿（官名）的时候，曾在冀州遭到抢劫，劫匪当时抢走了他随身携带的小箱子。劫匪边准备打开箱子边问李纲从人，得知被抢人是李纲时有感而自语：“原来他就是李纲呀，这箱里不会有钱。”说着这劫匪箱子都不打开就跑了。

故事选自《典故纪闻·卷十五》。

郭家言：劫匪判断出抢劫到的箱子中必然没钱，这件小事和李纲为政清廉互为默契，从而印证了李纲人品的伟岸！一个人的品格不在于他人的颂扬，而在于自我一生的铸炼和自我印证。

李纲（547—631年），隋唐名臣。曾当过隋唐两朝三个太子的老师。李渊建立唐朝后，拜李纲为礼部尚书，兼太子李建成的老师。后因李建成日渐骄纵，李纲愤而辞职。李世民继任后，李纲又出任太子李承乾的老师，备受宠重。631年病逝，皇太子亲自为他立碑。

《旧唐书》为李纲立传。李纲为人耿直有志节，每以忠义自勉，他为官清廉，历史留名。

144. 东坡还宅

苏东坡自广东北归，居住在阳羡（地名，今江苏宜兴）。当地士大夫因敬畏不敢与他交往，独有士人邵民瞻曾因师从苏东坡，与其交往甚多。二人常常相伴过长桥（地名），游山玩水为乐。邵为东坡物色一住宅，房主要价五百缗，东坡倾囊刚好够付宅款，就买下了它。刚刚搬入新宅，一天夜里二人月下散步，听到一个女人哭得极为悲哀，二人即推门而入，原来是一位年长老妇。东坡问老妇为何哀伤至此，老妇说："我家有一处住宅，祖传至今已有百年，我们保守此祖业，今传到我这一辈，儿子不肖，竟将祖宅卖给别人，我今日来此，竟是和这百年祖宅诀别，怎不叫我心痛！因此我才这般痛哭。"东坡闻言也为此事难过，问老妇祖居在哪里，方知是自己五百缗所买的宅子。东坡为此事再三慰抚老妇，徐徐对她说："你的祖宅是我买下的，你不要悲伤，我今天就将它还给你。"随即命人取来购宅凭据当着老妇的面烧掉了，同时叫来老妇儿子，命他第二天奉迎母亲入住那所祖宅，也没向那家要回购宅的五百缗钱。自此东坡又回到老地方居住，不再买宅。这一年七月，东坡就在住所去世了！

故事选自《梁溪漫志》。

郭家言：东坡乃饱学之士，从此事看来，还应是义士一个！

《梁溪漫志》是宋朝费衮所著，是笔记体著作。梁溪是无锡的别名。东汉梁鸿曾居此而得名"梁溪"。漫志，正如作者而言：平时闲暇时有所感言，记于纸上，日久而编成此书。

此书前三卷条言朝廷典故，多说元祐党人杂事，以后七卷，多考证史传，品定诗人，盖杂家之言。

145. 一肚子不合时宜

苏轼（号东坡）有一天退朝回到家中，吃完饭抚摸着自己的大肚子散步，回头对跟在身边的家人说："你们试猜一下我这肚中是何物?”一个丫鬟匆忙回答:“都是文章。”东坡对此回答不以为然。又一个人说:“满腹都是见识。”东坡也认为不恰当。轮到朝云(苏轼之妾)时她说:“苏学士一肚子不合时宜。”东坡捧腹大笑。

故事选自宋费衮《梁溪漫志》。

郭家言:苏轼之妾朝云与苏轼相爱贵在彼此知己,女子不凭芳颜而靠才华取乐于夫君,这朝云因此知名于史。她也算是古代奇女子之一吧!

费兖(yán),字补之,生卒年均不详。无锡人,约宋光宗时在世。为国子监生,中进士,其余事迹不详。费衮撰有《梁溪漫志》十卷,书中所记之事,史书可采用颇多。

146. 张咏肃贪

宋太宗赵光义当皇帝时,张咏为鄂州崇阳县令。有一次,他见一小吏从库房出来,头巾下挂着一枚铜钱,张咏立刻喝问钱从何来。小吏从容答道:“拿库里的,怎么样?”张咏本以为他干这事会胆怯,谁知他竟理直气壮。张咏立刻叫人打他板子。没想小吏也不含糊,竟毫不服软,“不就一小钱吗?你能打我,还能杀我不成?”张咏当即执笔当堂作判:“一日一钱,千日千钱;绳锯木断,水滴石穿。”终斩小吏于堂。当然张咏也知道,因盗一钱而判斩是不合法的。于是,他向朝廷写了“自劾”的奏章,结果太宗赵光义不但没处罚他,反而认为他肃贪很给力,因此他在皇帝心里有了分量。

郭家言：《闻见近录》是宋人王巩所著。张咏处理事情，常常和别人有悖，所以给自己起个字号：乖崖。乖就是乖张怪癖，崖的意思是山石陡立的侧面。

一日一钱，在小吏看来属些许小事，但千日千钱，就会“水滴石穿”。岂不闻，不以恶小而为之，这小吏就是不懂这样的道理而丢掉了自己的小命。这张咏也就是因为如此较真才成为了张乖崖。

《闻见近录》为宋代王巩所著，共一卷，一百零四条，记载后周世宗至北宋神宗时期的朝野遗事，而以北宋太祖、太宗、真宗、仁宗四朝之事为多。

王巩，约1117年前后在世，生卒年不详。有才，长于诗。生活在宋神宗时期，与苏轼为友。著有《甲申杂记》一卷，《随手杂录》一卷，《四库总目》并传于世。

147. 王素谏色

王巩的父亲王素作谏官时，劝谏过王德用给宋仁宗私进美女的事。宋仁宗反责王素说：“这是宫禁中的事，你从哪里知道的？”王素说：“我只是风言听说，陛下有者应当改正，无者说明是有人胡乱传言，何至于陛下责问是从何处得来的消息？”仁宗笑着说：“我是真宗的孩子，你是王家的儿男，咱们的关系与他人不同，应该算是世交。王德用进献美女，有这回事。这些美女在我身边，我和她们特别亲近，就将她们留在我身边怎样？”王素说：“若是您不亲近这些美女，就是留下她们也是可以的。我所进谏这件事，正是担心您太亲近这些女色。”仁宗闻言色变，只好立刻吩咐身边太监：“王德用进献的美女，给她们每人三百吊钱，打发她们马上离开皇宫，事情办妥后赶快回来报告我。”仁宗说着，眼泪都流下来了。王素说：“陛下如果认为臣批评得对，也不需要这么急着赶走她们。回宫以后，慢慢打发她们走就行了。”仁宗说：“我虽然贵为帝王，可是感情和普通人也没有什么两样。如果看到她们哭哭啼啼不肯离去，我恐怕也不忍心再让她们走了。爱卿你且不必马上走，等候身边太监回来报告。”王素由衷地说：“陛下听从大臣劝谏，自古的帝王都比不上您，您能这样做实在是社稷之福啊！”好一会儿，太监来报告说那些美女已走出宫门了。仁宗脸上再次露出难过的神色，无奈地回宫去了。

本故事选自《闻见近录》。

郭家言：天子也是人，也有普通人的凡心。在诤谏与色欲的较量中，能够战胜自己，作为一呼千诺的帝王，这是十分克制且不易的！

148. 修正自己

宋朝有个人叫赵概，他在书房里放了三个盒子，一个里边放黄豆子，一个里边放黑豆子，一个是空的。每晚睡觉前，他就将三个盒子打开，回想自己一天的言行。如果做了好事，就取一粒黄豆投入盒中，如果做了坏事就取一粒黑豆投入另一盒中。开始时投的黑豆多，黄豆少。后来所投的黄豆越来越多，黑豆越来越少，他的道德修养因此越来越高。

故事选自《宋人轶事汇编》。

郭家言：爱因斯坦说“一个人在科学的道路上，走过弯路犯过错误，并不是坏事，更不是什么耻辱，关键是在实践中勇于承认和改正错误”。人的一生总是在不断总结、不断修正中生活，这就是进步人生。

《宋人轶事汇编》为近人丁传靖所著，全书 20 卷，辑录了宋代 600 多人的逸闻轶事，大体按年代排列，1~3 卷写帝、后，4~19 卷写臣民，最后一卷附故事、杂文等。此书引用书目达 500 多种，以各种笔记、诗话为主，搜罗丰富，可弥补正史之不足。

149. 包拯廷争

宋仁宗时，是否授（张皇后伯父）张尧佐宣徽使职务的事，因大臣们争论不休曾一度搁置了。很久以后，仁宗因为张皇后的缘故，想再次提出这一任命。一天上朝时，皇后将仁宗送到殿门，拍着仁宗的背娇娇地说：“皇上，不要忘了宣徽使的事！”仁宗说：“知道，知道。”仁宗在朝廷上刚一说起此事，（监察部门的长官）包拯马上应对，大说此事不可，并反复慷慨陈词，言辞激愤，唾沫星子都溅到仁宗脸上来了，仁宗终于收回成命。此时皇后派小太监不停地打探消息，得知包拯犯颜直谏，态度激烈，于是在迎接仁宗退朝时便当面认错。仁宗一边抬起袖子擦脸一边埋怨皇后：“包拯在我面前抗争，唾沫直喷到我的脸上。你只管要什么宣徽使、宣徽使，难道不知道他包拯在做监察部门的长官吗？”

故事选自《宋人轶事汇编》。

郭家言：北宋的宣徽使拥有很大的权力，具体掌管朝内诸司及三班内侍之籍和郊祀、朝会、宴享之仪一切内外供奉，难怪张尧佐去争这个位置了。这个故事倒像是个小话剧，里边人物的行为语言都很生动，包拯形象更是使人敬畏。看来对于不该得到的东西，即便是皇帝有时也是不能得到的。

包拯（999—1062 年），字希仁，北宋大臣。庐州合肥（今安徽合肥）人，汉族，天圣五年进士，累迁监察御史。他建议练兵选将，充实边备。历任三司户部判官，京东、陕西、河北路转运使，多次弹劾权幸大臣，后曾权知开封府，权御史中丞、三司使等职。嘉祐六年（1061 年），任枢密副使，卒于此位，谥号“孝肃”。

包拯为官以断案英明刚直而著称，执法不避权贵亲党。任知开封府时，告状者可直接至堂前自诉曲直，杜绝奸吏阻挡。因为他立朝刚毅，所以贵戚、宦官为之敛手，京师有“阎罗老包”之称。后世则把他当作清官的化身，誉为“包青天”。

150. 宋庠兄弟

宋庠在任时，元宵节之夜在书院读《周易》，听闻弟弟宋祁在点华灯拥歌妓豪饮。第二天宋庠让亲人责备宋祁：“请你告诉我弟弟，听说他昨夜华灯夜宴，穷奢极侈，不知他还记得当年元宵之夜我和他在某州州学学习时粗食难以下咽的情景吗？”弟宋祁笑答：“托你带话给我哥，难道不知道当年吃那种饭是为什么吗？”

故事选自《宋人轶事汇编》。

郭家言：兄弟二人，一个不忘旧时吃苦，为政后以此为动力发愤报国；一个不忘旧时吃苦，为政后却风花雪月华灯夜宴。两人都说自己这样做是没有忘记当年所吃的苦。这是两种截然不同的人生态度。

宋庠，北宋文学家，官至宰相，与弟弟宋祁并有文名，世称“二宋”。二人在1024年，同举甲子拜进士，宋祁考取第一，宋庠第三。章献太后不同意以弟先兄，于是擢宋庠为第一名，宋祁为第十名，兄弟俩故有“双状元”之称。由此宋庠成乡试、会试、殿试共为第一的三元状元。

151. 韩琦大度

宋朝大臣韩琦在定武为帅时，一天夜里写东西，令一侍从小兵举蜡烛在他身边为他照明。小兵只顾看其他时，烛火烧了韩琦的胡须。韩琦用袖子挥了挥胡须，继续写下去。过了一会儿回头看时，发现为他照明的人换了，急忙高声说：“不要换人，他刚刚干这差事，还不老练。”帅府上下都为韩琦的大度而感动叹服。

故事选自《宋人轶事汇编》。

郭家言：古代官吏是有官仪和官威的，身为宰相的韩琦因被侍从不小心烧了胡须而不给予处罚，真是有大度风范。这样的领导或者长者往往能被部下或晚辈衷心拥戴。

韩琦（1008—1075年），字稚圭，相州安阳（今河南安阳）人。北宋政治家，进士出身。曾与范仲淹率军防御西夏，在军中威望极高。他一生经历仁宗、英宗、神宗三朝，亲身参与许多历史重大事件。在仕途上，曾经为相十年。无论在朝或被贬，始终为国家所想，忠心报国，为北宋的繁荣与发展做出了贡献。在地方，忠于职守，勤政爱民，是封建社会难得的官僚楷模。

《宋史》为韩琦立传。他著有《安阳集》50卷，《全宋词》录其词四首。

152. 安民刻碑

北宋时期，蔡京、蔡卞等奸臣一度把持朝政，在国内各州为已故的忠臣立碑刻字，以图千秋后世永远诽谤这些忠臣。当时都城长安也为立碑之事征召刻字巧匠，于是一个叫安民的刻字工匠也被征召。安民推辞说："我是一个愚人，不知上官为这些人立碑的真正意图，但我知道元祐时期像司马光这样的人，天下人都称他是忠义之臣，现在也被当局说成了奸邪，我不忍在碑上刻字去攻击他。"州府负责此事的官员因此恼怒，欲治安民的罪。安民退一步说："我担这份差，理应按你们要求将字刻于碑上，但我请求不将安民这个署名刻在碑上，我怕落下被千古责骂的罪名呀！"

故事选自《宋人轶事汇编》。

郭家言：司马光死时，苏轼为他写了碑文，皇帝碑题："清忠粹德"。后来奸臣当权时，把碑推倒了，这才有了蔡京等奸臣为他立碑之事。蔡京等奸臣为忠臣立碑，其意甚明，目的就是把司马光等人永远刻在"耻辱柱"上。但历史给蔡氏开了个极大的玩笑，最终被刻在"耻辱柱"上的正是想把别人刻上的人。据说蔡京书法很好，宋代书法四大家"欧黄米蔡"的"蔡"原本就是蔡京，但后人硬是把蔡换成了蔡襄，足见历史对他多么憎恶！

153. 伯修射雁

宋朝陈伯修在太学当学生时与陈了翁很友善。有一天和同学在花园中相聚，这时有大雁排阵而过，大家相互戏言说"明年能考中天下第一的人，应该能射中首雁"。伯修弯弓射去，竟一箭射中三雁，而了翁所射未中一雁。停了一会，又有雁阵在头上飞过，了翁又射，也射中三雁。伯修笑着说："看来你考试中榜应在我中榜以后的年岁呀！"了翁也笑着说："如果真是这样，你就是我们这些人中的优秀者。"第二年，伯修果然以第三名考中。三年后了翁考中，也是第三名。二人都当上了昭庆军节度掌书记（宋朝军中掌管文书的官员），二人像是有约似的同是太学学生们的佼佼者。因此，园中当年射雁的大厅被称为"射雁堂"。

故事选自《宋人轶事汇编》。

郭家言：据《宋人轶事汇编》介绍，这个故事选自《梁溪漫志》。故事中的射中与考中本来应无联系，但陈伯修与陈了翁均以射中大雁取得好兆，继而考中入仕，这应该是一个生活中的偶然现象。

154. 文从免死

范文从，是宋代范仲淹的后人。在明代洪武年间为御史，因违背皇帝旨意，被入狱问成死罪。明太祖朱元璋察看狱中案卷见到范文从籍贯，惊呼道：你难道是范仲淹的后人吗？“答道：臣是范仲淹十二世孙。太祖沉默良久，马上命人取来布帛，御笔在上大字书写“先天下之忧而忧，后天下之乐而乐”二句诗文赐给范从文，并下旨：免你五死。

故事选自《宋人轶事汇编》。

郭家言：宋代文学巨人范仲淹，以其人品、学问、才干均为后人敬仰，以至于明代的明太祖免去了范家后代的死罪。另外，历史文献还记载与范仲淹有关的另一件事：范仲淹裔孙（后代远辈）运货时遇到强盗，当强盗得知他是范仲淹的后人时说：“这是好人子孙。”于是便把所运货物都还给了他。

看来人品高尚的人，不但自己流芳百代，同时还荫护子孙。

范仲淹（989—1052 年），字希文。北宋著名政治家、军事家、思想家、文学家。他为政清廉，体恤民情，刚正不阿，力主改革；屡遭奸佞诬谤，数度被贬。1052 年病逝徐州，安葬于河南洛阳东南万安山，后追封楚国公、魏国公。有《范文正公集》传世。

155. 朱熹被骗

朱熹有脚疾，曾有一个道人为他针灸治疗。治疗后朱熹立刻觉得脚疾轻了不少，朱熹十分高兴，重金酬谢道人，同时又赠诗一首给道人：多年扶靠竹竿走路，不想针灸竟有奇功。扔开竹竿出门见儿童笑，这难道是那个曾痛苦而行的老翁（原诗为“几载相扶藉瘦筇，一针还觉有奇功。出门放杖儿童笑，不是从前勃窣翁”）？道人拿到诗就离去了。没几天，朱熹足疾发作，竟比针灸前更痛苦。朱熹急令人去追寻道人，可这时已经不知道他逃到哪里去了。朱熹叹息道：“我不是想因此而治他罪，只是想追回所赠的那首诗，怕他拿我作的诗去行骗，因此误了别人的治疗。”

故事选自《宋人轶事汇编》。

郭家言：朱熹是宋代名儒，名人都有一怕，就是怕别人借他的名去骗钱骗利，朱熹也是如此。故事中的道人骗人的动机不甚明了，但朱熹不为自己被骗为怀，而怕别人再同样被骗，这样的心思与胸怀，应该是社会所倡导的。

朱熹（1130—1200 年），字元晦，又字仲晦，南宋江南东路徽州府婺源（今江西婺远）人。19 岁进士及第，南宋著名理学家、思想家、哲学家、教育家、诗人。是孔子、孟子以来最杰出的弘扬儒学的大师，是程（程颢、程颐）朱学派的创始人。他曾多次担任地方官，为官清正有为，惩治奸吏但屡遭排挤，仕途坎坷。

156. 今天不杀羊

黄鲁直和苏东坡开玩笑说："以前王羲之（王右军）的书法被称为'换鹅书'。现在的韩宗儒爱吃肉，每次得到你的书法，都去殿帅府换几斤羊肉来吃，这样，你的书法可以被称为'换羊书'了。"苏东坡在翰苑的时候，有一天韩宗儒写信来，以求得到苏的书法，来送信的人索要书法很是着急，苏东坡笑着对来人说："传话给你家主人，我今天不杀羊（意味今天不写书法）。"

故事选自丁传靖《宋人轶事汇编》。

郭家言：依我看来，苏东坡应为北宋第一文人。其文、其词、其书（书法）历史均留高名。他的书法被称为"换羊书"，也算是对他的书法的褒奖和仰慕。生活中的苏东坡也是很幽默而有趣的。幽默的人，往往知识面很宽，又往往脑子反应灵快，你看，故事里的"今天不杀羊"，多么风趣，又多么逗人！

> 王羲之（303—361年），字逸少。原琅琊临沂（今属山东）人，生长于无锡，后迁于山阴（今浙江绍兴）。他是中国晋代书法家，有"书圣"之称，后官拜右军将军，人称王右军。可惜他的书法无真迹传世，著名的《兰亭序》等帖，皆为后人临摹之品。

据说他的书法为当时世人渴慕，曾经有一个人想得到他的作品，得知他极喜欢白鹅，于是就故意赶着一群白鹅和他“路遇”。果然，王羲之用书法换去了那人一群白鹅，于是有人称王右军的书法为“换鹅书”。

157. 苏轼说文

有人问苏东坡写文章的方法，苏说：“写文章就好比是在身边各种事物中，得到能被我所用的东西。写文章要先立意，主题确定了，那么经史上的材料均可以为我选用。”

故事选自丁传靖《宋人轶事汇编》。

郭家言：苏轼是宋代文章大家，大家说文，那就是文章法式和文章魂灵。

158. 风水之地

范仲淹曾得一块宅基地，风水先生相看之后说：“这块宅基地代代出大官。”范仲淹说：“假如真是这样，不敢仅我们一家受益。”于是用这块地建了学校，这个学校就是现在的苏州府学。

故事选自《宋人轶事汇编》。

郭家言：从这个故事看来，范仲淹的人生格言“先天下之忧而忧，后天下之乐而乐”，不光是写在纸上，而且还写在他生命的实践中。一个封建士大夫能有这样的胸怀与品格，他的精神将是永不磨灭，永不过时的。这样的人与这样的话，都是我们民族永恒的宝贵的财富。

159. 苏掖吝啬

宋朝有个叫苏掖的常州人，官至县监官。家里十分有钱，但他非常吝啬，在置办田产、房产时，常常不肯付足应付的钱。有时为了少付一点钱，他会与人争得面红耳赤。他最会趁他人困窘危急之时，压低对方急于出手的田产、房产的价格，从而牟取大利。有一次，他准备买下一户破产人家的别墅，为压低房价与对方争执不休。他儿子在一旁看不下去，忍不住劝阻他：“父亲，您还是多给人家点钱吧。说不定将来您的儿孙会出于无奈卖掉这座别墅，希望那时也许会有人出个好价钱。”苏掖听儿子这么一说，又吃惊，又羞愧。从此，他开始对自己的吝啬抠门有所醒悟了。

故事选自《宋稗类钞》。

郭家言：这个故事颇有“前人栽树，后人乘凉”的意思，苏掖只是一个十分有钱的下级官吏，买东西时为小利益与人相争，似乎也不能算吝啬，至少在吝啬这方面达不到古代吝啬者第一方阵的行列。但故事中儿子的劝阻才是故事的主题所在：凡事不能做得太过，要学会站在争论双方的对立面去思考问题，这样才能够把问题看得更清楚一些。

《宋稗类钞》是小说笔记类丛书。作者是清代的，一说是李宗孔，又一说是潘永因。此套书共36卷，另一说只有8卷。

此套书编排明显受《世说新语》影响，书中涉及面很广，上至帝王帝后，下至平民百姓。记录事情有三教九流、草木虫蛇、古玩书画等。

此书内容丰富而宝贵，是研究宋代社会和科学技术发展、自然环境变迁的原始资料。书中宋代建筑方面的记载中说“开宝寺塔”是著名的斜塔。这记载比意大利比萨斜塔早了上百年。更重要的是比萨斜塔是建造失误所致，而开宝寺塔是有意造斜以御海风，二者呈给后人的意义显然极有不同。

清代此书为禁书，因书中宋代史实涉及女真族和宋金之战有关内容，触动了清朝统治者讳饰祖先的敏感神经。被禁的另一个原因是清代禁止私史流传。此套书出现两个作者，也和此书遭禁有关。

160. 大盗伏法

宣和（宋徽宗年号）年间，芒山有个大盗即将被正法，他的母亲赶来与他诀别。大盗对母亲说：“很想还像我小时候那样吃一下您的奶，如能如愿，虽死无憾！”母亲于是满足了他的请求，大盗吮奶时竟然咬掉了母亲的乳头，母亲流血满地而死。大盗为此事告诉刽子手：“我小时候，偷人家一把蔬菜一根柴火，我母亲见了，面有喜色，就是这些小偷小摸铸成我现在的大罪，所以我恨她而啮杀了她。”这件事是个教训，摆在这里是让世人都知道教育孩子走正道应当从婴儿时就开始抓起。

故事选自《宋稗类钞》。

郭家言：这个故事民间流传极广，教育意义也十分大。即“小时摸针，大时偷金”。教育孩子，要从娃娃做起，从小事做起。

故事中的大盗啮杀母亲，更是罪恶滔天，死有余辜。

《宋稗类钞》作者有争议，一说是李宗孔，另一说是潘永因。

1. 李宗孔，字书云，江苏江都（今江苏镇江）人。生于1620年，27岁参加清初北京公试，考中后得官，居北京。康熙时任给事中，积极参与清代“博学鸿儒”考试。康熙二十八年去世，卒年80岁。

2. 潘永因，字长吉，江苏常熟（今江苏省常熟市）人，生卒年代及生平均不可考，只知他是潘永元之弟。清康熙元年（1622年），因为清朝借口通海而大肆逮捕平民，借以敲诈，因此潘永因逃至平陵，埋头著书。于1669年，编成《宋稗类钞》。

161. 朱勔秀袍

北宋朱勔所穿的锦袍，宋徽宗曾经用手抚摸过，于是朱勔就请人在袍上徽宗抚过的地方绣上了一个金手印。还有一次朱勔参与了皇宫内部的宴席，徽宗用手亲切地握住了他的手臂，他就把黄帛缠在那个手臂上，此后与人交往时，总是保持这个手臂始终不动，以此炫耀这个手臂曾被皇帝握过。

故事选自《宋稗类钞》。

郭家言：朱勔是北宋大臣，为“六贼”之一，历史上属于名奸之列。故事中朱勔秀得到位，不失六贼之“风采”，也不失为中国历史反面人物之一。

> 朱勔（1075—1126年），宋代苏州（今属江苏）人。因父亲朱冲谄事奸臣蔡京、童贯，父子均得官。朱勔一面竭力逢迎皇帝，一面千方百计巧取豪夺，广蓄私产，生活糜烂。他权势熏天，当时号称“东南小朝廷”。钦宗即位后，他先被削官放归故里，后被流放到循州（今广东龙川）关押，后被处死。

162. 叶衡问死

叶衡罢相回到金华故里，从此不再过问当朝时事，只和百姓们结交而日日饮酒作乐。人死以后会怎样呢？有一天他为揣摩这个事而闷闷不乐，因此问在座的诸位客人：“我要是死去的话，所遗憾的是不知死后过得好不好。”一个在下座的客人回答：“再好不过了。”叶衡为这样的回答感到惊讶，回头问此人怎么知道。这个人回答说：“如果人死后在那边过得不好，那么死去的人早就逃回来了，但这些死者没有一个人逃回来，所以知道人死后在那边过得都很好。”满座客人都为之大笑。第二天叶丞相竟安心地去了。

故事选自《宋稗类钞》。

郭家言："卑贱者最聪明"，叶衡问死之事，真是应验了这句名言，这位坐下座的客人打开了丞相大人心中的死结。生死这种客观规律，在上帝面前，人人都遵守这个规律，古往今来无人例外。

叶衡，字梦锡，婺州金华（今浙江金华）人。进士出身。由地方官升至宰相，兼枢密使。后罢相，死时62岁。

叶衡任地方官时，有政声，治郡以政绩闻名。

163. 张齐贤罢相

张齐贤任吏部尚书时兼任青州郡守六年。在他治理下，青州秩序井然，百姓非常拥戴他。但有人却恶意诽谤说他居官松懈不作为，因此朝廷把他召回京都。他不免有些牢骚："我原来当宰相，幸而没有大的过错，现在治理青州一个郡，竟然招来人非议，这好比当了三十年皇家厨师，临老了反而连煮粥都不会了？"

故事选自《宋稗类钞》。

郭家言：张齐贤特别能吃，历史上记载他"健啖"，但他并非饭袋，而是很有主见，眼光远大，曾为宋太祖献计"十策"。"画地十策"就是说的这件事。十策献计，皇上当时接受四策，他却坚持十策都应采纳，为皇上所不允。但后来，他终被皇上拜相。齐贤，其名果然不虚啊！

张齐贤（942—1014年），字师亮，曹州冤句（今山东菏泽）人。北宋著名政治家，宰相。进士出身，兼长军事，率宋军与契丹作战，颇有战绩。为相前后21年，对北宋的政治、军事、外交都做出极大贡献。同时也留下许多传奇故事。1014年去世，谥号“文定”。

164. 史天泽染须

元朝丞相史天泽（中书丞相后被封武王），须发全都花白了。一日上朝时竟然须发全黑，皇上见状，惊讶问他：“你的须发为什么由白变黑了？”史天泽回道：“这是用药物把它染黑的。”皇帝又问：“为什么要染黑它呢？”又回道：“臣在镜子前见自己须发全白，内心伤感已入暮年，这样尽忠于陛下的日子就不长了，因而把须发染成黑色，从而使我报效君王之心一如从前。”

皇上闻言大喜，满朝大臣都说他善于应对。

故事选自《南村缀耕录》。

郭家言：爱美之心人人有之，当今头发花白的，很多人都以染黑为美。史丞相头发染黑是为了报效君王之心一如从前，显然是巧言媚主，但领导喜欢（皇上闻言大喜），可大臣们心中有数，大家不认为他忠心可嘉，只认为他善于应对。这就是君心可媚，民心不可欺呀！

史天泽（1202—1275 年），字润甫，元朝名将。1225 年，接替其兄史天倪为都元帅，不久率军击败金将武仙，俘杀抗蒙红袄军将领彭义斌，攻克赵州、真定等地。1261 年，为中书右丞相。1275 年卒。

历史上说他出将入相近 50 年，每临大事总以天下大事为重，尊主庇民，从不追求个人富贵权势。

165. 不可妄杀

宋太祖（赵匡胤）天性不喜欢杀戮，大军攻取江南之际，太祖告诫主帅曹彬副帅潘美说："江南本无罪，是我想天下一统，容他不得。你们不要轻开杀戒。"后曹潘大军攻江南之都久久不下，于是二帅上奏皇帝："出兵很久但无建树，不杀人不能显示大军之军威。"太祖看到奏章大怒，回诏书说："我宁不得江南，亦不可妄杀。"

故事选自《宋稗类钞》。

郭家言：一个政权之建立，不可能不杀人和少杀人，宋太祖也不可能成为历史上杀人最少的君王。史书上说他天性不喜杀戮，其实是被皇家篡改历史之后才这样记载下来的。

潘美（925—991 年），字仲询，大名（今河北）人，北宋初将领。他是北宋灭南汉战争的主帅，因与宋太祖"素厚"，一直受到重用，常年南征北战，立下汗马功劳，后被封代国公。

986年，宋军三路伐辽国，潘美为西路统帅，杨业为副帅。因东路大军曹彬大败，潘美奉诏撤军。监军王侁不纳杨业计策，并强令杨业出战，置杨业于必败之地。在不知杨业兵败的情况下，王侁反而怕杨业胜利而带兵争功。当时潘美阻止王侁不够坚决，后知杨业兵败又违约不去接应，致使杨业全军覆没，杨业兵败被俘身亡。为此事，王侁被朝廷追究责任所杀，潘美被贬官三级。第二年又官复原职，991年又升为“同平章事”，同年死去。

历史上的潘美并非奸臣，杨家将故事中的潘仁美就是指他。历史上他也没有害杨业，只不过杨业系后汉降将，降宋后一直不太被信任，而潘美是根正苗红，一直为宋朝嫡系，二人均无“奸臣”之嫌。

166. 技不同用

宋国有个擅长配制防治手皲裂药物的人，他家几辈都是以漂洗丝绵为生。有个外地人听说他有此绝技，上门来愿用一百两银子买防治手皲裂的方子。那个宋人就把族人聚在一起商量这个事：“我家世世都靠漂洗丝绵为生，但得到的银两却很少，如今卖掉这个方子一下子就能得到一百两银子，我看还是把方子卖给他吧！”这个外地人得到这个方子，以此取得吴王的信任与欢心。后来越国发难攻打吴国，吴王派这个献方子的外地人为将军率军还击。当时正值冬天，双方在水上作战，大败越国军队，因此将军得到了封侯封地的奖赏。因为使用这个方子使吴军无一人冻裂手脚而赢得战争，这也是他获封的重要原因。

同一个处方，有人用它加官晋爵，有人却只将它作为艰难度日的漂洗生计的增补。这就是技不同用。

故事选自《宋稗类钞》。

郭家言：同是一样的东西，使用它的人不同，它所创造的价值就不同。对待已拥有的长处，要最大化地挖掘它的价值为己所用，这就是故事最要说明的问题。

167. 李愬用人

李愬为了征讨吴元济，先攻破了新栅，擒获了吴元济的将军李祐，将斩首李佑时李愬赦免了他，并将自己的衣服给李祐穿，将自己的饮食给李祐吃。半年来又与李祐同帐起卧，肝胆相照，征讨吴元济时将精锐部队让李祐统领。攻打吴元济时，尽管这时李祐的妻子不在吴元济营中作人质，李愬仍然坚定不移用李祐为先锋。这天夜里部队冒着大雪行军160里，一举攻入蔡州，率先俘获吴元济而成大功，这是李祐出了大力而获得的胜利。

故事选于《国史补·卷中》。

郭家言："李愬雪夜入蔡州"，这是唐朝一个奇袭破敌的著名战例。李愬攻心为上，大胆使用降将，是取得成功的一个重要因素。这就是化不利因素为有利因素，并把这个有利因素用到极致因而取得了胜利的例子。

李愬（773—820年），唐宪宗时大将，名将李晟之子，有谋略，善骑射，从小慈孝过人。父亲死后，兄弟15

人中只有他和哥哥李宪坚持为父守孝三年。曾在守孝期间被皇帝召回，隔天又跑回守墓，其孝感人肺腑。820年病重去世。

168. 李封治县

唐朝李封任延陵县令时，官员和平民犯打板子的罪时都不用打板子惩罚，而是叫犯人头戴一块绿头巾侮辱他。根据犯人罪行轻重而确定罪犯戴绿头巾的天数，够了天数就可把绿头巾摘下。头戴这样绿头巾的罪犯出入人前，都认为这是极大的耻辱。所以官民们互相劝勉，不敢犯法。直到李封离开此任，他不曾用板子责打过一个人。如此治理，延陵县的税赋也曾领先其他县。

故事选自冯梦龙《智囊全集三》。

郭家言：古代有才干的官员执法，往往独出心裁地推出一些实用的地方性法规代替国法，这在今天看来是不可取的，但当时却能取得好的效果，李封就是这样的官员。

169. 杨大年应对

宋代寇准在中书省为官时，有一次与同僚们游戏，他出一个对子的上联："水底日为天上日"。没有人能对，而刚好杨大年汇报事情，于是有人请他作对，大年应声而出下联：“眼中人是面前人。”满座的人称赞对得好。

故事选自《归田录》。

郭家言：中国古代多以对对子来考察才子的文章水平，故事中这副对子，还是颇具情趣的。

> 《归田录》是宋代欧阳修所著，共二卷，计一百一十五条。此书是欧阳修晚年辞官闲居颍州时所作，故书名：“归田”。该书所记多为朝廷旧事和士大夫琐事，大多是亲身经历、见闻，史料翔实可靠。

170. 吴起三问

吴起在魏国做西河（地名）太守时，很有政绩，名声很大。魏国设置了相国一职，却由田文担任。吴起自以为功劳大，而未得到相国职位，很不高兴。他找到田文说：“咱俩来比一下，看谁功劳更多，你看怎样？”田文说：“可以。”吴起于是洋洋起问：“统帅三军，使士兵乐于效命，让敌国不敢暗算我们，在这点上，咱俩相比，谁厉害？”田文回答：“我不如你。”吴起再问：“管理百官，亲服百姓，充实仓库，咱俩谁更有办法？”田文又答：“我不如你。”吴起又问：“镇守西河，让秦国不敢侵扰我们，让韩国和赵国也顺服听从我们，在这一点上，咱俩谁更有能力？”田文又答：“我还是不如你。”吴起说：“这三条你都不如我，职位却排在我之上，这是为什么？”田文回答说：“国君年少，国内人心惶惶，大臣无所适从，百姓不能安心，在这种情况下，是应该把国家托付给你呢，还是托付给我呢？”吴起思索了好一会儿说：“还是应该托付给你。”田文说：“这就是我职位排在你上面的原因。”这时吴起才悟出自己在治国才能方面确实不如田文。

故事选自《史记》。

郭家言：吴起是战国著名军事家，田文是著名政治家，二人治理的领域不同。人往往拿自己的长处比人家的短处，这就不能正确评估自己，也不能正确评判他人。吴起能够醒悟认错，也是十分中肯的。在历史上田文善于招揽人才和治国也是有名的。

田文，战国时期齐国贵族，战国著名四公子之一，号孟尝君。他门下有食客数千，曾入秦国为相，不久又入齐国为相国。曾联合韩、魏击败楚、秦，后又投奔魏国，任相国。

他政治才能颇高，好客养士，与他有关而产生的成语有“鸡鸣狗盗”“狡兔三窟”等。

171. 皇上也不能痛快

北宋神宗时，北宋曾经在陕西与西夏作战时失利，神宗为此下令处死一名负责漕运粮草的官员。第二天，宰相蔡确在朝廷奏事时，神宗追问：“昨天朕下令处死那名官员，执行了吗？”蔡确回答：“正要为此事上奏皇上。”神宗说：“处死此人还有什么疑问吗？”蔡确奏说：“自大宋开国以来，从未有过杀士大夫的先例，没料到这类事竟从陛下您这里破例。”神宗久久迟疑不决，然后说：“可改为刺面之刑然后发配到边远条件恶劣之地。”门下侍郎（官名）章惇上奏：“要是这样，还不如马上杀了他。”神宗问：“此说何讲？”章惇回答：“士可杀，不可辱！”神宗声色俱厉而说：“朕贵为天子，能使我痛快的事竟然都做不得一件吗？”章惇毫无惧色：“这样的痛快事，皇上不做也好！”

故事选自南宋高文虎《蓼花洲闲录》。

郭家言：从故事来看，神宗一朝还是广开言路的，大臣可以直面皇帝甚至否决皇帝的意见，足见神宗之气宇恢宏，也见蔡确、章惇敢谏之耿！

宋神宗赵顼（xū），宋英宗长子，是北宋第六代皇帝。1067年至1085年在位。即位后对疲弱的政治不满，命王安石进行变法，以期振兴国家，史称“王安石变法”或称“熙宁（宋神宗年号）变法”。变法涉及政治、军事、经济等社会领域。变法历时16年，影响极大，但遭到了守旧派强烈反对，并随宋神宗去世而终。但变法从客观上促进了社会发展，尤其是对宋廷的财政有很大改善。

172. 杨大年作文

杨大年写文章，有时边与宾客喝酒猜拳边构思，有时在弈棋或游戏时，甚至笑语喧哗都不妨构思。在小方纸上用细笔挥写文章如飞，从不涂改。每写完一篇，责令有关人员传递抄写，这些人员往往为此疲于奔命。不一会儿他就能书写数千文字，真是一代文豪！

故事选自《归田录》。

郭家言：古人中的文人一向有两件痛快的事，吟《离骚》和饮酒。杨大年系一代文豪，他能在饮酒中行文如飞，尽管反映的是他能力超群，但边饮酒边写公文，这显然不是一个合格的官员。

173. 胡旦放言

胡旦相貌俊美且有才气，崇尚气节，目空一切。未入仕时，曾经放言说："如果参加科举而不中状元，入仕途为官而不做宰相，是虚度一生。"当时正值秋季，忽闻空中大雁飞过，马上即景题诗说："明年春色里，领取一行归。"

故事选自宋代欧阳修《归田录》。

郭家言：这宋人胡旦，年少而志向高远，后来果然在兴国三年举进士第一。胡旦后来仕途不顺，官最初只做到中低等文官而已，992年，终于做到了参知政事（相当于副宰相）。他是宋代重要史家之一，他才智过人为历史所记载。

宋代王辟之《渑水燕谈录》上记载了胡旦一件事：胡旦晚年失明，闭门闲居。一日，他所供职的史馆共议为一达官作传，但这位达官出身卑微，曾经以杀猪为生。这等出身若为避讳即有违史笔，若照直而录又怕言出不恭。所以大家颇费踌躇而不能下笔，故请教胡旦，胡旦说："这容易，何不如此写，某公少年操刀之际，即示有宰割天下之志。"当场的人无不为之绝倒。

欧阳修（1007—1072年），字永叔，号醉翁，晚号六一居士。北宋政治家、文学家，在政治上负有盛名。官至翰林学士、枢密副使、参知政事，谥号“文忠”，世称“欧阳文忠公”。与韩愈、柳宗元、苏轼合称：“千古文章四大家”，也是唐宋八大家之一。

欧阳修晚年还仍拿出自己年轻时的文章修改，夫人心疼规劝：“这么大岁数了，还费这个心？难道还是小孩子，怕先生骂你吗？”欧阳修笑道：“不怕先生骂，却怕后生笑。”正是这种文学意识和执着精神，成就他成为一代文学巨匠。

174. 廉希宪拒宝

元军大军征江南时，南宋已经投降元军的官员以礼节拜见廉希宪（元重臣平章文正王）于帅府时，必然拜献珍玩和贵宝，这些珍宝堆满了几个床。廉希宪到了，那些南宋官员都来谒见。廉希宪对大家说：“你们投降过来还仍然任你们原来的官职，有的甚至不按惯例而得到了提升，你们应该感戴圣恩，报效朝廷。这些珍贵财宝都是你们自己的财产，我取之不义。若收取这些财物，就和明抢暗窃一样性质；若暗中收下这些东西，就是犯罪。你们千万不要这样做，这样做就是害政害民。”廉希宪最终一无所受，这些官员感激再三拜谢而去。

故事选自《元朝名臣事略》。

郭家言：一般读者大多不太熟悉元代的历史，对元代的历史人物也知之不多。故事中的廉希宪堪称元朝的风流人物，从他身上我们或许能看到元朝的兴起和宋朝灭亡的部分原因。这些蒙古族人经营天下之初，出现了许多英雄豪杰，廉希宪就是这样的代表。故事中他的所作所为充满了进步性与革命性，这就是他们经营中原的有利条件。

廉希宪（1231—1280年），元代政治家，维吾尔族，其祖多为高昌世臣。成吉思汗兴兵崛起时，其父布鲁海牙投附蒙古，后在燕京（北京）、真定（今河北正定）任职，接触到中原文化。廉希宪自幼熟读经书，深通儒家之道，人称“廉孟子”。19岁入忽必烈王府，深得赏识，历任高官。后率军平定关陇，升任平章政事，1262年，又进拜中书平章政事，其位仅次于中书令和左右丞相。

他一生为忽必烈王朝的建立和建设立下了汗马功劳。他主要政绩有：直言讽谏，整饬朝纲，革新政治，废除州县长官世袭，加强中央集权；设立台察，建立各级监察机构；除暴安民，打击不法地方势力，安定民生，发展生产。一生清贫廉洁，为政刚正不阿，为百姓做了很多好事，一直为后人称颂和赞扬。1280年病故。1304年获赠追封魏国公，谥“文正”。后加封恒阳王。

175. 公主认错

长公主（元世祖忽必烈的女儿）和丈夫回朝时，在郊区原野放纵狩猎，征收百姓的牛车，载运打猎所获。车上光是征拿索取的钱钞，就达到了一万五千贯之数。这时廉希宪（元重臣平章文正王）宴请公主夫妇（迫于礼节），公主的下人埋怨食物不好吃，廉希宪正色说道："我是天子宰相，不是你家厨子。"公主丈夫听后怒而出门，廉希宪跟上他徐徐说道："你们放纵打猎于天子脚下，这不是国家公务所为，并且浪费民财无度，我要派使者上奏朝廷。"公主丈夫愣了一会儿，入室告诉公主。公主赶快出来喝下廉希宪的敬酒，并且说："我的人骚扰百姓，我不知道。我愿将那一万五千贯钱如数馈赠给百姓，请你不要派使者告诉皇上这件事。"

故事选自《元朝名臣事略》。

郭家言：廉希宪的父亲为孝懿公，希宪出生那天，父亲任廉访使的任命刚下，可谓二喜临门。古代有以官名取姓的做法，父亲认为这个孩子必能光耀自己门楣，随即为孩子改姓"廉"。希宪少年有英名，为元世祖皇帝所看重。从此故事来看，元世祖所重无误。

176. 廉希宪尊儒

元朝初立时，廉希宪任平章政事（副宰相）主持政务。南宋的刘整刚刚归顺被授予元帅，他带了很多随从来见廉希宪。

见面时廉希宪坐在中间，撤去其他座椅，刘整拜后只好站在一边，见廉希宪不说话，尴尬的请求退去。这时廉希宪才说："这里是我私人宅院，你有什么话，明天到我的政事厅去说。"刘整出来后，羞愧的变了脸色。

同时，南宋有一批书生居住在旅店里，饥寒交迫，衣帽破败，非常狼狈。衣袖中揣着自己的诗稿求见廉希宪。廉希宪急忙让人铺设座椅，盛列酒菜，迎接于大门外。谈话中书生们只说他们困顿，请求回家。第二天，廉希宪就此事向皇上进言，皇上依他所言准奏。

廉希宪的兄弟们诧异此事，问他："刘元帅被皇上倚重，您却看不起他，而那些江南穷书生，您为何要以礼相待？"廉希宪回答："我是国家重臣，一言一行一笑一颦，都关系到天下轻重。刘整虽地位高，但他是卖国的反叛臣子（刘整是宋朝降将），所以要折磨羞辱他，目的是让他知道君臣之间恩义重大。像这几十个不得志的书生，都是诵读孔子经义的人，在宋朝他们不能被朝廷重用，因此流离在此。我们元朝国家起于北方，礼法微薄，我要是不带头尊崇读书人，那么儒家经义就不能为我们大元所尊用啊！"

故事选自《元朝名臣事略》。

郭家言：背叛宋朝归附元朝的刘整被轻视，读书的书生却被厚待，廉希宪的做法实质是一个新王朝崇尚与遵从汉文化的反映。能看到自己的国家起于北方偏远之地，有崇尚武功之长，也知蒙古族人孔孟文化教义之缺，这廉希宪真是元代的卓识之士。

177. 不以名花求媚

当时东宫太子府正在装修，管这件事的工部官员恭敬有加地对宰相廉希宪说："牡丹花是花中名品，这花只有您府中才有，请求移植一部分用以装饰太子府，这样太子也知道这花是您贡献的。"廉希宪徐徐而言："若是国家特殊需要，尽管我这府园是先人治下的产业，但我也毫不吝惜。我早年追随皇上，官至宰相，从不以阿谀奉承的方法报答皇上对我的恩惠，何况此时我已病退，反而要献这些花儿去求媚吗？”工部的官员惭愧而回。

故事选自《元朝名臣事略》。

郭家言：这故事应是廉希宪晚年的一则故事，显示了元朝一代重臣的刚直。历史上说廉希宪“为政刚正不阿”，从故事来看他的“刚正”可见一斑。

178. 乞丐养猴

汪中丞名字叫可受，是黄梅地方人。他在浙江金华为县令时，有一个乞丐（要饭的人）令一只猴子玩各种游戏得钱，勉强能够生活下去。旁边另有一乞丐，妒忌而羡慕这个养猴者，于是他用喝酒的办法灌醉养猴者，将他棒杀在一个破窑内，又将猴子拴起来跟从自己，也用它做游戏赚钱。而那只猴子大声呼叫并忽然咬断绳子，跑到县令车前，比画着似乎要告状的样子。可受立刻叫人跟随猴子来到那个破窑内，起获了那个养猴乞丐的尸体，继而逮捕了那个杀人的乞丐，审讯后杀人乞丐被杖死。焚烧那个养猴乞丐尸体时，烈焰升腾，那只猴子顿时大呼大叫，然后跳入火中和养猴乞丐相搂抱，共为烈焰所吞没。

故事选自《涌幢小品》。

郭家言：常言“某人猴精猴能”。指的是有些人狡猾的意思。从这个故事来看，猴精猴能的“精”，是说这种灵常性动物有一种不忘故恩的精神；“能”，亦可解释为猴子不但具有这种精神而且还有报答故恩的能力。

《涌幢小品》，明代朱国祯（1558—1632年）撰。本书主要记载明朝掌故，大到朝章典制、政治经济、徭役、仓储备荒，小到社会风俗、民间轶事。其中有关明代中叶戴冠、王守仁、沈周等人琐闻轶事，叙述相当生动。作者所记质实可信。

朱国祯，字文宇，浙江乌程（今吴兴）人，万历年间进士，官至礼部尚书兼东阁大学士。

179. 不易忠节

唐代苏颋（tǐng）当年在益州大都督府作长史（地方官）时，司马（官名）皇甫恂出使蜀地，向苏颋索取库钱，说要购买新样锦织品等献给皇上，苏颋不肯出钱。身边的人劝他："您远离京都，怎么能够违背皇帝身边大臣意愿。"苏颋说："英明的皇帝不会凭自己喜爱而夺取公众的利益，我又怎能因为远离京都就改变忠臣的节操呢？"同时将此事上奏皇上，最后不了了之。

故事选自《旧唐书·列传三十八》。

郭家言：苏颋敢于违抗中央朝官借皇帝名义巧夺地方，这是需要有巨大勇气的。这时的皇帝唐玄宗还处在政治上的上升时期，苏颋应该是号准了皇帝的脉才敢如此抗命的。就是苏颋这样的言行，才使得他在唐玄宗脑海里最终被定格为耿忠之臣。后来苏颋去世出葬那天，玄宗正想去打猎游玩，得知消息后悲伤道："苏颋今日下葬，我怎忍心去游乐？"

苏颋（670—727年）字廷硕，京兆武功（今陕西武功）人，唐代政治家、文学家，父亲苏瑰也曾任左丞相。苏颋进士出身，历任高官，后与另一名相宋璟一同拜相，任同平章事。

苏颋是唐代著名文士，与燕国公张说齐名，并称“燕许大手笔”，以至于玄宗皇帝也称他才气可比武则天时期的大才人李峤。而李峤也为之叹道：“苏颋思如泉涌，我比不上啊！”

公元727年，苏颋病逝，玄宗废朝两日，追赠他为尚书右丞相。

180. 韩休为相

唐玄宗任用韩休作门下侍郎（官名）。韩休为人严峻刚直，不追求名誉和权利，做宰相以后，在当时很得人心。唐玄宗有时在宫中欢宴享乐，或在后苑中打猎游玩时小有差错，总是小心地问身边的人：“韩休知道这件事吗？”话刚落音，韩休的劝谏文书就递上来了，玄宗拿着劝谏文书对着镜子默不作声，心里闷闷不乐。身边的臣子小心说道：“韩休做宰相以后，皇上和以前相比清瘦了很多，为何不罢免轰走他呢？”玄宗深有感触说：“我虽然清瘦，但国家却丰饶了。当年萧嵩（当初推荐韩休的大臣）奏报事情时倒常常顺从我的心意，但他离开后我却无法安睡；韩休经常据理和我争论，但争论以后我能睡得很安稳。我用韩休，完全是为了国家而不是为了自己呀！”

故事选自《资治通鉴》。

郭家言：韩休在唐玄宗时为宰相，名气在同时代的宰相姚崇、宋璟、卢怀慎之下，但也同属名相之列。这时的唐玄宗也处在政治的上升期，此时君明相贤，他们共同开创了“开元盛世”。故事中的主人公韩休，虽然为相不足一年，但历史却留下了他敢谏皇帝的佳话。宰相的作为能让皇帝睡得安稳，这在历史上是很不容易的。

韩休（672—740年），字良士，京兆长安（今西安）人，唐朝宰相。他科举出身，后被举为贤良。历任高官，终为宰相。他生性刚直，数次犯颜直谏。

韩休早年精通词学。740年病逝，终年68岁。

181. 南霁云之义

安禄山叛军围攻睢阳，睢阳守将张巡部将南霁云奉命向临淮的贺兰进明求救。贺兰爱南霁云之勇，强留南霁云为己所用。宴席上，南霁云慷慨而语：“我来时，睢阳已断粮月余，现在我面对美食想吃，但从道义上说我不忍独食。”接着又拔佩刀，断己一指，以鲜血表示自己的志愿。一座大惊，全为他的壮举感动。南霁云知贺兰无意出兵，就骑马离席，临出城，一箭射中佛寺高塔，有半箭入塔砖，高呼：“我回去如能打败敌人，必要灭掉贺兰，这支箭就是我的决心。”后来人过此地，在船上纷纷指着砖塔相互告知这件往事。睢阳城失陷后，叛军以刀逼张巡投降，张巡不屈，将被斩；叛军又招降南霁云，南霁云默不作语，张巡向南霁云呼道：“男子汉可以赴死，但不能屈从不义的叛军！”南霁云笑道：“我是想假投降，然后有所作为，既然您这样说，我还敢不死吗？”于是他宁死不屈。

故事选自韩愈《张中丞传后叙》。

郭家言：故事发生在“安史之乱”之际，以张巡为首的唐军坚守战略要地睢阳，艰苦卓绝。城陷后，不屈被杀。故事中南霁云的英勇与智慧，溢于言表。张巡勇义千古传唱，南霁云作为他的战友与助手，也始终勿辱“忠义”二字！

张巡（708—757年），从小大志，通兵法，先从政地方，政绩斐然。“安史之乱”中，胸怀战略全局，以几千兵力，阻叛军染指江淮，两年中大小四百余战，有力牵制了叛军，同时歼敌十二万，从而保证了唐军江汉的漕运通畅，江淮物资得以漕运关中，为唐军的反攻提供了物质保证，也为唐军赢得了时间和决心。与敌相持时，张巡火烧敌军、草人借箭、出城取材、诈降借马、鸣鼓扰敌、城壕设伏、削蒿为箭、火烧蹬道，计出无穷，演出了一幕幕战争活剧。张巡的指挥艺术堪称千古一流，他的忠勇大义为后人称颂。

182. 荣辱不惊

唐高宗时，卢承庆曾受皇命负责考核选拔百官。有一个督办漕运的官员因大风而损失了漕运的米粮。卢承庆对他的考评是：“监运损粮，评为中等下。”这位官员脸色自若，没有言语就退下。卢承庆欣赏这位官员宽宏的气度，改其评语为：“漕运失米非人力能免，评为中等中。”这位官员对这个评语既无喜悦之色，又无愧对之词。卢承庆对他更加赞赏。三改评语为：“荣辱不惊，评为中等上。”卢承庆能如此表彰他人的优点，类似这样的事很多。

故事选自《新唐书·卢承庆传》。

郭家言：卢承庆几次更改考评结果，也许另有用意，但执掌考人权柄的领导，不应随意更改已有的评定。这样的做法，于今是不可取的。仅以被批评者面对批评所持的容颜就三改其评，这就更加荒唐。选这样的故事示人，其意是要告诫今人引以为戒。

成语“荣辱不惊”就是出自这个故事。

> 卢承庆（595—670年），字子余，幽州范阳（今河北涿郡）人，唐高宗时任宰相。他仪表美，博学多才，崇德尚俭。后来他请求告老退休，获唐高宗批准。670年病死。

183．“钱”本草

“钱”这味药味甜，性热而有毒。它能驻容养颜，使人气色神气俱佳。治疗人的饥饿冷寒有特效，解决人的困难和厄运能立竿见影。它可以有利于国家，也可以污损人的贤达，只是害怕清廉。贪婪之人服用以平为好，如不平服，则冷热相激，就会致人患病。这味药草，无固定采摘时间，无理采摘就会伤人。如果只积攒而不发散，就会产生水火盗贼等灾难；如果只发散不积攒，饥寒困厄等灾难就会马上到来。正常的积和散被称为

“有道”，不把这味药当作珍宝被称为“有德”，对它取舍有道被称为“有义”，不非分搜刮称为“有礼”，用于芸芸众生称为“仁”，借还不失约称为“信”，正当地装入个人腰包称为“智”。用以上七种本领精炼此药的人，才能长寿无虞，如不按此药的药理服用，就会使人百害皆生。以上所说必须要严格遵守。

郭家言：《钱本草》是唐代名臣张说仿古代《神农本草经》体式和语调写成的一篇文章。这是张说七十年人生对钱这种东西所发的感悟。他文中以钱喻药，颇富哲理，寓教之义明显深刻。这篇文章堪称醒世恒言，给人以深刻的警示和告诫。为官者尤其要读一读这篇文章，而且要真真正正地读懂它，应用它，把获取钱财要讲“道、德、义、礼、仁、信、智”的本事真正学到手。人道是：广厦万间只睡卧榻三尺，良田千亩只吃一日三餐。钱啊钱，其多何用？

184. 太宗论弓

唐太宗一次对太子少师萧瑀说：“我少年时候喜好弓箭，拥有好弓十几把，自己以为天下没有比这些再好的弓了。近来我把这些弓给造弓的工匠看，工匠说都不是好弓，我就问其中的原因，工匠告诉我说这些弓的纹理不直，所以射出的箭也不会直。我由此反思到自己辨别事情往往会不精确。我靠着弓箭骑射平定天下，但对弓箭的认识如此不深切，更何况那些天下大事，哪能全知道呢？”于是命令京城中五品以上的官员轮换在中书省值班，这样由我随时召见，以了解民间疾苦和朝政的得失。

故事选自《资治通鉴·唐记》。

郭家言：唐太宗打天下靠了战马和弓箭这两样战争之宝，

得天下以后，意识到自己对最熟悉的弓箭掌握还有不精到的地方，并由此联想到治理天下时更应该学习和丰富自己，这就是唐太宗过人的聪明和长处。

这个故事提示我们：事物总是在发展变化的。一个人对事物的把握就不能总停在原来的程度和水平上。这个道理，古人在“刻舟求剑”的故事里曾经告诉过我们，“太宗论弓”的故事把这个道理又给我们一次新的提示。

185. 盲人坠河

有个盲人要过一条干涸的河流，走在桥上时突然失足坠落，惊慌中抓住桥栏杆，吓得两手抓得紧紧地，他认为抓得不紧就会跌入深渊。过往的人告诉他说：“不要怕，尽管松手，下边是实地。”盲人不敢相信，紧抓栏杆不停哭嚎。时间久了，筋疲力尽了，失手掉到了地上，又自嘲道：“呵！早知是实地，何必刚才那样折磨自己呢？”

大道理其实都很平实，而那些在黑暗的迷茫中，盲目执意守旧的人，看看这故事要省悟啊！

故事选自明代刘元卿《贤弈编·应谐录》。

郭家言：这个故事应是一个寓言。它给人的启示：①要勇敢尝试，不要被自己凭空设想的困难束缚住。②不要固执己见，要善于听从别人的正确意见。

刘元卿（1544—1609年），字调甫，号旋宇，江西萍乡人，明代著名教育家。他从小发奋读书，多次参加会试不中，他回家乡收徒讲学。后来获人推荐应召入京。他在朝三年，提出不少有利于朝廷的主张都没被皇帝采纳，于是称病辞归，告老还乡。他著作丰富，以《贤弈编》最为知名。

《明史》为刘元卿立了传。

186. 贫女无烛

甘茂逃离秦国，出了关中地区遇见了苏代，他给苏代讲了一个故事："江上一个穷家女子和富家女子夜里一起织布，她贫穷没有灯烛，一起织布的女子们商量想赶走她。贫家女说，我因苦于无灯，所以常常先到，打扫屋子，铺设座席。你们有灯，何必吝啬照在四壁的余光呢？我希望把多余的光亮赐给我。"由此可以知道夏、商、周三个时代，劳动人民是如此淳厚、朴素、勤劳。

故事选自《战国策》。

郭家言：《诗经·豳鼠》中说"昼尔于茅，宵尔索绹"。意思是说，白天上山采集茅草，夜晚把它搓成绳子以备冬日之用。另外也含有夜晚是白天的延续，有赞扬勤劳的意思。

这个故事除赞扬古人的勤劳以外，还提倡人与人要互相取长补短，互相帮助。当然，贫家女的智慧也是显而易见。

《战国策》记载了西周、东周及秦、齐、楚、赵、魏、韩、燕、宋、卫、中山各国之事。记事年代起于战国初年，止于秦灭六国，约240年，是战国时期国别史和汉民族历史散文集。全书分为12策，33卷，共497篇。主要记述了战国时期纵横家的政治主张和言行策略，也展示了东周战国当时的历史特点和社会风貌，是研究战国历史的重要典籍，也是古代汉民族的一部历史学名著。

此书作者并非一人，成书并非一时。它是一部国别体史书，又称《国策》。

187. 三杯为界

当朝皇帝喝酒无度，到了晚年越喝越厉害。耶律楚材（中书耶律文正王）几次劝说他都不听，于是耶律楚材手持做酒盛酒渣的容器对皇上说："这个铁做的容器因为常年为作酒所用而锈蚀如此，何况人的五脏六腑，能不被损伤吗？"皇上听了心悦诚服。赐耶律楚材金钱布匹，严命左右侍从每日进酒时以三杯为界。

故事选自《涌幢小品》。

郭家言：耶律楚材的墓在今天的颐和园内。他是元代历史上的一位伟大人物。蒙古铁骑在夺取天下时所向披靡，治理天下却毫无胜机。当时在蒙人汉化的冲突中，耶律楚材的智慧与能力是显见的，他在蒙古国向元朝过渡中起到了承上启下的作用。他的影响甚至在元朝灭亡之后，蒙古人退回草原建立政权时还被当时所接受。

耶律楚材（1190—1244年），蒙古帝国大臣，字晋卿。他出自契丹贵族之家，是辽太祖耶律阿保机的九世孙，他辅佐了成吉思汗、窝阔台二位帝王，官至中书令（宰相），是一位伟大的政治家、军事家、教育家。他在蒙古汉化、社会改革（特别是税赋改革）、制度建立等方面远见卓识，贡献巨大。

耶律楚材还多才多艺，在文化艺术方面有卓越修养和多种贡献。他是我国提出经度概念的第一人，编有《西征庚午元历》。还有不少诗作存世，著有《湛然居士文集》14卷。1244年遭排挤悲然去世。死时倾国悲哀，许多蒙古人痛哭流涕如丧亲人。

188. 赵普巧谏

宋太祖赵匡胤想北伐以取幽、燕二州，为此和赵普（宰相）进行谋划。太祖想以曹翰为将前去讨伐，得城后就叫曹翰守卫。赵普对太祖这两项不当提议均不敢反驳，只是说："假如曹翰战死，谁可代替他。"太祖黯然不出声。这个曹翰明明是攻不可取、守不可成的人物，再说此时夺取燕州的时机还不成熟，更谈不上取后守卫它，赵普才故作假设以劝太祖。这就是赵普的劝谏之法。太祖这时也悟出了赵普的真实意图。赵普的劝谏可谓是奇巧之至。

故事选自《涌幢小品》。

郭家言：伴君如伴虎，君臣关系处置得当，首先得益于国家，其次得益于君臣；处理不得当，失益于国家，其次失益于忠臣。这个故事中赵普处置得当，得到的是国家与君臣双赢。赵普真正把谏君的巧道运用到了极致。

189.“四了”歌

明代李临川有歌唱道：“朝里有官做不了，架上有书读不了，闲是闲非争不了，不如频频收拾身心好。”这歌极有人生醒悟之意。

故事选自《涌幢小品》。

郭家言：“四了歌”的作者李临川已不知为何人，从歌的内容看他似乎是当时社会的一个失意者。官做不了，书读不了，连闲小之事也管不了，仿佛是百无聊赖、一无是处。但仔细品味，觉得他是一个饱经世事炎凉的人，至少他懂得养生之道，这首歌极可能是他人生之路的总结。有言道：有书真富贵，无事小神仙。从此意境来看，李临川的四了歌竟是得意之鸣。当今人生的生物意义是健康，人生的生活意义是快乐，人生的社会意义是奉献。当然对于李临川来说，这是后话。

190.张氏教子

韩绍宗的母亲张氏，要求子女极严。绍宗官拜刑部郎中（官名）时，取了妻子阎氏。有次张氏叫阎氏与嫂子去担水，绍宗回家正好碰上，他立刻叫跟他的差役接替她们，母亲张氏发怒，拿着面杖迎面要打绍宗，同时以杖指着绍宗骂道：“你有随从差役，就可以命令他们代替担水，没有差役难道就不吃水了吗？”绍宗笑着解释：“我媳妇身强有力，哪里会不能忍受担水的重负，可我嫂子身体薄弱，而且怀有身孕，所以我才叫差役替她们。”母亲张氏听到此言怒气才平息。母亲当年生绍宗几个月就守寡，后来官府以她教子有方为她立牌坊予以表彰。

故事选自《涌幢小品》。

郭家言：命随从给家里办些许杂事，古代的官员以为这是寻常小事，可母亲张氏却要因此给儿子以棒喝，足见张氏教子有严有方。这个故事至今仍有教育意义。

> 韩绍宗在明朝历史上记载不多，知他是陕西大荔人，进士出身，官至福建按察副使，学识及人品为当时所推崇。他子女较多，儿子韩邦靖、韩邦齐在明武宗朝很有名气，这和韩家世代家教关系极大。

191. 画马不画毛

画牛、虎、鼠都可以画它的毛，然而画马时不能画毛。沈存中以为老鼠的个头小，画它时可画它的毛；马的个头大，则画它时不可以画它的毛；牛、虎的毛深且厚，马的毛色较浅且薄，打理它们毛发的时候就有区别；我则认为虎的威风在于它抖动身体时毛发张开的样子；牛的身体硕大，鼠的身材很小，画它们的毛时都可以不染色。画马除画“神骏”“骊黄”“牝牡”这些名马以外，其他的马只着色而不画毛，这就是古人画马时精深奥妙之处。

故事选自《涌幢小品》。

郭家言：这个故事说的是古人画马的心得，看来画家画马易画毛难。世间事物往往是大处易着眼，小处难拿捏，另有诗说，“云里烟村雨里滩，看之容易作之难”，说得也是这个道理。

192. 报功之弊

边疆守卫的将领往往以杀对方的平民用来报功，这已成习惯不必细说了。还有一种厉害的报功方法更可恶：战时逮着敌方投降的人，选那些健壮的，经审查无恶迹的，留在自己府内充作家丁，发给这些人帽子与衣服；而那些被掳来的年老体弱和言行可疑的平民，则另外养在一个地方，围以高墙且严守院门，用管理俘虏的办法去管理他们，且刑具也不给摘下。一旦需要，就斩上三五个十来个，然后用他们的人头报功，上面验证时，这些人头都是外族人相貌，就能证明是敌方异族军人之首。这些人头或用来免罪，或用来请赏，从来无人怀疑。一个曾经镇守边关的将领告诉了我这些情况。这种杀对方平民报功的事情最可恨，可惜没有什么有效的方法去严禁。

故事选自《涌幢小品》。

郭家言：这个故事涉及了军队将士报功问题，书作者朱国祯只是发现问题提出问题，而没有解决问题。以我看来，一切历史事件都是人来反映和操作的。战争的主体是人，对于在战争中死去的人（不管是敌我哪方的），都应该维护他们的尊严。故事中报功之类的弊，就是在践踏他们的尊严。这个弊，令人发指。

193. 元世祖伐日

元代世祖皇帝征伐日本国，表面看似好大喜功的心思所为，实则也含有深意。宋朝末年投降元朝的降将范文虎等与部下十几万都不止，他们漂流在海上，元世祖恐怕他们以后为患，所以命令他们征伐日本。这样一来他们若胜就能得到奇珍供奉元朝，若不胜那正好借日本之手尽除内患。元世祖对降虏（明代对元朝将士的蔑称）也真是精心算计。

故事选自《涌幢小品》。

郭家言：元世祖忽必烈以虏伐日，确实是精心算计。我们知道中国历代和日本都有交往，但元代蒙古人和日本有过节就不太有人知晓了。故事是从中原汉文化的眼光去审视和轻视元世祖的，其实，元世祖是一个很有本事的人，文中处理内部矛盾（对待降虏）和处理外部矛盾（征伐日本）都是一个皇帝应有的本能，算计降虏只是他雄才大略中一个小把戏而已。

194. 林西仲治徽

林西仲治理徽州时，府中有一个官吏专制娇宠，作恶多端。西仲经查证根据线索将他缉拿后，欲用杖刑将其杖毙。这个官吏高声忏悔请求："小人罪恶当然该死，但是因不能获得改过从善的机会，遗恨于九泉之下！"因其有深悔之言，林西仲释放了他。当时的官员对西仲这种做法称赞一时。后来林西仲罢官临行时，那个差一点被杖毙的官员泣泪相送："若不是大人您执法严明，我可能一生都以罪恶为生；若不是大人您网开一面，我就要为我的罪恶付出生命的代价。"听闻这话的人均感这话有独到之处。

故事选自《今世说·卷二》。

郭家言：历史上说林西仲为"探索精思，竟日不食"，又说他思考问题不知不觉中"和衣入盆"，这说明他是一个极善思考的人。文中处理那个专制娇宠的官吏，使罪人得以改恶为善，这就是将机会予人。机会产生英雄，机会也会产生犯罪。把握机会与得到机会同等重要。

《今世说》为王晫所著，书中记载清初文士、达官显要的逸闻趣事，具有文学、社会、史料价值。此书仿照《世说新语》体例所写，人物近400人，共计450条。

王晫，浙江钱塘人，生于明末，约生活于清顺治、康熙时期。他是顺治四年秀才。后放弃学业，隐市读书，广交宾客。工于诗文，除本书外所著有《遂生集》十二卷，《霞举堂集》三十五卷等，并有杂著多种。

195. 沈稽中挺辩

沈稽中的父亲沈君化有一个仇人，诬告君化大逆不道。此时正值滥捕反抗政府之人的时期，因此被杀的人每日达几十甚至上百。前来捕人的差吏已到家门口。全家为之恐惧。稽中挺身而出："我就是沈君化。"审讯中，稽中脸色不变，应答有理有据，思路清晰，对答如流，最后竟然获释。其父沈君化为此感叹："儿子之身是我所生，今日之后，我之身就是儿子给的了！"

故事选自《今世说·卷二》。

郭家言：沈稽中替父蒙冤，应辩有据，终获释放。从这件事来看说明当时的官府法纪之松弛。人说"乱世蚁民"，其言不假啊！其父子大难不死，真属于侥幸！

196. 患难之交

赵洞门当御史大夫时，门前来往的车马极多，前来拜访的客人接踵而至。等到他罢官回乡，离开京城时，送行的只有几个人。后来赵洞门又被朝廷召回重新启用，从前曾经经常来拜访的人又像当初那样殷勤来访。当时只有一个关姓官员光明磊落，不因赵洞门的失势与否而改变对他的态度。赵洞门感动他的人品，常常用目光恋恋地送他出门，并对儿子说："将来我不在时，这才是我们家最终依赖的人。"不多久，儿子先逝，赵洞门因子逝之痛死于府邸，留下两个孙子无依无靠。关姓官员哀伤此事而救济抚养了他的两个孙子，又把女儿嫁给赵洞门最小的那个孙子。当时人们都感叹赵洞门善于识人。

故事选择自《今世说》。

郭家言：为官时门庭若市，罢官时门前车稀；再为官，门前车聚。这真是一幕幕官戏闹剧。古往今来，有几人能摆脱这闹剧中丑角的角色？关姓官员的品质古今肃然，天下同敬！

197. 宗定之母

宗定少年时和母亲居家。当时正值饥荒之年，到处都是饥寒交迫的情景。他们母子从不向宗族借钱粮，母亲说："饿死是小事，若叫十岁孩子不顾颜面乞求于人，会使孩子因此而不知廉耻，这是涉及孩子品行的大事。”母亲的言行被当事人誉为名言。

故事选自《今世说·卷七》。

郭家言：宗定母亲以言行教子的小故事，读来十分感人。《今世说》写的是达官显要及社会各阶层的逸闻趣事，看来宗定一家属于社会下层人家，所以宗定没留姓，而母亲姓、名均无。其实，我国古代文献中的妇女基本都没有名字记载，个别的或许只有姓氏。一位哲人说过：生命本无意义，你要能给它什么意义，它就有什么意义。这位母亲给孩子小小心灵植入的意义，将有利于孩子一生的品行升华。

198. 上官桀养马

西汉时上官桀任未央宫厩令（宫中管马的官）。汉武帝曾经身在病中，病愈后视察马厩（马棚），见饲养的马大多很瘦，武帝大怒：“你难道认为我因病永远不能再看到这些官马了吗？”并欲将上官桀交付司法问罪。上官桀马上叩头解释：“臣知皇上圣体不安，日夜忧虑恐惧，心思确实未在马上。”话未说完，已泪流满面。武帝认为上官桀忠诚，因此把他作近侍看待，后来又让他奉遗诏辅佐少主。

故事选自《容斋随笔》。

郭家言：类似此事还有一件：一次武帝驾临鼎湖时得了重病，久治不愈。后来终于康复，起驾游幸甘泉宫时，看见道路没有得到清理，认为主管官员右内使（官名）义纵有罪，说：义纵认为我病不会痊愈不能再走这条路了吗？“于是借他事将义纵斩首示众。其实上官桀和义纵犯的错误是同样的，然而结果一个被提拔重用，一个却被斩首。看来辩解得当，在其中的作用是巨大的。人们面对上级责备往往语塞，或是敷衍应付，或是屈服势力不敢应对，得到的结果就只能是遭受责备或惩罚了！

上官桀（公元前140—公元前80年），字少叔，西汉陇西上邽（今甘肃天水）人。汉武帝、汉昭帝时大臣，有才干，曾任未央厩令、侍中、太仆。昭帝时以左将军受遗诏辅政，封安阳侯，后与大将军霍光争权被杀。

199. 戒石铭

"你们做官得的薪俸，都是百姓的血汗膏脂；虽然百姓容易虐待，但上天却难欺骗。"宋太宗写了这些话，颁发给各地方的官员，立碑在公堂的南面，称作"戒石铭"。

故事选自《容斋续笔》。

郭家言：宋太宗是中国历史上一位值得推崇的皇帝。古人说"君子之大德有三：一为谦逊纳谏，二为知人善任，三为恭俭爱民。"宋太宗三德俱有，可谓千古一帝。"戒石铭"正是他恭俭爱民之德的体现。

200. 太宗遗宝

唐玄宗身边宦官高力士在唐太宗陵寝宫中见到梳箱一只，

柞木梳子一把，黑角篦子一把，感叹说：“太宗皇帝定下了帝王的行为准则，使得天下太平无事，而自己的随身只有这些简单的生活用品，看来他是想以节俭的品质传示子孙，使节俭得以传承啊。”高力士将这事全部奏报玄宗，玄宗立刻拜谒太宗陵，并问太宗遗物在哪里。高力士手捧这些东西跪奉玄宗，玄宗立刻跪拜接过来，肃敬之情达到了极致，并且有感而言：“珍奇的夜光之宝，垂棘的稀世之玉，他们的价值能超过先帝的遗物吗？”玄宗命史官将这件事记载于历史典册。

故事选自《容斋续笔》。

郭家言：节俭之德，胜似宝贝美玉，传给子孙，造福后世，这是故事的进步意义所在。故事中的唐玄宗此时还处在励精图治时期，其言、其行、其情，均感人至极。但后来唐玄宗昏庸极侈，硬是把太宗皇帝遗留下来的江山引入了万劫不复的死路，后来的玄宗已不是故事中的玄宗了！“太宗遗宝”的早年故事他恐怕一点儿也不会记得了，不然哪里会引来“安史之乱”呢？

201. 平天冠

祭祀礼服中戴的帽子，从天子到下边主持祭祀的人都戴，区别只是帽子前后悬挂的玉串多少能区分身份的等级，这种帽子称之为“平天冠”，“平天冠”只有最尊贵的人才有资格戴。范纯礼（宋徽宗时大臣）做开封府尹时，奉旨审讯一个淳泽（地名）村民“谋逆造反”的案子。审讯他的情由是，他曾到戏场看戏（戏中演的是汉朝刘备的故事），回家路上看到一个工匠造水桶，他便拿起一个充作“平天冠”戴在头上，问道：“我和刘备相比怎样？”于是被工匠抓了起来交给官府。第二天范纯礼向徽宗汇报审讯情况，徽宗问该怎么处理，范纯礼回答说：“愚民只是一介山村野夫什么也不懂，如果以叛逆罪定论的话，恐怕会有损于皇上乐于救人生命的美德，我看不如棒打一下，这就足够了。”

故事选自《容斋三笔》。

郭家言:《后汉书·舆服志》蔡邕注这种帽子说：“鄙人不认识，称它作‘平天冠’”。看来从汉代就有这种帽子并且给它命名了。故事中一个村民，一只水桶，一个戴帽举动，几乎要了一条人命！可见封建统治制度之森严，也可见封建统治者是何等虚伪和残酷。幸亏范纯礼头脑清醒，不然，这位村民真以“谋逆造反”定罪的话，恐怕他真是连戴帽子的“根座”也保不住了。

202. 人有五官

《吕子》中说：“天地产生出人，使他有耳可以听，若不学习知识，他所听到的还比不上聋人；使他有眼可以看，若不学习知识，他所看到的还比不上盲人；使他有嘴可以说，若不学习知识，他所说的还比不上哑巴；使他有心可以思维，若不学习知识，他的理智还比不上疯癫的人。所以，学习可以使人受益，知晓世间的道理，还能发挥运用上天所赐的各种机能，使他永远立于不败之地。这种人就是善于学习知识和运用知识的人。”这段议论非常精美，然而却很少为学者们所称道，故此我把它写在这里作为自戒之言。

故事选自《容斋四笔》。

郭家言：这是古人版的“五官表功”，强调的是人的五官在学习知识中的本能和作用。《容斋四笔》的作者洪迈把这作为自戒之言，也是在告诫世人学习知识在人生中的重要作用。我言“人最宝贵的东西一是生命，二是学习”。这个学习是指书本知识与社会实践。

203. 陈宗训奉母

陈宗训，是太宜人的伯父。他涉猎书本和知识极广，侍奉母亲极尽孝道。每当他去亲友家吃饭，遇到菜中有时令新菜或新味菜品，凡母亲未曾吃过的，他就以各种借口或禁忌推脱，而不下一筷。第二天，必然入城中集市，买来这种食品孝奉母亲。有时候席间遇见远方来的难得食品，能用怀揣的必然怀揣着回家献给母亲。母亲为孩子这种孝心常怀欢愉之情。这种心态使她到老都无衰弱的迹象。

故事选自《国朝典故》。

郭家言：春秋时候郑国颍考叔将国君赏的羊腿藏起来，欲拿回家奉献母亲；本文的陈宗训面对母亲从未吃过的佳肴而不下一筷，这些奉孝的美德一直是中国传统文化的脊梁。我爸爸也有这样的经历，奶奶晚年时候，他不管在哪个饭店吃到一种可口的新菜，必然会要一张这家饭店的订餐卡，以便改日用轮椅推奶奶过来也吃一回。爸爸说我这样做不能和古代的大孝们比，但孝奉母亲是人类共有的亲情和美德。这种美德在奶奶去世后还时不时地给我们家人留下幸福的追忆和回味。

204. 族谱作假

袁铉这个人学识很高且藏书极多，但是很贫穷甚至不能养活自己。他曾游历关中一些富豪之家，在这段生活中，以给人家撰写族谱为生计。写族谱时他将汉、唐、宋、元诸朝代的大家名人，写为这家的先人。这样一来很多家的族谱显示他们的先人都是由王侯将相而来，历代所受皇封、皇家所赐的谥号、皇上发布的命令等文字也都在族谱之中。这样的族谱初看时人们都很相信，慢慢考究起来都是袁铉做的假品。他年纪已经七十余岁，最后竟以做假族谱这个事被官府追究，致使他家产全破，人也四处逃避，再也不敢到关中来了。

故事选自《国朝典故·卷八十四》。

郭家言：袁铉学识很高但不能用知识养活自己，更不用说奉献社会了，最后沦落到用知识做假，这和古代知识人一般都清高的对比反差太大了。这是一时乱了舞步，输掉了人生这一整支舞曲。恐怕他不只是不敢到关中去，就连整个世界也不会找到一块使他苟延残喘的地方了。

205. 玉带之祸

五代时候，葛从简是忠武节度使（官名），他听说许州一富户有一条名贵的玉带，非常想得到它，就派两个军士潜入富户之家杀人取带。这天夜里，两个军士跳墙进入这一家，先隐藏在花木丛里观看，见这富家夫妻二人相爱如宾。两个军士相互感叹："咱们主公夺人家的宝物而害持宝人，咱俩今后必为此事遭主公杀人灭口。"于是二人从花木丛中跳出来，将事由告诉了这家人，督促他们速将玉带献给节度使以避祸。两个军士然后仍跳墙而去，不知他们最终去了哪里。

故事选自《国朝典故·卷八十四》。

郭家言：听说人家有条玉带就生杀人越货之心，这本身就是强盗无疑，可葛从简竟是忠武节度使这样镇守一方的大官！由此可以得知五代时期社会之混乱，人民生命妄遭涂炭的悲惨历史是怎样的暗无天日。

206. 薛家婆婆

宋太祖赵匡胤率军刚刚渡过长江，到达采石这个地方，他住在一家薛姓婆婆的家里，饥饿得很。他坐在谷笼架上问婆婆："这是什么？"答："笼架。"又问："锅里是什么东西？"答："炖鸡"。婆婆端上的主食是大麦仁，名叫"仁饭"。太祖心里暗喜。笼架、炖鸡、仁饭的谐音是龙驾、登基、仁饭，这都是吉祥之语呀！后来太祖平定天下，招来这个老婆婆重赏了她，因薛家老婆婆的缘故，今天还有"薛家洼"这个地名。

故事选自《国朝典故·卷八十五》。

郭家言：毛泽东主席曾诗："唐宗宋祖，稍逊风骚"。这个宋祖就指的是宋太祖赵匡胤。他出身卑微，从后周手里夺得天下，的确"稍逊风骚"。这也难怪，他是一个军人家庭出身，是社会给他提供了成功的平台，也是时势造英雄。

207. 汪直失宠

明宪宗时，太监阿丑擅长幽默调侃。他每每在皇帝面前表演杂剧，很有古时候东方朔巧妙规劝君主的技巧。当时大太监汪直当权风头正劲，势倾宫廷内外。一次阿丑故作酗酒大醉模样，当场有人吓唬他："某个官员来了。"阿丑大骂如故；又有人说："皇上驾到。"阿丑仍作醉酒狂癫之状；又有人说："汪直太监来了。"阿丑惊恐之极马上恭敬而立。这时有人说："天子驾到你却不怕，只害怕大太监汪直，这是什么原因？"阿丑答道："我只知汪直太监权势厉害，不知皇帝尊威如何。"闻知此事后皇帝对汪直的信赖与宠爱渐渐衰减。

故事选自《国朝典故·卷八十五》。

郭家言：汪直是明朝一大权奸。阿丑对"汪直太监来了"，故作惊恐之极马上恭敬而立，间接起到了使汪直失宠的作用。这个阿丑应该是一个心机很深的政治"阿丑"，而且还是一个正面人物。这个故事也从另一方面说明宪宗在对待汪直的问题上是极大的失策，一个太监都能看到的问题，一个皇帝竟看不到，这确实是明宪宗的失明之处呀！

明代宪宗皇帝朱见深（1447—1487 年），明朝第八位皇帝。朱见深英明宽仁，他的一大功绩就是给于谦这位民族英雄平反，任用贤明大臣商辂等治国理政，能宽免赋税、减省刑法，复苏社会经济，但在任期间他也任用奸邪，如任用汪直。

东方朔（生卒不详），汉武帝时人。他性格诙谐，言辞敏捷，滑稽多智，常在武帝前谈笑取乐，曾言政治和强国之计。武帝始终视他为俳优，不以重用。

208. 诸葛事必躬亲

诸葛亮经常亲自校对公文，主簿杨颙在他身边劝说："治理国家是有制度的，上司与下级的职能各有分工。请允许我以治家为例以小喻大：家里有主人，使奴仆耕田，婢女烧饭，雄鸡报晓，狗咬盗贼，牛拉车，马代步，这样一来家中事物就有条有理，这样各司其职使他们感到充实；而主人悠闲自得，高枕无忧，只是吃饭饮酒就行。如果有一天，所有的事情主人都亲自去做，不用奴仆、女婢、鸡狗、牛马，结果使自己疲惫伤身，陷身于琐碎之事，把自己累得精神萎靡却一事无成。难道主人的才能不及奴婢和鸡狗牛马吗？不是，而是因为他忘记了作为一家之主的职责……如今您总管全国政务，却亲自校改公文，终日汗流浃背，不是太劳累了吗？"诸葛亮对杨颙深表感激。杨颙去世，诸葛亮哭泣了三天。

故事选自《资治通鉴》。

郭家言：《三国演义》中的诸葛亮是小说的人物，而这个故事中的诸葛亮是历史真实。后人评说诸葛亮是贤相，这是大家公认的。但从历史留下的文字来看他长政治而短军事。我认为诸葛亮在先主刘备死后一身兼着国家的安危，向北要抵抗黄河文化孕育的强大魏国，向南又要团结长江文化孕育的吴国，而自己的蜀国地处偏塞，人才匮乏，物资短缺，身处如此忧虑之境，怎能不怀忧虑之情？况且诸葛亮在《出师表》中对后主刘禅表过决心：“臣鞠躬尽瘁，死而后已！”最后，他不得不秉取事必躬亲的方法去处理国家公务，这也从侧面反映出他对时局的深虑和力不从心！面对杨颙的劝说，他只有深表感谢，却不敢有丝毫松懈，以致最后累死军中，给人留下“出师未捷身先死”的历史遗憾！

209. 最好的兵械

有一次唐朝宰相房玄龄上奏说：“我看过朝廷府库中的兵械，已经远远超过了隋朝。”唐太宗有感而说：“铠甲兵器这些武器装备，诚然是不可少的，然而隋炀帝的兵械难道不够多吗？但他终究丢掉了江山。如果你们尽心竭力，使百姓平安，这才是朕最好的‘兵械’。”

故事选自《资治通鉴》。

郭家言：唐太宗可以说是战争之神，他从小跟随父亲骑马打天下，一生胜算无数。他当然知道决定战争胜负的根本是人而不是兵械，“使百姓平安，这才是朕最好的兵械。”这是唐太宗根据历朝历代兴衰的历史和教训给出的总结。

210. 明代琉球

《大明一统志》上说：琉球国，在福建泉州之东的海岛之中。

琉球国向明朝进贡的东西无一不是经福建而到达京师的。这个国家的沿革历史不太清楚，汉朝、魏朝的时候，他们和我们并无交往。隋朝炀帝间，炀帝令骑尉（官名）朱宽出访，为了访求异国风情才开始到达琉球，因我国与他们语言不通，故朱宽顺便带一个琉球国人回国。后来炀帝遣武贲中郎将（官名）陈棱率兵到琉球，抢掠他们五百人而回。唐宋两个朝代时琉球没有前来朝贡，元朝曾遣使者诏谕他们前来，他们没有听从。本朝（明朝）洪武（开国皇帝朱元璋年号）年时，琉球国一分为三,三者各自为王，一个叫中山王，一个叫山南王，另一个叫山北王，三王都派遣使者来我国朝贡。后来只有中山王来朝贡，其他二王大概被中山王吞并了吧。

故事选自《国朝典故·卷一百零二》。

郭家言:《国朝典故·卷一百零二》全是介绍琉球国的历史和风土人情的，可帮我们认识这个异国。书中说因季风的原因去琉球只有在初夏时节，而来我国必须在秋天。他们的风俗是男子不剃胡须，不剪头发，以鸟羽作帽；君臣以拜伏为礼，父子同床而寝。国产无奇货，民族好打斗抢劫，不对外通商；不驾舟船，只有竹筏；祭山海之神，往往杀人用作人祭；无文字，以日月盈亏计算时间，以草之荣枯计年。

这些故事，可帮助我们了解他们的历史和生活。

211. 整容匠升官

明太祖朱元璋的时候，负责皇帝仪表容颜的整容匠杜某专门给皇帝梳头和修剪指甲。一天给皇上剪指甲完毕，杜某将剪下的手足指甲用优质的纸包起来揣在怀中，皇帝就问：“怎么处理这些东西?”杜某回答:“这是龙体遗物,岂敢随便乱扔,我将带回家去珍藏起来。”皇上说:“你不是欺骗我吧,我以前剪掉的指甲在哪里?”杜某回答:“全部都珍藏在家里。”皇上叫杜某留下,命人去杜某家取那些指甲。杜某家人从家中供佛像的佛楼上取到那些指甲,那些指甲奉放在一个朱红色的盒子里,盒子前边有香烛供奉。皇上得知此情,大大欢喜,夸奖杜某忠诚谨慎而知大礼,立即任命他为太常卿(属于正三品官员)。

故事选自《国朝典故·卷之三十三》。

郭家言:整容匠因注意保留皇上剪下的指甲而升官,这只有在中国古代官场才有可能实现。古人说:“伴君如伴虎”,除了说伴君就是抱定时炸弹外,还有另一个意思,就是伴君者能狐假虎威,杜某正是靠伴君而实现个人目的的狐扮者。

212. 邻家校尉

洪武(明代朱元璋年号)年中,京城里有一个校尉(六品以下官员)与邻居之妻私通。一天早上,校尉瞅见邻妻的丈夫出门,马上进邻妻家和她上床,没想她丈夫又拐回来了,校尉即藏在床下。邻妻问夫:“怎么又回来了?”夫说:“出门见天寒冷,恐你贪睡脚好露在被子外,回来给你添盖个被子。”于是给妻子添个被子盖上又出去了。校尉发现这个丈夫竟然这样深爱妻子,心里不能容忍邻妻和自己私通,用佩刀杀了邻妻就去了。巧的是一个卖菜的老头常给这家送菜,这一天送菜没有人应,因此被邻居逮着见官,卖菜老头不能找出自己没有杀人的证据,因此他杀人罪名成立。将要开刀问斩时,那个校尉勇敢主动站出来叫道:“这个女人是我杀的,为什么叫无辜的人偿命呢?”于是他又告诉监斩官要自己上奏。在监斩官引荐下，他向皇上陈述说：“真实情况是那个女人和我私通，那天我在她床下听到她丈夫说的那些话，深感此妇太对不起她丈夫，我一时义气发作就杀了她，这件事我不敢欺骗皇上，请皇上将我赐死。”皇上内心感叹：“杀掉那个女人是因为她不贞不义，救他说明他原本无罪，朕还要嘉奖你。”最终释放了校尉。

故事选自《国朝典故·卷之三十三》。

郭家言：人间风流逸事自古有之，故事中校尉之举能有几人？有一种说法：“一个人品行不取决于他如何享受胜利，而在于他如何面对失败。”这个校尉能如此对待自己与人通奸的过错，说明他还具有人性应有的羞耻和良知。

213. 苏颋读书

苏颋小时候不太招父亲喜欢，常和仆人们在一起，但和仆人不同的是他好读书，读起来不知疲倦。晚上想读书时，苦于没有烛光照明，他就到马棚里的炉灶边，扒开炉灰吹出火来，就利用这个火光来读书。他就是这样苦学成才，后来做了右丞相。

郭家言：历史上说苏颋是玄宗时期名相宋璟的助手（副相），因常协助宋璟，且很少与之意见相左，有人就笑称他为“伴食宰相”。其实他才气纵横，在宋璟身边很能摆正自己的位置，宋璟办事时，他积极帮助处理。宋璟每次劝谏皇帝时，他就在旁边帮腔。有时宋璟与玄宗意见分歧，玄宗态度比较强硬，宋璟都快顶不住时，他还在那里坚持，一定协助宋璟把玄宗说服。所以，苏颋的忠心与耿直在历史上也是出了名的。

214. 虚有其表

唐朝玄宗皇帝很器重苏颋，想让他做宰相。晚上他叫来值班的中书舍人萧嵩草拟诏书，发布苏颋为相的命令。诏书拟好后，玄宗对其中一句夸奖苏颋“国之瑰宝”一词不满意，因为苏颋的父亲叫苏瑰。玄宗命萧嵩再改一下。萧嵩却吓得汗流不止，只是把国之瑰宝改为了“国之珍宝”，并没有改出更好的句子。等萧嵩退下后，玄宗将草诏扔到地上，愤愤地说：“虚有其表耳”。

萧嵩是一个美男子，身材修长、伟岸，胡须也十分漂亮，外表看起来一表人才，也很有文名。可此次草诏写的使玄宗不中意，所以玄宗斥责他虚有其表。

故事选自唐朝郑处诲《明皇杂录·卷下》。

郭家言：“虚有其表”典故就是出自这里，说明一个人表里不一，没有真才实学。人的能力只有从实践中来，而不能从长相中来。现代人对男人要求的是高、富、帅，这只是从表象看男人。什么是真正的高、富、帅？有人这样评判：大智若愚，荣辱不惊为高；大爱于心，福泽天下为富；雄才大略，智勇双全为帅。从故事来看，玄宗对萧嵩“虚有其表”的评价是准确而贴切的。

215. 物有短长

甘茂出使齐国，要渡过一条大河。船公说："那么浅的水，你都不能自己渡过河去，那么到齐国去能做出使齐王高兴的事吗?"甘茂说："不是这样的，你不知晓其中的道理。事物总是各有长处和短处；例如骐骥、騄駬这样的名马，它们的长处是日行千里，如果把它们放在家中捕捉老鼠，那它们还不如家猫；工匠伐木不如伐木工人，就如同现在你在河中摇船，进退自如，我就不如你，然而出使诸侯游说那些国君，给那些国君出富国强兵的主意，你就不如我了"。

故事选自刘向《说苑》。

郭家言：这应该是围绕甘茂这个人物产生的寓言故事。故事说明用人必须量才使用，使用得当才能充分发挥人才的能力。其中，这里也有人才必须选对自己位置的问题。故事中甘茂是深悟其中道理的。

甘茂，生卒年月不详，下蔡（今安徽凤台）人。战国时期秦国名将，曾被秦武王任命为左丞相。武王意外死亡后因惧人陷害在秦昭王时逃亡齐国任上卿，最后客死魏国。

216. 烛邹养鸟

齐景公喜欢玩鸟射鸟，派烛邹专门管理宫中那些鸟。可是那些鸟却飞跑了，齐景公大怒而要杀掉烛邹。晏子对景公说："烛邹确实有罪，允许我一一把他的罪列出来，然后再杀他。"齐景公说可以。于是晏子招来烛邹当着景公的面说："你为国王养鸟却把鸟养跑了，这是你的第一条罪；因为鸟跑掉使国王杀人，是你的第二条罪；这件事传出去使诸侯知道我们国王重鸟而轻人，是你的第三条罪。现在我已将烛邹的罪罗列完毕，那就请国王您杀他吧。"齐景公说："不要杀了，我已知道是我的过错了。"

故事选自刘向《说苑》，也见于《晏子春秋·外篇》。

郭家言：故事中晏子的本意不是让齐景公杀掉管鸟人烛邹的，于是他正话反说，提醒齐景公杀烛邹会损失自己的形象和声誉。晏子的提醒使齐景公改变了主意。故事中晏子的说服技巧与齐景公知错就改都是令人信服的。

晏子（公元前578—公元前500年），名婴，字仲，人称晏子，夷维（今山东高密）人，春秋时期著名政治家、思想家、外交家。历仕齐灵公、庄公、景公三朝，辅政长达50余年。他以有政治远见、外交才能和作风朴素闻名诸侯，于公元前500年病逝。

晏子聪明机智，能言善辩在历史上留下美名。他在政治生活中具有高度智慧，语言极具特色，劝谏方式和效果均佳。后人为他的修美、聪明、智慧所折服。关于他的典故“折冲樽俎”“晏子使楚”“南橘北枳”等很有名。

217. 孔子论交往

孔子说：与品格高尚的人相处，就像进入种有芝兰的屋子，待得久了就不会觉得芝兰很香了；与品质低劣的人相处，就像进入宰杀鲍鱼的屋子，待得久了就闻不出鱼的腥臭了，因为他们臭味基本一致了。

故事选自《说苑》。

郭家言：这个故事说明了事物潜移默化的道理，也说明了交友要注重品质的选择。人一生能有多少个知己，三五个足矣！也就是与这几个知己相处会决定自己的眼界和情操。

孔子（公元前 551 年 9 月 28 日—公元前 479 年 4 月 11 日），名丘，字仲尼，春秋时期鲁国人。中国古代著名的思想家、教育家、政治家。孔子开创了私人讲学之风，是儒家学派的创始人。

孔子授业于老子，带领弟子周游列国十四年。晚年修订了六经（即《诗》《书》《礼》《乐》《易》《春秋》）。相传他有弟子三千，贤弟子七十二人。他去世后，弟子和再传弟子把他和他弟子言行语录和思想记录下来，整编成儒家经典《论语》。

孔子在古代被尊奉为“天纵之圣”，是当时社会最博学者之一，被后世统治者尊为孔圣人、至圣、至圣先师、万世师表，其儒家思想对中国和世界都有深远影响。孔子被列为“世界十大文化名人”之首。

218. 拔钉钱

五代时赵在礼在宋州为官之时横行不法，老百姓被他所苦害。忽然有一天接到命令要他离开宋州去镇守永兴，宋州老百姓高兴地互相庆贺:“此人离去，就像人们拔掉眼中的钉子一样，这是何等痛快的事呀!”赵在礼知道此事后大怒，想报复“拔钉”这件事，他急速上书皇帝要求再去宋州为官一年。这时朝廷为了迁就有功之臣，同意了他的要求。重回宋州以后，他命令管户籍的官员，宋州境内所有住户，不论是常住户还是暂住户，除正常赋税外每年要缴纳一千钱，并将钱直接交到他家，这个钱就叫“拔钉钱”。官员对“拔钉钱”收缴督促不力或百姓不按时按数缴纳的，就要遭受鞭刑。“拔钉钱”给百姓带来的痛苦比赋税更甚，这一年赵在礼收到的“拔钉钱”达到了百万之多。

故事选自《五代史补》。

郭家言：五代是指 907 年唐朝灭亡到 960 年宋朝建立之前短短的 53 年间，历史上出现的后梁、后唐、后晋、后汉、后周五个短命王朝。五代在历史上本来就是一个动荡不安的时代，类似故事中赵在礼这样的社会沉滓也乘势泛起。“拔钉钱”，赵在礼也真敢给这种钱起名，收钱达一年百万，这小子也真敢要。“拔钉钱”他收到手了，把他钉在历史耻辱柱上的这颗钉子，怕是他永远也拔不掉的！

《五代史补》，宋代陶岳著。本书共五卷，记载五代十国遗事，于宋真宗大中祥符五年（1012年）成书。记载后梁二十一事，后唐、后晋、后汉各二十事，后周二十三事，共一百零四事等。所载难免有疏失之处，其中最多的是人物姓名错乱，有的史实存在明显错误。但本书叙事首尾详具，文笔也简洁，为《新五代史》《资治通鉴》等书引用，也可补薛居正《旧五代史》所未及。

219. 牛角挂书

李密用蒲草做鞍子骑在牛背上，牛角上挂一卷《汉书》，一边走一边读。越国公杨素恰巧在路上看见，暗暗骑马跟在后面，问："哪来的读书人勤读如此呀？"李密认出是杨素，马上从牛背上下来参拜。杨素问他读的什么书，回答说："《项羽传》。"杨素与李密交谈，惊奇他的见解。回家后对孩子杨玄感说："我看李密的见识和气度，不是你们能比得了的。"杨玄感因此而全心结交李密。

故事选自《新唐书·列传第九·李密传》。

郭家言：中国隋唐时期群雄之一的李密，是乱世出现的英雄。李密少年大志，文武双全，智谋极高，在反隋的战争中，他屡战屡胜。加入唐军后，反唐自立被杀，最终成为历史悲剧人物。

李密（582—619 年），字玄邃，京兆长安（今陕西西安）人，隋唐群雄之一。出生于四世三公的贵族家庭。隋末天下大乱时，成为瓦岗军首领，率军屡败隋军，威震天下。后来，他杀了瓦岗寨旧主翟让而引发内讧，此后被隋军屡败，后被越王杨侗招抚，又因与宇文化及拼争中损失惨重，不久被王世充击败，后被唐将盛彦师斩杀于熊耳山。

220. 孙亮破矢

孙亮夏天游西苑时，想吃生梅，命小黄门（宫中小官吏）拿着带盖的银碗，去中藏取蜜淹梅而食。小黄门与中藏管蜜的官吏本就不合，取蜜后将鼠屎投放蜜中，打开银碗盖见到鼠屎，小黄门即向孙亮状告管蜜官吏办事不谨。孙亮立刻叫管蜜官吏拿着蜜瓶来见，问他："这蜜被瓶盖着，怎么会有鼠屎，难道是小黄门曾有向你要蜜不成的事吗？"这个官吏叩头说："小黄门曾经借口宫中用蜜向我索要蜜，我没给他，因此得罪了他。"孙亮感悟道："必是小黄门从中作假，作假与否很容易辨别清楚。"于是令人将蜜中鼠屎掰开，见鼠屎外湿而内干。孙亮笑着说："鼠屎如果事先在蜜中，应当使得内外皆湿，而今外湿内干，这是小黄门投鼠屎于蜜中欲陷害管蜜官吏！"于是，小黄门服罪。

故事选自《折狱龟鉴译注》。

郭家言：这个故事流传较广，连《三国演义》小说中也有此故事，本文是从狱断的角度去审视这件事的。故事揭示了从事物的细末之处去推断事物内部的必然联系，这无疑是正确和科学的。但这个故事中用这样的断案方法去推理，显然也是粗糙和含糊的，假若这个小黄门投的鼠屎是新鲜的，那么结论就存在着两样性了！

孙亮（243—260年），字子明，三国时期吴国第二位皇帝，公元252—258年在位，是吴大帝孙权与潘皇后的第七个儿子。252年孙权去世后即位，258年被权臣孙綝废为会稽王。260年因被诬告而自杀（一说被毒害），年仅十八岁。孙亮少小聪明，但生不逢时，他的早死也间接说明其政治能力一般。

221. 依法定罪

三国时魏国高柔为廷尉（全国最高司法官）时，有关禁止射猎的法律条款甚严。宜阳（地名）典农（官名）刘龟偷偷在皇家禁苑内射兔，功曹（官名）张京将此事告诉皇帝。皇帝把张京的名字隐去，将刘龟逮捕下狱。高柔要求知道告密人的姓名。皇帝大怒："刘龟该当死罪，他竟敢在我皇家禁地射猎。将刘龟交给你审理，对刘龟严刑拷打就是了，为什么还要公布告密者的名字。我难道是胡安个罪名逮捕刘龟的吗？"高柔平静地对皇帝说："廷尉这样的司法官是管社会公平的，您能凭至尊皇权的喜怒来破坏国家法度和干涉司法官的司法权吗？"这样反复奏请，言恳意切。皇帝终于醒悟，说出张京的名字。这样高柔才把刘龟带回去依法审讯定罪。

故事选自《折狱龟鉴》。

郭家言：故事没有说出涉及的是魏国的哪个皇帝，但他历经太祖（曹操）、文帝（曹丕）、明帝（曹叡）三朝，经查这个故事应出于魏文帝时期。高柔能在皇帝面前叫板，强调司法面前皇帝也不能破坏国家制度和干涉司法官的司法权，这是古代司法官喊出来的最强音。高柔以自己的言行，维护了法官应有的威严。

《折狱龟鉴》，又名《决狱龟鉴》，是南宋郑克所著。郑克《宋史》无传，只知道他是开封人，字武子，另一字克明。宣和六年进士。曾任建康府上元县尉，后任湖州提刑司干官。

《折狱龟鉴》是古代一部著名案例汇编，原书二十卷，旧传诸本大都不存，仅明代《永乐大典》载有全书，但各卷界限已不可考。清代收入《四库全书》时重校订整理为八卷。该书以五代时期和凝父子所著《疑狱集》全部案例为基础，逐条增补，合共276条，395例。作者就历史上有关决疑断狱和司法经验和教训，作了言简意赅的介绍。作者主张“明慎用刑”，从“矜恕”出发，按照人情事理分析和推究案情，严防枉滥，反对“深文峻法，务为苛刻”的刑罚思想。其书很多论断，符合客观实际和朴素辩证法要求，不受“正史”局限，取材范围广泛，缺点是包含不少迷信落后意识。

《折狱龟鉴》是了解和研究中国古代司法制度和司法实践的重要参考资料。

222. 苻融审案

前秦时期苻融任冀州牧时，有个老妇人在路上行走遇到了劫匪，她大声呼喊捉贼。一个路人追赶劫匪并将他捉拿，劫匪却反诬路人是劫匪，当时天色昏暗，分不清谁是真劫匪，于是众人将他们两人一起送到官府。

苻融见此情景笑着说："这事很容易分辨，可叫他们二人一同快跑，先跑出城的不是劫匪。"二人跑后又重新被押至官府。苻融板着脸对跑后的那人说："你就是劫匪，还要诬告别人吗?"劫匪表示服罪。劫匪若跑得很快，必然不会被捉住，因此，可以知道跑慢的应该为劫匪。

故事选自《折狱龟鉴》。

郭家言：故事反映了苻融的机智与计谋的高超。他是前秦宣昭帝苻坚的幼弟，声望显赫，历史上说他以明察秋毫著称。

苻融（340—383年），字博休，略阳临渭（今甘肃天水东北）人，氐族，苻雄之子，前秦宣昭帝苻坚幼弟。历任征南大将军，录尚书事，封平阳郡公。青少年时即担任要职，以明察善断著称，然而过于严苛，后接受建议转而宽和。王猛死后接替其职位，用"萧规曹随"之法保持国家正常运转，然而苻坚不听苻融规劝，执意消灭东晋，以苻融为前军统帅南下江淮，在"淝水之战"中战败，导致前秦土崩瓦解。苻融在此役中落马被杀。

苻融在大略上比苻坚稍逊，但在具体事务上却强过苻坚，他少小聪明早成，气度超群，下笔成章，时人把他与汉代王粲相比。

223. 严刑判案

明代成化年间，有人丢失一个金瓶。当时有一个厨子在那里做饭，因此被官府捉拿问讯，用尽酷刑，最终屈打成招。索要金瓶时，厨师拿不出来，逼他，他就胡说在坛前某地，按他口供去挖，却找不到，仍旧将他入监。没多久，真正的偷瓶人拿着瓶上的金绳在市场上卖，有怀疑这件事的人向官府告发了，最终得到了偷瓶人偷瓶的实情，审讯他瓶子到底在哪里，也说在坛前某地，照他说的去挖，竟然挖到了金瓶。厨子和偷瓶人说的埋藏之地竟然在同一个地方，只是偷瓶人埋藏的比厨子说得深了几寸而已。假如厨子交代的藏瓶之地再深挖几寸就能挖到金瓶，假如偷瓶的人不拿瓶上的金绳去卖，那么厨子被判死罪的话，厨子有一百张嘴也无法为自己辩解，这样说来，严刑之下要什么口供不能得到呢？

故事选自《折狱龟鉴》。

郭家言：被屈打成招的厨子与真正的盗贼供认的赃物埋藏地竟然不谋而合在一个地方（只是一个埋得浅，一个埋得深），这只是一种巧合。我们现在办案要求一个案件要有证据链去印证案件，强调不以孤证定罪，这反映了司法的公正与进步。

224. 诬告杀牛

朝散大夫（官名）钱和在秀州嘉兴任知县时，有次有个村民前来告状说他的牛被人杀死（当时杀牛属犯法行为），钱和叫他赶紧回家，并嘱咐他不要对人讲告官的情况，并将牛屠宰分割，把牛肉分送给相识的人，如遇有怨恨的人要加倍分给他牛肉，这个村民按知县所嘱把牛肉分了。第二天有个人拿着牛肉前来告官，说牛的主人私杀耕牛，钱和立即逮捕并审问，他果然正是杀牛的人。

故事选自《折狱龟鉴》。

郭家言：古代大多时期县里县官管政、管民、管刑律和断案。一人身兼多职，本不易管好管到位，这样就容易产生错判误断，受到损害的多是无辜百姓。像钱和这样优秀的县官和他高超的断案能力，古时能有几人?

225. 盗锁易钥

宋代刘舜卿在代州任知州时，辽国的间谍曾偷走了城西门上的门锁。刘舜卿得知后命人换了一把大钥匙的门锁。不几天，一辽人拿着偷走的那把锁归还，想以此显示辽谍的本事而羞辱宋人。刘舜卿说："我们从来没有丢过城门锁啊"，命人带辽人去相验，已经新换的钥匙根本不能打开那把被偷走的锁，辽人满脸惭愧而去。辽国得知这个消息后立即诛杀了那个偷锁的间谍。

故事选自《折狱龟鉴补译》。

郭家言：刘舜卿一个反间计就取了辽人间谍的项上人头，这个故事只是中原文化和少数民族文化冲撞中的一朵小浪花，里边有几分中原文化中大汉民族的狡黠和得意而已。

226. 孙登比丸

三国时吴国太子孙登，曾经率众人骑马出门，一个弹丸从身边飞过，他的随从们就去追拿弹射之人，刚好见到一人拿着弹弓身上带着弹丸，随从们便认为刚才就是此人弹射差点伤了太子。持弹弓的人否认，便与随从们争吵起来，众随从想因此揍那个小子，被孙登拦住，令持弹弓人拿出他携带的弹丸和那个差点伤人的弹丸相比，结果二者根本不同，于是放了那个人。

故事选自《折狱龟鉴译注》。

郭家言：子弹是谁射出的，验枪就行了。可冷兵器时代只有验弹，但验弹的科学性就差多了。一个人持有弹丸可能是多样的。故事中这种验弹的方法是不精确的。但在当时条件下，那位持弹者携带的弹丸可能是统一特制的，这就具有了一定的排异性。正是这个排异性折射出了吴国太子的聪明和智慧。

孙登（209年—241年），字子高，吴郡富春（今浙江富阳）人，三国孙吴时期吴大帝孙权的长子。229年孙权称帝，孙登为皇太子。他多次劝谏孙权，对时政“多有匡弼”，处理政事谨慎得体。241年孙登英年早逝，临终上疏举贤荐才，希望父亲能任用这些人才，使国家昌盛。

《全三国文》载有他的《临终上疏》《与步骘书》等。

227. 名有所增

李勣为长史（官名）时，张文瓘是他的属僚。李勣曾感叹“文瓘是当今的管仲、萧何，我的才能比不上他。”李勣后来升迁入朝为官，文瓘与另二位属僚为他送行。李勣用自己的佩刀、玉带分赠另二位属僚，但没有东西赠给文瓘。文瓘不解，向李勣请教，李勣说：“你不要有所不解，某属僚做事犹豫不决缺少决断，所以我赠他佩刀，以此引导他遇事要果断；另一属僚行为放纵而不知检点，所以我赠他玉带，以引导他懂得遵守和约束。至于你的才能，没有什么事情不能干好的，哪里需要我赠物（来警戒）呢？”

故事选自《新唐书》。

郭家言：张文瓘是唐朝名人，也是唐高宗时的有才之官。历史上说他秉公办事，才能出众。他兼任大理寺卿（最高法官）时，到任才十几天，断疑案四百件，被判罪的人均无怨言。一次他患病暂时停止断案，囚犯们竟互相吃斋祈祷，希望他赶快病愈处理案件。

张文瓘（606—678 年），字稚圭，贝州武城（今山东武城）人，唐朝宰相。他出身清河张氏，历任参军、县令。675 年，进侍中（宰相的一种）。678 年反对征讨新罗，抱病进谏，不久病逝。他父子五人均官至三品以上，人称“万石张家“。

他具治国才能，擅长司法，安抚百姓，屡屡向皇帝直谏。

228. 太祖批奢

明太祖朱元璋在皇城奉天门见散骑（明官名）舍人（权贵子弟）所穿衣服极其华丽，就问他“裁缝这件衣服用了多少钱”？回答说：“五百贯钱。”太祖责备他说：“农民冒着寒暑耕地种植，一早起来夜晚才能休息；养蚕的妇女，缫丝缉麻，将丝线积寸成布。这些劳动强度都很大。等到粮食登场和织布下机，该交公的该还欠的，公的私的交替来索要，到头来他们自己却不能拥有这些粮食布匹，因此他们的食品只有粗粮，衣服破旧得只是能遮体罢了。现在你凭借父兄的庇护，生活在丰衣足食之中。农家与桑户的辛勤苦劳，你一点儿也不知道，做一件衣服就要五百贯。这是农民几口之家一年的花费啊！而你只是把这笔钱做一件衣服，浪费奢侈如此。这不是残暴的糟蹋钱财吗？从今天起你要深切引以为戒。”

故事选自《典故纪闻》。

郭家言：一件衣服之华丽，竟引来皇帝一顿痛批，看来朱元璋出身平民，深知民间之疾苦。一件小事，给历史上朱元璋添来几分敬意与厚重。

229. 狂草张旭

张旭悟到了草书创作的技巧，后来他又把这些技巧传给了崔邈、颜真卿。张旭说：“当初初写草书时我看到公主与挑夫争路的情景，从而悟出了草书的奥妙。后来观公孙氏舞剑，从而得出了草书的神韵。”张旭醉后总爱挥毫狂写，写时又同时狂叫，并用头发蘸墨书写，为此当时人称他为“张颠”。醒后看到自己的作品，认为特别奇异，如有神助，再写就达不到这种意境了。后来的人谈到书法诸位名家的时候，对于虞世南、欧阳修、褚遂良、薛稷的作品或许有不同看法，但谈到张旭的书法，没有人不认同的。

故事选自《典故纪闻》。

郭家言：张旭能从公主与挑夫争路和看公孙氏舞剑中悟出草书的神韵，真是“功夫在书外”啊！醉酒狂草，以头蘸墨书写，达到了前人未有的境界。我不认为他只是狂，而觉得这是一种忘我而独特的创作！

> 张旭（675—750 年），字伯高，一字季明。唐朝吴县人，唐开元、天宝年间在世，曾任常熟县尉，金吾长史。
>
> 他以草书著名，与李白诗歌、斐旻舞剑并称为“三绝”。与李白、贺知章等并列为“饮中八仙”。与贺知章、张若虚、包融合称“吴中四士”，书法与怀素齐名。性好酒，据《旧唐书》线装本记载，每醉后号呼狂走，信笔挥洒，时称“张颠”。

230. 渐离击筑

荆轲刺秦王的第二年，秦国吞并了其他诸侯国，开始立号称皇帝（秦始皇），于是秦诛杀燕太子丹、荆轲的门客与故交。于是这些人纷纷潜逃，高渐离也改名换姓给人作奴役，藏匿在宋子一带。时间久了，感觉很辛苦。有一天，主人请了乐师在客厅里击筑，高渐离彷徨在暗处不忍离去，一再自言自语“他这筑这些地方击得好，那些地方不好”。其他奴仆将他这言语举动告诉主人说“那个奴役懂音乐，在那私下评论”。主人命高渐离前来击筑作乐，满堂宾客都称赞他筑击得好，赐酒给他喝。高渐离暗想如此这样躲下去没有个尽头，于是退下，取出箱中以前为贵族时的好衣服穿上，一改奴仆畏缩之举出现在堂中，满座客人大惊，纷纷走下客座用平等之礼待他，拜他为上客。高渐离边击筑边高歌，客人无不感动得流泪而去。从此宋子一带的人轮流请他去演奏。秦始皇闻讯传来召见，有人告诉秦始皇“此人是高渐离”。秦始皇怜惜其才，特赦了他死罪，薰瞎了他的双眼，留他专门击筑，每次都夸他筑击得好。高渐离渐渐地得以接触秦始皇，便将铅块偷放筑中，再次为秦始皇击筑时近距离举筑击秦始皇，不中，于是秦始皇就杀了高渐离，从此再也不接近被灭诸侯六国的人了。

故事选自《史记·刺客列传》

郭家言：高渐离以筑击秦，只是荆轲刺秦大戏后的“余波”，但余波一样波澜起伏，一样悲壮动人心弦。秦始皇本是统一六国的大英雄，但他残暴镇压六国的反抗及使用严刑苛法统治人民，因此仅传了两世就被农民起义推翻了，荆轲、高渐离都因击秦的悲壮之举被后世所称道。

荆轲，战国时卫国人，先祖为齐人，后又到燕国。他喜读书击剑，和燕国击筑（一种打击乐）乐师高渐离交友，后被隐士田光推荐给燕太子丹刺秦，因刺秦失败被杀。

高渐离，战国著名乐师，善击筑，曾和荆轲在市井意气狂饮，并合拍狂歌，在送荆轲刺秦出发时，燕太子丹、高渐离及送行宾客皆白衣白帽（皆知荆轲很难生还）在易水边伤别，大家边走边唱“风萧萧兮易水寒，壮士一去兮不复还！”

231. 高祖还乡

汉高祖皇帝（刘邦）回京途中，路过老家沛县留宿下来。在沛宫设宴，将昔日故友及父老乡亲喊来豪饮。选沛中少年一百二十人，教他们唱歌。酒酣时高祖击筑高歌：“大风起兮云飞扬，威加海内兮归故乡，安得猛士兮守四方！”让沛中少年反复歌唱。

故事选自《史记·高祖本纪》。

郭家言：汉高祖刘邦出身低微，多劣行。历史记载他喜好酒色，尿洒儒生帽，被敌追击时为减轻重量将儿女推下车驾，为帝后诛杀功臣等。但他有雄略，大事不糊涂，从谏如流，用人至极。尽管少了慷慨悲壮之举，但毕竟是西汉王朝的开创者和历史发展的推动者。他所作此歌被后世誉为“大风歌”，也足以风流千古！

232. 汉初三杰

汉高祖刘邦在洛阳南宫设宴，说：“在座列侯、诸将不要隐瞒我，都说说，我能得天下是何原因？项羽失天下又是何原因？”高起、王陵回答：“陛下待人不敬而轻慢，项羽仁厚且爱护别人。可是陛下派人攻城掠地，把所得都分给大家，这是与天下人民共利益。项羽妒贤嫉能，对有功的人嫉妒，对有能力的人就猜疑，打胜仗不给人记功，得到土地不给人分利，这就是他失天下的原因。”高祖说：“你们只知其一，不知其二。比如说运筹帷幄之中，决胜千里之外，我不如张良；安定国家，安抚百姓，供给前线粮饷，保证运输线不被切断，我不如萧何；联合百万大军，战则必胜，攻则必取，我不如韩信。这三人都是当今人杰，我能够使用他们，就是我取天下的原因所在。”

故事选自《史记·高祖本纪》有删节。

郭家言：刘邦的最大长处就是用人，且是神用！韩信、陈平、英布、彭越原来均是项羽部下，后来这些人才都流向了刘邦，人才的流向决定了战争的走向！如刘邦对汉初三杰之评也！

张良，字子房。颍川（今河南禹州一带）人，秦末汉初杰出谋士。先辈在韩国都城阳翟（今河南禹州）任过五代韩相。楚汉战争中他协助刘邦多有良谋，西汉建立后封为留侯，但他不恋权位，后世称他“谋圣”。

萧何，沛丰县人。秦时任沛县狱吏，随刘邦反秦占咸阳后，他接收了秦官的法令、图书，掌握了全国山川显要、郡县户口，对后来楚汉战争策略制定起到了决定作用。楚汉战争中，他留守关中，向前线运送战略物资、兵员，对战胜项羽起到了重要作用。西汉建立后为宰相，对制定国家法律制度、稳定社会秩序、发展生产均有巨大贡献。

韩信，淮阴（今河南淮阳）人。西汉开国功臣，中国历史上杰出军事家。先从项羽为下级军官，投汉后经萧何举荐被封为大将军。楚汉战争中军事才能得到充分发挥，战功显赫，在垓下合围楚军，逼项羽自刎。西汉建立后，被解除兵权，贬为淮阴侯。因配合陈稀叛乱，被萧何、吕后骗入宫中杀死。

233. 张说调任

唐玄宗刚当皇帝，任命姚崇为相。张说素来对姚崇怨恨惧怕，为此曾经秘与岐王李隆范在岐王府款待姚崇。有一天罢朝后，大臣们无不快步出宫，姚崇却拖着一只腿表现出脚有病痛的样子。玄宗喊住他问："脚怎么了？"姚崇说："臣脚后跟受伤了。"玄宗问道："没有大碍吧？"姚崇回答："臣心有忧伤而痛不在足。"玄宗问其缘由，姚祟回答："岐王，陛下爱弟；张说，朝中辅臣，而他常乘车秘入岐王府，有密谋杀害我之嫌，所以我深虑这件事。"于是玄宗调张说去相府任职以解姚崇之忧。

故事选自《鸡肋编·卷上》。

郭家言：姚崇、张说皆为唐玄宗时名相，但相互防范倾轧，是古代官场痼疾，虽名相也不能超脱这种心机的较量，而能够得到皇帝同情和重恩的一方才能操有胜券，如此相互倾轧，当为后代为官者戒。

> 姚崇，字元之。陕州陕石（今河南陕州区）人，唐代著名政治家。他文武双全、历任武则天、中宗、睿宗、玄宗四朝。两次为相，后因不依附太平公主，被贬为刺史。玄宗时，辅佐玄宗开创开元盛世，被称为"救时宰相"，执政三年，与房玄龄、杜如晦、宋璟，并称为四大贤相。721 年去世。

234. 杜预立碑

杜预喜欢后世留名，所以刻了两块石碑，将自己的功勋业绩都记在上面，并将一碑沉在万山之下，一碑立在砚山之上。他说："我怎能知道万世之后哪里是山顶哪里是山谷呢？"我曾经在万、砚二山附近为襄阳太守，去寻找砚山之碑，久寻不见，而万山之下，江水故道去邓城数十里，屡已迁徙。石碑已沉没不见，哪里还有现世之日。这样看来，当日杜预设立二碑为己显名，不是徒劳吗？

故事选自《鸡肋编·卷上》。

郭家言：杜预是西晋初年政治家、军事家。多次上疏晋武帝伐灭东吴，是公元278年率军灭吴的大功臣，因此，杜预是有资格立碑显名的。但他立碑之事被后世炒得很热，褒贬不一。从历史上看，杜预功绩冠绝，品格高尚，是历史上不多的功高盖主又能全身而退的奇才之一。杜预创作的《守弱学》发展了古代先哲以弱胜强以柔克刚的观点，强调强弱在一定条件下可以互相转换的辩证关系。如此头脑，竟然蠢为自己立碑，一反他平生谨慎低调的作风，甚是怪事！究其一生功绩与立碑之事也就是九个指头与一个指头的关系呀！

《鸡肋编》是宋代庄绰所著，共三卷。内容系考证古义，记叙遗闻轶事，是宋人笔记中比较重要的一种，内容详实，资料价值为后世公认，有些内容可弥补正史记载之不足。

235. 蔡确击钟

蔡确曾因作诗获罪，从此以不轻言为戒。后来迁居他州，身边只有一位爱妾，名号“琵琶姐”。他有一只鹦鹉，这鸟甚聪明可爱。他每次喊妾时并不出言，只是轻击一只小钟，鹦鹉听到钟响马上传呼琵琶姐。不多时，其妾因病去世，他自然也不再击打那只小钟。一日因逢节日，他郑重穿衣戴帽，衣帽碰响了那只小钟，鹦鹉闻声大声呼叫琵琶姐，他伤感至极，因而赋新诗："鹦鹉声犹在，琵琶事已非。堪伤江汉水，同去不同归。"此后忧郁成病，竟然去世了。

故事选自《鸡肋编·卷下》。

郭家言：《宋史》将蔡确列入了奸臣传。今天看来，他支持变法，维护变法成果，这就是大节不失。在他主政期间，物资丰实，仓库充盈，吏治也较清明，这些在历史上多有肯定。

这个故事发生在北宋"车盖亭诗案"蔡确被贬以后。此案是元祐党人对蔡确等变法派捕风捉影，对新党集团进行的清算。"堪伤江汉水"之句，堪伤的实非是江汉之水，而是诗人自己。从我看来，文学是人学，诗与词应是情学。人与人之间的情谊是千古都道不完、道不清、道不平的。一把琵琶、一只鹦鹉构成蔡确心中的情伤，其根源在于政治斗争的残酷。但这诗写得好，表面流畅的诗句里，澎湃在作者内心的是人与人、人与鸟之间的深情！

"车盖亭诗案"，是北宋神宗时，以王安石为首的立志改革朝廷弊政的改革变法派和以司马光为首的排斥改革的旧党之间的党争，双方斗争甚烈。宣仁太后听政后支持旧党，排斥新党。元祐四年（1089年），知汉阳军的吴处厚，指责新党领袖蔡确游安州（今湖北安陆）车盖亭所作诗中借高宗传位武后之事影射高太后，蔡确被贬。

236. 慧卿遭讽

吕慧卿自以为才高，然而一生多为排挤在京城外为官。大观（宋徽宗年号）时，始被召回京师，为太一宫使，这年他已八十多岁了。然而他认为当时宰辅权贵出道均在他当年之后，因而意满自得。有一天他邀请众客，有一道士也在其中。道士自称与他同族，因此对吕礼数不够。吕看他不顺眼，寻茬问他有何能耐，回答“能诗”。吕回头看有风筝在空，就叫道士以此为题作诗一首。道士应声吟道：“因风相激在云端，扰扰儿童仰面看。莫为丝多便高放，也防风紧却难收。”吕知他讽己，脸有惭色，再看其他客人，早已悄然离去了！

故事选自《鸡肋编·卷下》。

郭家言：丝多高放，风紧难收。故事中的吕一生就吃亏在这二句上。这是人生命题，我们后人要引以为戒！

> 吕慧卿，字吉甫。北宋南安水头镇（一称晋江）人。嘉祐二年（1057）年进士，政和元年（1111）去世。53年中历仕五朝，为官38任，其中外任达43年，在朝不满8年。他参与王安石变法，是政治改革家，神宗皇帝的重要顾问，王安石变法的二号人物。

237. 枯树之赋

桓温叹息说：“昔年种的柳树，在汉水之南柔软可爱；现在看到的它枯败凋零，凄惨悲伤之情，溢满江汉之畔。岁月催促树由盛到衰如此，人又怎么承受得了岁月的催迫呀！（昔年种柳，依依汉南。今看摇落，凄惨江潭。树犹如此，人何以堪！）”

故事节选自庾信《枯树赋》。

郭家言：本故事只选了庾信《枯树赋》最后一段。这一段是文章的神来之笔。人最富有的东西是时间，最贫穷的也是时间。常人的时间总是在不经意间流去，英雄的时日是在珍惜中飞逝。《枯树赋》借物而咏志，是庾信由乡关之思所作也，名为咏树，实则咏怀！

> 庾信，字子山，南阳新野（今河南新野）人。南北朝时期文学家、辞赋家、诗人。早年出仕南朝，后入北朝后，生活思想巨变，诗歌由艳冶而为刚劲苍凉。这种转变，体现了南北文化互融趋势，对后世的律诗、绝句等的发展有重要贡献。

238. 丰乐宴游

大凡欧阳修公与府中宾客出游，大家到丰乐亭饮酒是不可少的。酒喝醉了又加上疲劳，那就一定会去醒心亭远眺。但见群山环抱，云烟不分，旷野一望无际，草树繁茂，泉清石伟，美不胜收，这景色使眼睛为之一新，耳朵为之一清。多么留恋这里而忘却该是回家的时候了。

故事选自曾巩《元丰类稿》。

郭家言：这是曾巩的一篇游记。欧阳修生活有三乐趣：诗、道、游。他的《醉翁亭记》就是游得得意时鸣唱的。有记载说欧翁续娶的是已故宰相薛奎的二女儿，而薛家大女儿嫁的是与欧翁一同殿试的状元王展辰。后来王的妻子去世，王又续娶了薛奎三女儿，继续与欧翁连襟，欧为此写诗："旧女婿为新女婿，大姨父作小姨父。"哎！这欧翁多逗。

曾巩，字子固，南丰（今江西南丰）人。北宋散文家、政治家，祖父与父均为北宋高官。1057年参与恩师欧阳修主持的会试，与其弟曾牟、堂弟曾阜同年登进士第。他为官清廉，关心人民疾苦，文学成就突出，位列唐宋八大家。1083年去世。

丰乐亭在今安徽滁州丰山脚下，为欧阳修在此作太守时所建，并亲撰《丰乐亭记》。

239. 富有二子

宋代仁宗当朝时，驸马柴宗庆与驸马李遵勖连襟，二位驸马都贤。柴驸马想暗中与李附马角富。李驸马先至柴府拜访，柴驸马夫妇盛装出迎以显富贵。但府中其他人则衣饰一般。第二天柴驸马去李府回访时，李驸马夫妇只着常服出迎，随从们却都盛装在身，李驸马又款款唤出两个儿子出见，说："我所有者，只是二子而已。"柴驸马非常自惭，感慨李驸马所言属高士之论。后来柴驸马终生无子，一生俸禄积累堆满了几间仓库，这些钱均未动用，死后，钱都送还国库。

故事选自《能改斋漫录》。

郭家言：历史记载，驸马李遵勖、柴宗庆二人的爷爷均与宋太宗赵光义平辈，但二人均娶了太宗的女儿，这就造成了辈分的混乱。宋代反对异辈通婚，为维护皇家尊严，于是实行"升行"制度，就是将驸马辈分提至与公主平辈。这样又造成男方辈分混乱，柴、李二位驸马的辈分都是"升行"制度的产物。这种非人性化的制度推行了六十年，至真宗时才被废。故事中李驸马以有二子为富，才算有了些许人性的东西。

240. 杨震逐鹤

宋徽宗还在王府为藩王时，杨震得以常随身边，他处理事情最为缜密到位。其间发生过有两只鹤双双降落在宫廷庭院的事，王府众人纷纷向王道贺，认为是吉兆，杨震匆匆将它们逐去，说："这是鹳不是鹤。"又有一天，有人发现有灵芝生在王的寝楼内，又认为是吉兆，众人再次向王称庆，杨震急忙将它割除，又说："这是菌类不是灵芝。"杨震因为这些事越来越深得王的信任。

选自《能改斋漫录》。

郭家言：宋徽宗，是北宋靖康年间亡国之君，是北宋的罪人。从故事看，他为藩王时尚还不昏，如果他一直能保持这种清醒。哪里还会有北宋的靖康之耻呢？宋徽宗琴棋书画茶皆精，后人评说：宋徽宗诸事皆能，独不能为君耳！

宋徽宗，名赵佶。北宋第八位皇帝，即位之初起用新法也有名君之气。后被奸臣蔡京等诱导，政治军事皆衰落。1126年京城被金攻破，与已匆忙接班的儿子钦宗一块被金掳去，受折磨而死，年仅54岁。

241. 屠城升官

当年王子纯率军攻打洮州，临破城时，他正在城下和众将商议是否屠城，忽然有两个敌人士兵从城墙倒塌处向他冲来，部下急忙迎上将那两个士兵杀死。王子纯被这件事激怒，随后决定屠城。

屠城进行一半时，因看到有一个吃奶小儿仍在吃母尸的奶，王子纯深为触动，转身遂下令停止屠杀。但这也仅仅是免于全城人死亡殆尽而已。这一仗后他又升了官。

选自《能改斋漫录》。

郭家言：征服敌方夺取城池，是古代征战统帅的能耐反映。但同时屠杀无辜甚至屠城，即为惨绝人寰！这样的将领还能升官，那官帽真真是苍生血染成了！

《能改斋漫录》是一个笔记集，作者吴曾。该书记载史实，辩证诗文典故，解析名物制度，资料丰富，援引广泛，且保存了不少已佚文献。因而为后世文史研究者所重视。诸家考记之文，往往征引其说。

作者吴曾，宋代大臣，能文能诗，著丰多佚，73 岁病故。后人对其人评价不一，褒者说：其知严州，去贪吏，恤良民，善政著文。贬者说：党附秦桧，曲意取媚。

242. 愿为良臣

范文正公范仲淹没有做官时，曾到一个很灵验的祠堂求祷。他问："将来我能得到宰相之位吗？"不许。又求道："不能为宰相，愿为良医。"也不许。为此他叹道："不能使百姓得益，这不是大丈夫平生之志。"有一天，有人对他说："大丈夫志在为相，理所当然。然而良医那些医术你怎么能够屈尊作为愿望去追求呢？这样是失身于卑微之中呀！"范公说："哪里是如此呀！占卦人说如果大家都善于救物济世，那么社会就没有被抛弃的东西。大丈夫以所学之能，当然想遇到一位贤明的君主，这样就能学为所用。我想如果天下百姓没有受恩泽的话，就无异于是我把他们推到沟壑之中。如果我能够使普通百姓受益，固然是为相最好。若不能为相，仍想有救人利物之心愿，只有成为良医，上能为君王及亲人治病，中可以保自身长寿，下可为百姓解困。能为芸芸众生解难解困者，除了良医，再无其他人了。"

选自《能改斋漫录》。

郭家言：范仲淹"先天下之忧而忧，后天下之乐而乐"之句，不仅是他《岳阳楼记》中经典之笔，也是他人生一直追求的精神境界，他的一生都在用行动为这句话做诠释和注脚。

243. 问卦福寿

李端懿、李端愿曾问算卦人李易简："富贵的事我们不忧虑，只是问问我们寿有多长？"易简说："你们二位呀，皇帝妹妹之子，生下来就享富贵，极端奢侈享受。富贵之外又求长寿，如果这样那些贫穷百姓怎么办呢？造物主要答应你们这些要求，不是对那些贫穷百姓极不公平吗？"于是，便不给二人算这个卦。

选自《能改斋漫录》。

郭家言：贵为皇帝外甥，已巨富，何求寿？这个卦人李易简倒敢藐视皇权，话说得直，行立得正。尽管李易简早已被历史所淹没，但他必将在后世人的敬重中得到重生。

李端愿、李端懿兄弟二人均为宋太宗万寿公主之子。李端懿七岁即授官，并四迁其职，仕仁宗、英宗、神宗三朝。

244. 庭式践约

齐州人刘庭式未进士及第之前，曾商议娶同乡人之女为妻，婚约已成但还未付订婚之金。后来刘庭式状元及第，这个女子却因病导致两眼皆瞎。女家以耕地为生，且很穷，便不敢再提这件婚事。有人劝庭式迎娶盲女之妹为妻，庭式笑说："我的心已属始约之女，她虽盲，但我不改自己初心。"最终，庭式娶了盲女为妻，并与她白头偕老。

选自《能改斋漫录》。

郭家言：刘庭式之举，说明这个进士不但文化考试优秀，精神方面也同样优秀。《唐摭言》中说有人名孙泰，受其姨临终之托将娶二姨妹之姐，因其姐盲，姨死后他坚决拒人议娶其妹。当事人皆服其义。真是世上女子万千，盲妻最是婵娟？非也，信在其中，义在其中！

> 刘庭式，字得之。宋朝齐州人，进士。苏轼守密州时刘庭式为通判，为人为官正直。本故事后来有续，刘与盲女生数子，后来妻死不复娶，以高寿终。

245. 养马终老

宋朝陈谏议（名陈省华）家有一马，脾气暴，人不能驾驭，已踢伤咬伤多人。有一天陈谏议入马厩，没见到这匹马，于是责怪仆人："那匹马怎么不见了？"仆人回说被陈尧咨卖与一商人了。这尧咨是陈谏议的儿子，谏议马上招来儿子责骂："你身为朝廷重臣（陈尧咨当时为翰林学士），家里人尚不能管住这匹马，那商人怎能驯养它？这样卖马是把灾祸转嫁于人。"于是，马上派人追向那商人索回那马，退马钱给商人。嘱咐仆人养此马要至它终老。时人称陈谏议有古人仁义之风。

选自《能改斋漫录》。

郭家言：陈谏议之子尧咨、尧叟是中国科举史上的兄弟状元，这与他们父母的严教分不开。据史料记载，陈尧咨因善射而有骄色，遭母亲严厉责骂："你父亲教你要忠孝报国，而你不思仁政却热衷射箭这种小技，这是父亲对你的希望吗？"边骂边用棒打，摔碎了他的金鱼配饰。这是中国古代典型的棍棒教子！

> 陈尧咨，字嘉漠，四川阆中人，宋真宗咸平三年（公元1000年）进士。曾任进士考官、集学院学士等高官。工书法，善射箭，曾从钱币为的，箭穿钱孔而过。宋史有陈尧咨传。
>
> 陈尧叟为宋太宗端拱三年（公元989年）状元。

246. 陈鹄说文

写文章不能强求，它必须是因事而作。必须是心中要写的念头很足（须是发于既溢之余），要写的东西成熟于胸之后（既溢已足）再去写，这样写出的文章才是极品。所谓"既溢""已足"，就是说这些文章必须是从博学中来。

选自南宋陈鹄《耆旧续闻》。

郭家言：南宋陈鹄谈写文章必须因事而作文，就是强调文章不能无根而发，要写的东西必须先成熟汹涌于胸，方能一泻纸笔，真是道中了写文章的命脉。

> 陈鹄，南宋人，本名文晖。《耆旧续闻》，共十卷，书中多为宋朝轶事，许多资料被后世研究者引用，非常珍贵。

247. 河间游僧

河间县有个云游的和尚在集市上卖药，他先拿一个铜佛放在桌上，桌上的盘子里放着药丸，那铜佛伸出手做出要拿东西的样子。有买药的，要先向铜佛祈祷，然后捧盘靠近佛手，若此人病可治，药丸就会跳入佛的手中，若此人病不可治，那么药丸不动。当时人人都信之如神。后来有人在那和尚住的庙里，见那和尚在研磨铁屑，才明白他盘子中的药丸，一定是一半铁屑一半是其他东西做成的，而那铜佛的手一定是用磁铁做成，只不过表面涂了金铜色，后来通过检验确实如此。这样，和尚的骗术败露了。

选自清代纪昀《阅微草堂笔记》。

郭家言：这世上最可憎恨的是药骗，其他骗子都是骗财为目的，这药骗除此之外还骗命！

纪昀名晓岚，清代政治家、文学家，曾任兵部礼部尚书，是《四库全书》的总纂修官。他博学、才华横溢，《清史稿》中有他传记。1805年病逝，时年82岁。《阅微草堂笔记》是纪昀的重要作品，作品中往往借助抓鬼神怪故事以劝善恶，借故事去折射封建社会末世的丑恶与黑暗，同情下层劳动人民的悲惨生活境遇。每则故事会有几句短评，很耐人寻味。

248. 文避方言

杨亿曾告诫他的学生，写文章要避免使用方言俗语。不久，他拟了一篇奏章，其中一句话是："伏惟陛下，德迈九皇。"意思是说皇上的德才超过了其他皇帝。学生郑戬就此奏章请教说："不知什么时候老师卖起菜来了。"（九皇与韭黄谐音）杨亿被这一问引起大笑，因而援笔把这句话改掉了。

选自欧阳修《归田录》。

郭家言：古学究装模作样，力避方言俗语入文。今天看来，方言不但可以入文，且可丰富文采。毛泽东是方言入文的大家，他说的"谁说鸡毛不能上天""惊回首，离天三尺三"等，都是方言俗语。这些俗语都起到了通俗、言简意赅的作用。故事中杨亿的奏章生涩呆板，学生故作的笑语使老师援笔改错倒是中肯且可贵的。当然九皇（韭黄）之说应是师生间私语，传出去可是要丢掉吃饭家伙的。

杨亿，字大年，建州蒲城（今福建浦城人），北宋文学家，西昆体诗歌代表作家。性耿介，尚气节。赐进士，任翰林学士兼史馆修撰，官至工部侍郎，政治上支持寇准抵抗辽兵入侵，反对真宗大兴土木、求仙祀神的迷信活动。终年 47 岁。

249. 不营私第

寇准先后为宰相达三十年，从没有谋求改造自己的私宅。隐居的贤士魏野写诗称赞他："有官居鼎鼎（鼎鼎：名气大），无地起楼台。"后来寇准（因朝内倾轧）被贬到南方时，一天辽国使者参加宋廷的宫内宴会，宰相及众执政大臣都参加了，辽使环顾诸位宰相及执政大臣对翻译说："哪位是无地起楼台的宰相公呀！"举座为之无语。

选自宋代王琪《国老谈苑》。

郭家言：功劳被自己常提的是庸人，被百姓常提的是清官，为敌人常提的就是大英雄了！

寇准一生的魅力在抗辽。1004 年他督促并跟随宋真宗亲征，从而迫使辽国侵略者议和。寇准是这个历史节点的名人功臣！不然，北宋的靖康之耻可要提前 120 余年。

《国老谈苑》是北宋王琪所著。该书记载宋太祖、太宗、真宗三朝杂事，对当时士大夫多有毁誉，引用之事大致据实可信，其中多条记载为元人修《宋史》时采用。

250. 太祖厚赐

宋太祖赵匡胤因宰相范质卧病，几次率大臣去范家探望。后来，考虑这样做太兴师动众，于是只令内夫人前去问询。见范质家连基本迎奉客人的器皿都很缺乏，内夫人便将此告诉太祖，大祖立命翰林司送果子床、酒器十副给范家。太祖又一次去范家探望时，就此事责怪范质："卿为宰相，为何这般清苦自己。"质奏答："我一向在相府为官，和朝臣没有私人交往，有时也和人喝几杯，这些人都是我贫贱时的亲戚，哪里用得上器皿。因此慢慢已不习惯用这些东西，这并不是财力达不到。多蒙皇上厚赐，我担心你这样做会使人议论陛下厚待近臣。请陛下明鉴此事不妥。"后来，范质去世了。开宝年间，因相材缺乏，太祖几次叹道："像范质这样的人，才真正是宰相之才呀！"并为此感叹许久。

选自《国老谈苑》。

郭家言：宰相清贫，则国家有望。宋朝初建，宰相的追求就是朝廷的风向标。范质原是北宋前后周内大臣，被逼拥戴赵匡胤为天子，这样看来，范质扶贫还有保身的含义。

范质，字文素，大名宗城（今河北威县）人。五代后周至北宋初年宰相，后唐长兴四年（733 年）进士。官至户部侍郎，后周时任兵部侍郎，枢密副使等。959 年周世宗病危时，托孤于范质等人，获封箫国公。陈桥兵变时，被迫与宰相王溥、魏仁浦拥立赵匡胤为天子。他曾举荐赵普等人，963 年封鲁国公，次年罢相，同年去世，获赠中书令。

251. 拒关赐布

东汉光武帝刘秀一日出城打猎，夜深车驾方回。上东门守官郅恽紧闭城门不放车驾入城，光武帝叫左右从门缝中让郅恽辨认。郅恽说："夜深了，火光离得太远，不能辨真伪。"守官终不开城门放车驾入城，光武帝等只好转去从东中门入城。第二天郅恽上疏谏说："陛下远猎山林，不论白天黑夜，这样做能对得起祖宗及国家对你的重托吗?"光武帝览书，赐郅恽布百匹，又将东中门守官降为参封尉。

选自《后汉书·郅恽传》。

郭家言：当时郅恽仅为东门守官（上东城门侯），这件事后，刘秀不再让他把守城门，而是让他去教太子读书。应该是奖励他能按法纪办事，也是希望他能把太子教成坚决遵守国家法度、模范执行纪律的人。刘秀用心，可谓深矣！

252. 不授郎官

东汉明帝刘庄时，明帝姐姐馆陶公主为她儿子求一郎官职务。明帝不允，赐钱千万而婉拒授官，并对群臣说："郎官与天上郎卫星相应，这官职管着百里大的区域，如果不是那块料，百姓会遭殃的，因此这事我不能答应。”

选自《后汉书·显宗孝明本纪》。

郭家言：馆陶公主名红夫，是汉明帝姐姐。明帝明白，赐钱只是能让他肥己，赐官则令他祸人。其人不得其官，国家之幸，百姓之福呀！

> 汉明帝刘庄，光武帝刘秀四子，母为阴丽华皇后，东汉第二位皇帝。他在位提倡儒学，注重刑名文法，为政苛察，总揽权柄，权不借下。严令后妃家人不得封侯干政。
>
> 馆陶公主刘红夫，汉武帝三女。公元40年，被封馆陶公主，下嫁韩光，后韩谋反被诛。

253. 留纳戒奢

南北朝时，宋朝高祖刘裕起初微贱时，曾常常去新洲砍芦苇，穿的是碎布拼成的衣衫和小袄，这样（像百衲衣）的衣服是后来贵为皇后的藏皇后亲手所做。刘裕发迹后，将这衣服收藏起来，嘱咐她说：“我们后代如有骄而不节俭的子孙，你就可以拿这衣服教育他。”

选自《宋书·徐湛之传》。

郭家言：刘裕应为历史上豪杰之主，辛弃疾以词赞他：“斜阳草树，寻常巷陌，人道寄奴曾住。想当年金戈铁马，气吞万里如虎。”看来当年刘裕确实简朴无华，“但气吞万里如虎”历史上能有几人？

刘裕，南北朝时宋朝的开国皇帝，字德与，小名寄奴。杰出的政治家、改革家、军事家。他自幼家贫，公元420年，他代晋自立，定都建康（今江苏南京），国名“宋”。在位集权中央，行一系列改革措施，对南朝经济发展、汉文化保护与发扬均有重大贡献，为后辈“元嘉之治”打下坚实基础。422年病逝，年59岁。

254. 毁巢纵鹊

唐太宗时，曾经有白鹊结窝寝殿之上，两个鹊巢合二为一呈合欢状，恰似乐器中腰鼓模样。左右侍臣认为这很祥瑞纷纷称贺。太宗说：“我以前常嘲笑隋帝喜好祥瑞。要知道，真正的祥瑞是朝廷得到贤臣的辅佐，而这种鸟结窝所谓的祥瑞根本不值得道贺。”于是命人捣毁鹊巢，使那鹊飞往野外去了。

选自《旧唐书·五行志》。

郭家言：古人评价唐太宗：“君人之大德有三，一为谦逊纳谏，二为知人善任，三为恭俭爱民。”唐太宗李世民真君人矣！现在也有为官者喜欢奉承，信奉风水，有些贪官更甚，迷信成嗜，动辄算卦问神，共产党人不信鬼不惧神的信仰被这些人丢弃殆尽！读此故事，这些人应该羞愧！

255. 望陵毁台

贞观十年，唐太宗的长孙皇后去世后被封为文德皇后葬于昭陵。太宗为此怀念不已，于是叫人在禁苑中叠起多层高台用以遥望，极尽思念之情。一天太宗与大臣魏征同登这高台，用手遥指昭陵叫魏征看，魏征认为皇帝过于纵情有误国事。看了很久，徐徐说："我看不见。"太宗皇帝用手导示再三，魏征说："我以为陛下叫我看的是献陵（太宗父亲李渊的陵墓），所以我说看不见，要叫我看的是昭陵，那臣早就看见了。"太宗感悟得大哭，命人拆除了那个多层的高台。

选自《旧唐书》。

郭家言：故事中魏征揣着聪明装糊涂，用意在于提醒太宗要以祖宗基业为重，不可过于缠绵于对夫人的思念之中。

长孙皇后在历史上没有留下名字，她是隋朝右骁卫将军长孙晟的女儿，唐宰相长孙无忌之妹，太宗李世民的皇后。她被太宗誉之为"嘉偶""良佐"。祝淦在《淑艾录》中说："太宗晚年，内无长孙皇后，外无魏郑公（魏征），宜其多过失也。"

> 长孙皇后，洛阳人，其家族自北魏以来可谓："门传钟鼎，家世山河。"她喜书法，嗜书，梳头时也手不释卷。与丈夫谈古论今，多有独见，对丈夫与朝政大有裨益。常以自身影响力护卫良臣，匡正丈夫过失。如她一面庇护欣赏魏征等直言之臣，一面规劝丈夫要施仁政。唐初政局出现君明、后贤的局面，长孙皇后功不可没。长孙皇后只活了三十六岁。她少年与太宗结发，互相恩爱扶持二十三载。

256. 剪须配药

唐太宗贞观十七年，李世勣有次得了暴病。药方开了须灰一味药，据说可以治这个病。太宗亲剪自己的胡须为世勣配药，世勣感动得磕头出血称谢。太宗说："我这样做，是为国家，不是因为你个人，你谢什么呀？"

选自《旧唐书·李勣传》。

郭家言：李世勣为唐朝功绩丰伟，是国家的重要支柱，为支柱硬朗，亲剪胡须为他治病，虽是驭术，也的确是为国家呀！

> 李勣，原名李世勣，字懋功，曹州离狐（今山东东明）人。唐初名将，历事唐代高祖、太宗、高宗三朝，深得信任。早年跟从太宗平四方，是拓疆土的主要战将之一。后他又破东突厥、高丽，出将入相，功勋卓绝，封英国公，为凌烟阁二十四功臣之一。参加编撰《唐本草》，本节共二十卷，是世界上公认的最早药典。669 年病死，陪葬昭陵。

257. 遇物教储

唐太宗李世民自从立晋王李治为太子以后，每遇一物一事，立刻即兴用来教诲太子。见太子吃饭就说："你知道种庄稼的艰辛，才能常有饭吃。”见太子骑马则说：“你骑马要懂得疼惜它的劳累，要总保持驱使有度不能使它累垮，这样你才能常骑它。”见太子乘舟则戒说：“水是可以载舟，当然也可以覆舟。百姓就是那水，你就是那舟。”见太子在树下休息，就引导说：“木头只有经过墨绳才能砍斫方正。你只有懂得大臣规谏，才能成为圣君。”

选自《资治通鉴》。

郭家言：对儿子李治为储君言传身教，父之本能；对储君即兴教诲，君父之责也！治国立命之责也！

唐太宗先立当时八岁的李承乾为太子，后因太子试图暗杀同样受父宠爱的胞弟李泰失败而被废。他与李承乾同为一母所生的李治被立为太子，李治即后来的唐高宗。

258. 啖饼惜福

唐肃宗还是太子时，曾侍候父亲玄宗（李隆基）进膳，膳中有羊前臂被称作臂脑的细肉，玄宗看太子亲自切割完毕后，刀刃上沾了不少肉油，太子取了饼去擦那刀上的油，玄宗观察良久心里不快，后来见太子将饼填进嘴里吃起来，玄宗高兴起来，为此他告诫太子说：“人的福分就该这样珍惜呀！”

选自《次柳氏旧闻》。

郭家言：唐玄宗当年教太子珍惜一饼，晚年他误用杨国忠、安禄山是不惜一国！755年的安禄山之乱是唐王朝灭亡之根！

《次柳氏旧闻》，唐代李德裕所著，书共一卷，原书已佚失。此书名又称《明皇十七事》。

259. 敬受母教

宋太祖尊母亲南郡夫人杜氏为皇太后时，太祖当殿尊拜，群臣称贺。太后却忧而不乐，侍候左右的人问："我们听说母以子贵，今子为天子，太后为何不高兴呢？"太后道："我听说为君难。天子为万民之主，如治理国家有道，就会得到百姓的尊崇。如治理失道，再想当一个老百姓恐也不能呀，这就是我所忧的。"太祖再三拜谢说："谨当受教。"

选自《宋史》。

郭家言：居安思危，已属不易；深谋远虑，政治家所为。

杜太后是宋太祖（赵匡胤）、宋太宗（赵光义）的亲生母亲。961 年杜太后病重时告诫太祖：你当上皇帝，是因当时后周国君年幼，小儿怎能主宰天下呢？所以江山才为你所替，你将来万岁以后，应传位弟弟光义，光义传弟弟光美，光美再传你子德芳，并将此嘱由宰相赵普在榻前书于纸上，藏于金匮之中。这终为赵光义接班的根据，即金匮之盟。这个金匮之盟，有一派历史学者有异议，认为是伪造。

260. 解裘赐将

宋太祖赵匡胤派大将王全斌伐蜀。当时正值京城汴京大雪，太祖设御寒毡帷于讲武殿。他身着紫貂皮衣帽于殿视事，忽然对左右群臣说："我这般穿戴还觉身体发冷，想那征蜀将士，冒着寒雪，怎能耐得这样严寒？"随即解去皮衣皮帽，遣中使快马将衣帽送与王全斌。又告诫出征将士，实在没办法使大家都得到这样的待遇。王全斌感动得遥拜哭泣。这样的军队当然所向无敌！

选自《续资治通鉴长编·卷五》。

郭家言"解衣衣之，推食食之"往往是古代王侯厚待部下的赏赐与恩遇，宋太祖当然深谙此道。太祖所做，无虚伪，不做作，自然而流畅，受此激励的将士，往往是战无不胜的。

王全斌，五代至北宋初重要将领，并州太原人。曾在后唐、后晋、后周为将。宋朝建立，以战功升任安国军节度使，964年率宋军攻后蜀。蜀破，蜀主孟昶投降。入成都后，因宋军残杀掳掠，激起蜀地军民反抗，王全斌被降职，976年病逝，年69岁。

261. 戒女衣翠

宋太祖赵匡胤三女儿永庆公主穿着翠羽装饰的华衣入宫，太祖见她这般穿着批评她：“你应将这样的衣服交给我保管，今日之后不能再以此套服饰装饰自己。”公主不以为然笑辩：“这会用多少翠羽装饰？”太祖进一步教诲说：“这不对。皇家如穿此等华服，宫中皇亲国戚必会效仿，京城里这些翠羽饰品价格就会提高。市商们为追逐利润，互相转卖加利交易，这样造成的罪过广多就是由你发起的。你生在富贵之中，要懂得惜福。怎么能开这种罪过的先例呢？”公主惭愧认错而去。

选自《续资治通鉴长编·卷十三》。

郭家言：上行之，下效焉。戒女衣翠，是对女儿的厚爱。警她防微杜渐，言之凿凿，令人神信神服。

> 《续资治通鉴长编》，宋李涛撰。该书记述详赡，史料丰富，史料价值极高，是研究辽、宋、西夏等历史的基本史籍之一，是一部杰出的记载北宋九朝史事的编年体史书。

262. 不喜珠饰

宋仁宗时期，宫人一度喜欢以珠玉做饰品，使得京城珠玉的价格飞涨，仁宗为此忧虑。一天他在偏殿，嫔妃们都在，最受仁宗宠爱的张贵妃走了过来，她佩戴的首饰尽由珠玉镶嵌。仁宗看见，故意以袖遮眼，口中说道：“满头插得白粉粉的，好没忌讳。”张贵妃大惭，起身将珠饰全部换去。仁宗见状才有喜色。从此宫中再无人敢戴珠，珠的价格大减下来。

选自宋马永卿《元城语录解·卷中》。

郭家言：宋仁宗是宋代能够克制自己，善于听谏的君主，诸多宋代笔记都证实了这一点。仁宗的开明，使政局安定，政局安定使文学发展有了土壤，历史上唐宋八大家，六位出在此时期，他们是：欧阳修、苏洵、苏轼、苏辙、王安石、曾巩。宋代文才之盛，后世仰之。宋仁宗不是历史雄才，但也并非庸才。他善于克制自己，多有流传。

> 马永卿，字大年，扬州人，大观（宋徽宗年号）三年进士。南宋绍兴六年仍在世，生年不详，死于1136年。

263. 夜里烧羊

宋仁宗有次告诉近侍，说昨晚因饥饿有些睡不着，很想吃烧羊肉。近侍说：“何不烧来吃。”仁宗说：“恐御膳房因此形成惯例（夜夜备办烧羊肉），我不能因一晚偶尔饥饿忍不住就残害无数羊的生命，因此才打消了吃烧羊的念头。”又一天，有人献了二十八枚蛤蜊，说一只价值千文钱。仁宗感慨地说：“这一下筷子，就花费二万八千文钱，我不忍这样奢侈。”

选自《东轩笔录》。

郭家言：这是仁宗行克制又一美例，不忍伤生，可知其不忍伤民。

《东轩笔录》，北宋魏泰著。魏泰字道辅，北宋士人，出身贵族。姐夫曾布官至丞相。魏泰好强，曾在试院中殴打老官几死。因他不思进仕，诙谐善辩，大臣章惇赞其才，欲任以职事，不就。该书也叫《东轩笔录》，记载了北宋太祖至神宗六朝旧事。

264. 轸念流民

宋神宗时，（王安石变法侵犯了百姓利益）值东北大旱，神宗要求官吏直言。光州司法参军郑侠画了一册百姓流离迁徙的流民图上呈朝廷。神宗反复观看此图，长叹数声，将图放入袖中入宫去了。当晚神宗夜不能寐，第二天遂命开封府详查变法损民的事情，结果变法人物中十有八遭到罢黜，老百姓为之欢呼互贺。当天又遂人愿下起大雨，远近旱田均得甘露滋润。

选自《宋史·郑侠传》。

郭家言：古语云："成也萧何，败也萧何。"这宋神宗先是支持变法，此时又表现出对变法的犹豫，后来神宗去世，新法罢黜。变法其实是一场革命，但也确实存在一定弊病。但这毕竟是一场功大于弊的变革。故事中放大了变法带来的危害，有很大偏见，但也确实代表了当时相当一部分大臣的思想，为此，改革变法主导人物几乎被列入奸臣之列，王安石悲！王安石冤！

王安石在宋神宗支持下进行了变法，是改革北宋建国以来积贫积弱局面的一场政治改革运动。变法以发展生产，富国强兵，挽救宋朝政治危机为目的，以理财、整军为中心，涉及政治、经济、军事、文化多方面，在一定程度上改变了北宋积贫积弱局面，充实了政府财政，提高了国防力量，对封建势力和大商人非法渔利进行了打击和限制。同时也应看到，部分变法举措不合时宜和执行中的不良运作，确实给百姓利益造成了不同程度的损害（如保马法、青苗法），加之新法触动了官僚及大地主利益，遭到他们强烈反对。1035 年，变法因宋神宗去世而告终。

265. 万里前程

当初，姚安公未考取功名时，一次遇到一占卦的人，于是上前问卦自己前途。占卦人云："前程万里"。又问考试及第应在何年。答曰："及第须等万年。"卦人并隐而劝他要选其他途径进身。后来他于癸巳年万寿恩科考中及第，这时他才悟出为卦人万年及第之说。再后来，他官为云南姚安知府，上疏乞求休养回家。结果再也未出来做官。（老家河北沧州距云南路途遥远）卦人说前程万里也得到验证。

选自纪昀《阅微草堂笔记》。

郭家言：世上哪有人能算出人的前程，故事中姚安公老家在河北沧州，他到云南做官路途的确遥远，如此说他前程万里实在牵强附会，但在卦人嘴里就有很大的欺骗性。《阅微草堂笔记》作者纪昀之父是文中的姚安公，儿子这样写父亲倒是有很大真实，同时也有几分诙谐在其中。

> 姚安公，是《阅微草堂笔记》作者纪昀（纪晓岚）之父，因曾在姚安为知府，故称姚安公。历任户部、刑部属官，外放云南姚安知府，为政有贤声。道德文章，皆名一时，擅长考据之学。

266. 羽冲读书

刘羽冲得一部古代兵书，静心读了一年左右，自以为有了领兵十万的本领。当时土匪猖獗，他自练一支乡军和土匪作战，乡军全军溃灭，他也差点被土匪捉住。他后又得到一本古代治水的书，他认真读了年余，自认为能把千里水患治成沃土。州官让他选一个村先试，他挖得沟渠刚成，洪水滚滚而来，人像鱼一样被水淹没。因此他抑郁不得其解，在庭院台阶踱步思考："难道古人骗我？"每天这样思考自问千百遍，不久便发病去世了。

选自《阅微草堂笔记》。

郭家言：兵书能育出军事家，但不能死读书读死书，而在于心之灵动。他领兵兵败，治水水滥，够倒霉的。他失败除了在于不知改变以外，还缺乏实践历练，很多成功都在反复实践之后，而他一次实践失败就垮了下来，甚至连老本（生命）都赔进去，实在是可悲，可叹！

> 刘羽冲，佚名。河北沧州人，生平知之甚少。知他性孤僻，好讲古制，但与现实多有不符。

267. 少年勤学

我少小时喜欢读书。那时家贫，无书供我来读，只好从有书人家借书来读，读时边读边录。天大寒之时，笔砚都结了很硬的冰，手指冻得不能自由伸屈，也不敢耽误读书。借书抄完，马上送还，从无逾期还书，因此那些有书人很多愿意借书给我，我也因此得以遍观群书。

选自宋濂《送东阳马生序》。

郭家言：宋濂乃明初一代文宗。他弟子评他："公之量可以包天下，而天下不能容公一身。公之识可以鉴世，而举世不能知公之人。"当时宋濂蒙冤，能得此评，一生应为不冤矣！

> 宋濂，字景濂，浙江浦江人，元末明初文学家、史学家，方孝孺之师，曾任翰林，著作极丰。明太祖朱元璋誉他为"开国文臣之首"，学者称他为太史公。其与刘启、刘基并称明初诗文三大家。他因长孙宋慎牵连胡惟庸党案而被流放茂州，途中病死。

268. 薛奎之感

薛简肃大人，在宋真宗天僖年间之初，被任命为江淮发运使，和王文正拜辞时求教。王文正没有多语，仅说道："你要去东南，那地方贫，百姓民力已尽了。"薛简肃拜辞后出来对人感慨："王文正大人所说真是宰相之言呀！"

选自《宋朝事实类苑·卷八》。

郭家言：薛奎（别称简肃）系北宋著名能吏，为人刚毅笃正，善解民疾，临事持重明决，政声极嘉。乱世需此材，治世亦需此材。王文正公即宰相王曾。王曾官在薛奎之上，但官声颇同，一句"百姓民力已尽了"说明王曾甚是知晓浙东民情。因薛奎赞扬王曾"真是宰相之言"，说明二人心相通、有共识，以此看来，二人均是官声清、民声通的治世之才。

薛奎，别称薛简肃，北宋大臣，曾任户部侍郎、资政殿大学士等。在任开畅州河，废三堰，大大方便漕运。为官以严为治，政务求简，政绩炳然，1034年去世，终年68岁。四婿欧阳修为他撰写了墓志铭。

269. 三场状元

王沂公（王曾）于解试、省试、殿试中均考中第一名。中山的刘子仪当时是翰林学士，开玩笑对他说："状元试三场，一生吃着不尽。"王沂公正色答道："我平生之志，不是满足温饱。"

选自《宋朝事实类苑·卷九》。

郭家言：三场状元行事，当以经营天下为任，只满足温饱，是鼠目寸光，当然为王曾不齿。

王曾，字孝先，别称王沂公，青州益都（今山东青州）人。北宋仁宗时名相，咸平年间，他连中三元（解试、省试、殿试皆第一），曾规谏真宗造天书、修宫殿之事。仁宗时，朝倚以为重，再次拜相，封沂国公，1038年去世，年61岁。

270. 宰相奉诏

庆历（宋仁宗年号）初年，宋仁宗因病服药，很久未上朝。一日身体康复，召执政大臣议事，他坐在偏殿，催召二府大臣前来。宰相吕文靖接到皇命，故意磨蹭了一会儿才出发。将到偏殿时，宫中使者先后催他快走，大臣们也都帮使者催他，他却越走越慢。见到仁宗，仁宗略有埋怨："我刚病愈，想与你们见个面，你却姗姗来迟。"吕文靖奏说："陛下身体欠安，朝内外都在担忧，若突然听说急召我们入宫，而我们也疾步快走前来，怕人心为之惊动（以为朝中出了什么大事）。"仁宗认为他身为宰相这样处事很是周全得体。

选自《宋朝事实类苑》。

郭家言：吕文靖真是宰相肚里能撑船，临事而意静，颇有东晋谢安之风！

二府，北宋指中书省和枢密院，二者均为中枢机构。二府分别主文与主武，其大臣合为宰执。

271. 厕上读书

钱思公（钱惟演）出身富贵，却没有什么不良嗜好。在西洛时，曾经对同僚和下属说平生只喜欢读书，说坐下时诵读经史，躺下时就看看小说之类，如厕时（时间短）就看看小词，为读书从来不浪费一点时间。谢希深也深有同感，还说宋垂同在史院时，每次如厕也总要换一本书，朗读之声，远近都可听到，他的好学也达到了如此地步。我因此对希深说：“我平生所写文章，多在三上，那就是马上、枕上、厕上。我认为只有这样才能把我所想的东西表达完美。

选自《宋朝事实类苑·卷十》。

郭家言：做官拥有富贵，却不思进取，是伪富贵；居官又读书，学习丰富知识，是真富贵。钱惟演、宋垂同、谢希深和本书作者江少虞均是北宋高官，居官而且饱学。他们为官之根，当属深植于书本知识之中。四人官声均好，其正能量无疑多从书本知识中来。

钱惟演，字希圣，杭州钱塘人，仁宗时官拜枢密使，北宋西昆体作家之一，家中藏书可与秘阁（皇家藏书）相比。著作颇丰。

谢希深（谢绛），浙江富阳人，北宋文学家、诗人，官任六部侍郎。敢谏言、兴水利、建学校，杨亿誉他“文中虎”。

江少虞，字虞仲，常山人。历任建、饶、吉三州长官，治状皆为第一。著有《宋朝事实类苑》等。

272. 曹彬判案

宋代侍中（相当于宰相）曹彬，平素有仁爱之心，又常宽恕别人。他带兵平定几个国家，没有枉杀一人。他任徐州知州时，有一吏犯罪，立案一年才判他杖刑。当事人不知曹彬为何延迟，曹彬告诉大家，知此人刚刚新婚，当时杖刑，他家里姑舅等亲戚会认为是新媳妇带来不吉利而嫌弃她，这样亲戚会对她打骂，使她不能生存。所以故意将杖刑放后，但不是要赦免他。曹彬原来用心如此深刻。

选自《宋朝事实类苑·卷十三》。

郭家言：曹彬是北宋开国武将，原来是北周皇帝郭威妃子张氏外甥，并非北宋开国皇帝赵匡胤的亲信。能征善战，功冠诸将，但从不妄杀无辜。赳赳武夫本应是杀人无数之罪魁，但他却赢得不屠的美名。故事中延缓施刑虽用心宽仁，但实不可取。古代官吏往往会在法中施柔，今天看来他这样做并非施仁，实在是亵渎法律。

曹彬，字国华，真定灵寿（今河北）人，北宋开国名将。964 年他率军灭蜀，以不滥杀著称。974 年攻灭南唐，又参与决策伐北汉和攻辽。

273. 王旦识人

王旦（宋仁宗时宰相）当太尉时，推荐寇准为宰相。虽然寇准多次在皇帝面前说王旦的缺失，而王旦却总在皇上面前说寇准长处。有一天，皇上对王旦说："你每每称赞寇准的长处，然而他专谈你的缺失。"王旦回答说："这理所当然，臣居相位时间长了，处理政事缺点闪失也就会多。寇准说我的缺失是对陛下没有隐瞒，这样做越发见他忠于皇上，这正是我看重他的原因呀。"皇上因此更加觉得王旦贤。寇准在藩镇做镇守时，有次生日造大棚设宴，又多次超越官阶穿戴越位，被人揭发时皇上大怒："寇准每件事用度都想与我平等，这样做行吗？"王旦奏说："寇准虽能力超群，但有时能不做些糗事吗？"皇上听后怒火立刻化解，但又说："他这样，只是做糗事吗？"于是，又再追究。后来王旦病危，皇上问他后事，他只说请尽早召寇准为相。

选自《宋朝事实类苑》。

郭家言：王旦是仁宗时名相，其父晋国公王祐曾在庭院种下三棵槐树，说："我子孙，必有官至三公者。"王旦实现了父亲的"槐愿"，不仅位居三公，且位极人臣。故事中王旦的胸怀，真是广阔无私！

> 王旦，字子明，别名王文正。大名府莘县（今属山东）人，因生于晨时，取名王旦。官至同知枢密院事，参知政事，掌权十八载，为相十二年，晚年屡请逊相。1074 年病逝。

王旦为相正直，有德望，天下镇服。其用人，处事均显名相风范。

274. 王旦识玉

有个人将一个玉带送上门来，王旦弟弟将它呈给哥哥。王旦问："玉带品质如何？"弟答："很好。"王旦叫弟将玉带系在腰上问："还见它很好吗？"弟回说："系在哪里都好看。"王旦告诉他："玉就是名石，能不贵重吗？自已知道贵重就行了，没有必要让看到它的人都说好，我腰间不曾佩这种东西，快还给人家。我平生佩的只有皇上所赐御带。"

选自《宋朝事实类苑·卷十四》。

郭家言：宋代有两个王文正，一为王旦，一为王曾，文中王文正为王旦。文中王旦终不受那条玉带，可知其廉。

275. 监会亭仓

王钦若为亳州判官时，有一次在谷仓边监看谷物入仓。当时天下大雨，管仓官吏认为天雨谷湿，不许交租者谷物入仓。谷民们从远方来交租，带的干粮已尽，谷子却交不上。王钦若命令将谷子全部接收入仓，并奏皇上说不论陈谷新谷均收，优先收湿谷，不使这些谷物朽坏。奏折到来，太宗皇帝大喜，亲手书写诏书回答说：“可以。”也因此事使太宗知道了王钦若这个名字，王钦若判官任满入朝见太宗，被升为在朝之官。

选自《宋朝事实类苑》。

郭家言：王钦若身为基层官吏，懂得百姓稼事不易，实属难能可贵。后来因与宰相意见相左要求去编书。因状貌短小，脖颈有瘤子，虽当初监会亭仓曾为他政治生涯加分不少，但他后来因邀他人之功为己功，而被时人蔑称瘤相（脖子甲状腺肿大疾病）。

王钦若，字定国，新喻（今江西新余）人。北宋初期政治家。992 年进士，历任高官，至参知政事。澶渊之盟时与宰相寇准意见相左，力主迁都金陵。所编《册府元龟》一书，其中引用原始资料价值颇高。1025 年去世，被追赠太师、中书令。

276. 小吏碎盏

宋朝韩琦在大名府为知州时，有人献两只玉盏并告诉他：“这是一个耕田人在倒塌的古墓中得到的。玉盏从表及里一点微小瑕疵都无，是绝世之宝。”韩琦以百金回酬他后，把玉盏视为宝贝把玩。每次开宴待客，特地设一桌铺上锦布，把玉盏放在上边。

有一天会见漕使，准备用这玉盏为客人把酒。突然一小吏误碰玉盏使其落地全碎，在座客人无不吃惊发愣。小吏立即跪地等候发落。韩琦神色淡定，笑对客人们说："凡是物体的制成或毁坏，是由天数而定。"他回头对小吏说："你失误，但并非故意，有什么罪呢？"在座客人都叹服韩琦宽厚待人。

选自《宋朝事实类苑》。

郭家言：韩琦（韩魏公）是北宋与范仲淹齐名的宰相。他为相十年，定国策，抚百姓，很像汉代周勃。他气度弘，善待下，是他品质风范的体现。

《宋朝事实类苑》宋代史料辑集。作者江少虞，计 78 集，记录北宋太祖至宋神宗 120 年间史实，分"祖宗圣训""君臣知遇"等 24 门。

277. 擅离职守

皇宫禁军中有一士兵擅自离开军营，几天后，他背着母亲又回来了，禁军将这个士兵绑了来见韩琦。根据当时法律他罪当死刑，但那个士兵分辩说："我母亲年老病重，我时常担心不能再见到老人家。我知擅离军营是死罪，但能见母亲一面，纵死无恨。"韩琦为之伤感，经证实那士兵所说属实，马上释放了那个士兵。禁军士兵战士无不感动高兴，有人竟掉了眼泪。

选自《宋朝事实类苑》。

郭家言：军队有铁的纪律，但组成军队的士兵却各有各的不同。擅离职守却不追究那士兵的做法，实属违法。韩魏公（韩琦）这种做法是法中柔情，本为法律所不容。古代掌兵者都从此法来聚集人气，也算是一种应急、应变之法。

宋代军队由禁军、厢军、乡兵组成。禁军为中央正规军，厢军为各地州一级军队，乡兵是选于户籍或应募为所在地方防守军队，乡兵相当今天的民兵。故事中禁军应为皇家警卫部队。

278. 帝不拜佛

宋太祖赵匡胤第一次来到大相国寺，在佛像前烧香时问道："我需不需要拜佛？"僧人赞宁奏说："不拜。"太祖问为什么，他说："现在佛不拜过去佛。"赞宁这个人，学问大，口辩能力强，往往诙谐神美，并往往恰好符合圣上意，太祖果然为之点头赞同。于是从此成为定制，凡皇帝烧香都不拜佛。说到这事的人以为这样处理皇帝拜佛的事符合社会风俗习惯。

选自《宋朝事实类苑》。

郭家言：规矩都是人定的，皇帝烧香不拜佛，除"现在佛不拜过去佛"一个理由外，皇位胜于佛位应是太祖当时的心理定式。所谓皇帝不拜佛符合社会风俗习惯，那是当时的一种奉承语言。

大相国寺，原名建国寺。在开封市内，是中国著名佛教寺院。寺院始建于北齐（公元 555 年），唐代 712 年睿宗皇帝为纪念自己由相王登帝赐名相国寺。北宋期间，多次扩建，是京城最大寺院和全国佛教活动中心，寺庙布局严谨，雄伟壮观。

279. 不扩旧宅

宋真宗叫人转告宰相王旦："听说你住所简陋，我已命宫中主管官筹划，由官方给你扩修一下住宅，在设计施工时还要听听你的意见，是扩充还是改变。"王旦叩头说："我住的地方，是已故父亲曾住的破旧小屋，当时简陋的只是能避风遮雨，如今已修理，与当年相比现在好多了。每当思念去世父亲时，我已深感惭愧。怎么能再烦劳朝廷呢？"真宗再三劝告他，王旦极力推辞，缮修的事就不再提起了。

选自《宋朝事实类苑》。

郭家言：王旦不让朝廷给他改善住房，除了旧房是父亲遗留之物用以怀念之外，也是向皇帝表明自己廉洁自好。

宋真宗，北宋第三位皇帝，宋太宗第三子。997年继位，"澶渊之盟"中表现怯懦，在寇准鼓励激励下，将士用命才取得了胜利。胜后与辽签订的"澶渊之盟"，开了向辽交岁币银十万两绢二十万匹的先例，这是一个胜利条件下的屈辱之盟。但是"开展互市贸易"，又使宋廷受益，其利是向辽交岁币银的2～5倍之多。宋真宗在位体恤民情，惩治与防范贪腐功不可没，其外，几乎乏善可陈。1022年驾崩，年55岁。

280. 改造弓弩

魏丕为作坊使时，按照旧制，做出的床子弩（一种弓箭）射程只有七百步。皇上令魏丕造出射程千步的弓弩，于是魏丕为寻找新的造器办法与工具去寻信帮忙。信叫人把这种弩悬挂在一个架子上，用重物吊在弩两端，这样弩就被重物拉得圆圆的，这重物与原来吊弩的重物比重了二分之一，用这种扩大坠重的办法射程自然就可达到千步。按此法制弩，效果都不差。

选自《韩魏王别录》。

郭家言：故事中这个专家信是谁已不可考，但信改造弩的方法使弩提高了射程，看来任何事情成败，人的敢想敢创新是很重要的。我们要为信这个专家点个迟到千年的赞！

> 魏丕，字齐物。相州（今河南安阳）人。曾在后周任职，宋太祖时任作坊副使，此时他将宋军的弓箭由七百步射程提至千步，后以军功升为武卫军大将军。799 年去世。《宋史》有魏丕传。

281. 拒绝迁民

宋景德（真宗年号）年间初期，契丹率兵进犯澶州。枢密使陈尧叟奏请沿河全部撤去浮桥和舟船，以防为敌所用，军民与船只全部撤往河南岸，命令下到河阳、陕府、河中府要求立刻执行。这样做使这些地方百姓大受惊扰，监察御史王济当时在河中府做知府，他不肯撤，封还皇帝命令上奏不能这样做。陕州通判张济因公在外，陕州已遵命撤去浮桥。张济回本州后，听知河中府不撤，于是修复了浮桥。寇准当时在中书省（宰相的一种），因此知他二人的功劳。第二年，就任命王济为员外郎兼侍御史，管理一些宫中杂事，准备进一步重用。王济性耿直，人多讨厌。到后来寇准出任宰相，王济遂以郎中身份兼任杭州知府，后又调任洪州知府，于途中去世了。张济也是这样做了三司判官、转运使。

选自《韩魏王别录》。

郭家言：尊君与重民是封建统治的核心与基础。西汉政论家贾谊说："夫民者，弗爱则弗附。"又提出"固国家，定社稷，使君无失其民者"，故事中王济、张稷这些前线指挥官都深谙民本之道。当时的民本思想其本意是使人民不造反，这和今天的民本思想有本质区别。

> 王济，北宋大臣。深州饶阳（今河北饶阳）人。历任权（代理）大理寺丞、洪州知府、河中府知府等。
>
> 王济涉经史，性刚直，秉公执法，体恤民情，1010年去世，年59岁。

282. 文康治蜀

王文康治理蜀地，用法很严，有人诽谤他用法苛刻。当时正值大臣刘烨被朝廷召回京，官为右正言，宋真宗接见时问他："凌策、文康两人治蜀，谁治理得更好一些。"刘烨奏说："凌策治蜀时，当时丰年，固然是用平缓之法治理；文康治蜀时，正值歉收之年，为防止一些百姓因饥饿变为盗贼，所以要用法制的方法治理，根据情况采用相应办法去治理都是对的。"真宗赞同他的说法。

选自《宋朝事实类苑·卷十五》。

郭家言：成都诸葛亮殿前有一治蜀名联："能攻心则反侧自消，自古知兵非好战；不审势即宽严皆误，后来治蜀要深思。"毛泽东到诸葛殿时曾对随行人员说："武侯祠内楹联随处可见，以诸葛亮殿前清末赵藩所题最负盛名。"毛主席说的楹联就是指这幅。凌策王文康治蜀不知读过此联与否，但二人看来都深知蜀地的治理规律，他们把蜀地治理得好，审势而治，他们是用了心的。

283. 廷贺死蝗

符祥（宋真宗年号）中期，天下蝗虫泛滥。有近臣在荒野拾到很多死蝗献给朝廷，宰相为此事准备率百官向真宗表示祝贺，只有王文正一人认为不可。几天后，这天刚罢朝，飞蝗蔽天而来。真宗叹道："那天要是百官刚祝贺完毕，而蝗虫又急剧而来，不是大笑话吗？"

选自《宋朝事实类苑·卷十七》。

郭家言：发现几个死蝗就认为蝗灾已灭，这是只见树木不见森林，是一厢情愿。看来当时蝗灾之猖，人心之畏，民受其害之大！皆因古时常把蝗灾看成天象所致。王文正这方面经验丰富，没被几个死蝗蒙蔽了双眼，这与他深知民间疾苦有关，他曾向真宗请求减免蝗灾严重的曹、济等州夏税，真宗下诏同意。

284. 翰林侍书

宋太宗时有个叫王著的大臣，他学习王羲之的书法，深得其中奥妙，供职在翰林院。太宗听政闲暇，潜心揣度临摹书法。几次派内侍将所写书法叫王著评价，王著每次都说不好。太宗更加临帖练习，再次问王著，王著回答仍说不好。有人为此问询王著，王著告诉他："皇上已经写得很好了，若我匆忙说写得好，恐怕皇上就不再用心书写了。"到后来，太宗书法笔法精伦绝妙，超过了前代古人，这都得益于王著一再劝勉。

选自《渑水燕谈录》。

郭家言：王著教皇帝书法，不唯上，不奉承。宋太宗书法有成，除自己天分与努力外，应与王著勉励有很大关系。

王著，字成象，五代后汉单州单父（今山东单县）人。进士，历仕后汉、后周、北宋三朝，官至翰林学士，两次任科举主考官。969年暴病去世，年仅42岁。

王著是对北宋书法作出重大贡献的书法家，有翰林侍书的美名。

285. 禁演孔戏

至道（宋太宗年号）二年（公元996年）重阳节，皇太子和诸王设宴琼林院，教坊安排了有孔子内容的戏。宾客李至告诉东宫说，唐代大和（唐文宗）中期，乐府以此为戏，文宗急令停止，还鞭打戏人以罚对圣人不敬。古时鲁哀公以儒家为戏，尚且不可，何况敢直接以先圣孔子为戏吗？东宫惊叹。上报皇帝禁止演此类戏，于是，此类戏就绝迹了。

选自《杨文公谈苑》。

郭家言：封建社会统治者大多尊崇孔子，这就形成了禁止圣人入戏的惯例，唐文宗如此，东宫太子如此，旨在以孔孟之道维护封建最高统治，因此使这类戏绝迹，这实是中国传统文化的一种缺失！

《杨文公谈苑》是杨亿在宋真宗朝与人闲谈时由其门人黄鉴记录下的一部笔记，具有重要文献价值。该书已失。

286. 许元之智

许元刚为发运判官时，每每忧虑官造舟船会虚报用钉的重量。因这些钉子已钉入所造船中，因而不能得知用钉的重量，所以致使有人奸计得逞。有一天，许元到造船现场，命人拽来一只新造船，纵火焚烧掉。火过后取灰烬中钉子称重，发现所用钉子只是所报用数的十分之一。此后便以实用钉子数量为规定额度。

选自《杨文公谈苑》

郭家言：这许元真是一个负责且有心计的人。其实查定钉子枚数应不为难事，何必烧一只新船。以后的定额形成制度，是亡羊补牢。

许元，字子春，北宋官吏，宣州宣城（今在安徽）人。以孝谨闻名，以荫补官，历任国子监博士、三门发运判官、江淮两浙荆湖发运判官，扬州、越州、泰州知府。1057年去世，年69岁。

判官，唐宋时是辅佐地方长官处理公事的官员。多由朝中京官改任，有监查辖区官吏之责。

287. 智判纠纷

张齐贤，宋真宗时宰相。当时有两个皇帝的亲戚因分财产不均而相互反复告状，光是入宫告到皇上面前的就有十余次，结果是双方均不服。齐贤为此上奏："这种案子是判案机构能够判决的，我请求判理此案。"皇上同意。张齐贤端坐相府，招来诉讼双方告诉他们："你们不是都说自己分的财产少吗？"双方都说是。齐贤命双方签字画押做成书面材料，下令两个官吏急赴诉讼双方家中，令甲方入住乙家，同时令乙方入住甲家，双方所分财产均留在原家内。将事先双方已画押的书面材料相互交给对方，这样双方都无理由再上诉了。第二天，他将结果面奏皇上，皇上高兴地说："我就知道此事非你谁也不能判定。"

选自《杨文公谈苑》。

郭家言：要想公道，打个颠倒，遵循这个道理，给双方个公平。故事衬托出了张齐贤的"贤"。

张齐贤传奇轶事很多，他曾在审案中纠正错判使五人刀下留人。军事上曾大败辽兵，以食量大著名，曾以食量镇服一群盗贼。与寇准有倾轧，也是北宋隶书家。

288. 上疏惹祸

元祐（宋哲宗年号）末年，范纯夫几次上疏论时事，言辞特别激烈急切，无所顾避。文潜、少游恳切劝他不可这样，他竟然还不回避。他儿子冲也在闲谈中劝他，他说："我当年出剑门，被人称范秀才，今再降为平民，有何不可以。"到后来，他被贬远离京师，有很多人认为就是因几次上疏惹的祸。

选自《晁氏客语》。

郭家言：范纯夫书生出身，一生书生气十足。他被贬时"郡官不敢相闻，至城外，父老居民皆出送，或持金币来献。一无所受，皆感泣而去"。看来他口碑不错。上疏，为国家计，被贬，身后凄凉。为此，后世颇觉不平。苏东坡与之交友，说他："公之文可以经世。"因他言辞激烈不讲情面，苏东坡言或稍过，范必戒之。因此苏与人戏必嘱说："勿念范十三知"（范纯夫排行十三），看来，二人还是诤友！

《晁氏客语》，晁说之著。书中所记宋哲宗、宋神宗两朝劄（zhá，一种上疏公文）记杂记，兼记朝野见闻。书中名言较多，如：“修学不以诚，则学杂；为事不以诚，则事败。”

范纯夫，北宋大臣，生活在哲宗、神宗两朝，性寡言，曾任谏议大夫等。以文章擅长，宋哲宗时遭远谪。

289. 蔡京立碑

崇宁（宋神宗年号）年间，立“元祐奸党碑”在朝堂宣和殿中。蔡京书写的碑文立于各个长史（州级政府大都督府设长史）厅。事不多久，一夜大雷雨，宣和殿立的“元祐奸党碑”被雷劈碎，遂将各州蔡京所写诸碑一并清除。蔡京立碑污蔑元祐党人，当时有人可能不以为然，但遭天愤，上天不问就把碑摧碎，但人们则需要亲身体验才知道蔡京之流用心险恶。

选自《步里客谈》。

郭家言：历史有定论，蔡京是北宋巨奸。巨奸将元祐年间的反对派视为元祐奸党，这是掩耳盗铃，贼喊捉贼。元祐奸党碑说为雷劈，不如说“人劈”。

元祐奸党碑，是在元祐（宋哲宗年号）年间，以司马光、苏轼为代表的一批人，尽废神宗时王安石新法，恢复旧制。宋徽宗时，蔡京为相，立碑于端礼门，将司马光等309人“罪状”书于其上，是为“元祐党籍碑”。碑被摧毁后，党人后代以先祖名列此碑为荣，重新刻成。

蔡京，北宋宰相，四起四落。他兴花石纲之役，改盐法与茶法。北宋末年，太学生陈东上疏，称蔡京为六贼之首。钦宗即位后，将他贬岭南，途死潭州（今长沙）。

蔡京当政时，社会救助制度推行力度大，设居养院、安济坊，这在中国历史上是空前的。

290. 背磨二遭

庄伯和是碛澳那一带的名医，为人诙谐有趣。一天，一个叫李无易的人派家童持书去见伯和。家童说错了伯和的名字，伯和就开玩笑骗他："你家主人想借药磨，你背走吧。"并写了短信叫家童带回。信中写道："来人当面称错姓名，罚他背药磨二遭。"无易见到回书大笑，立刻叫家童把药磨背还伯和。上辈好开玩笑，这也算庄家的特色。伯和的儿子庄恭是诚信实在的一个中医，常往来我们两家，所以得以认识。

选自《水东日记》。

郭家言：这只是老中医庄伯和在生活中所开的一个玩笑，也有惩罚、讽刺办事马虎不负责任之意，也会寓教于乐、寓教于谑之意。

《水东日记》明代叶盛所著，因书成于淞水东，故称此名。此书主记明初典章制度、赋役官制；边陲地理，言之甚详；还有一些不见经传轶文逸事，及宋、元人行事及墓志等，史料价值较高。

291. 两袖清风

于谦以兵部侍郎（兵部副职）巡视和督查河南、山西，后来升职为大理寺少卿（全国最高审判机关副职），前后达二十多年。入京议事，只有他从不拿土特产行贿铺路，汴京人有诗赞他：“手帕蘑菇及线查，本资民用反为殃。清风两袖朝天去，免得闾阎（百姓）话短长。”

选自《水东日记》。

郭家言：兵部侍郎明代为正三品，大理寺少卿却在不同时期分别为从五品、五品、四品，三品，可故事中说于谦由礼部侍郎升职为大理寺少卿，因作者同为明代人，应该知道由礼部侍郎到大理寺少卿是否升职，同是三品，但大理寺少卿的实权恐怕是为时人所畏仰。于谦是明代著名廉洁大臣，《明史》称他“忠心义列，与日月争光”。历史记载他死时无余财，仅有代宗皇帝所赐蟒袍、剑器。他所谓“冤死”，是不处死他，英宗复辟就不能正名，所以于谦是个牺牲品，但于谦被后世历代所颂扬。

于谦死因：1449年，也先大举攻明，奸臣王振挟英宗亲征。于谦谏，不听，留守京城。英宗战败于土木堡被俘。国无君主，太子年幼，于谦等请示皇太后为天下计，立郕王朱祁玉为帝（代宗）。也先看明又立新君，手中的英宗已无要挟价值，一年后释放英宗回都，被称“太上皇”。也先被击退后，于谦等认为代宗已为皇帝不宜再变。后在东门之变时，英宗复辟，恢复了帝位，迁怒于谦，于谦被杀。

292. 吴地劳歌

吴地百姓耕田或拉舟行船劳累，作歌自乐消遣，这叫作“唱山歌”，这些山歌中有很多可以成为警言劝诫世人，我记录一、二在此。“月子弯弯照九州，几家欢乐几家愁。几家夫妇同罗帐，多少飘零在外头”。又“南山头上鹁鸪啼，见说亲爷娶晚妻。爷取晚妻爷心喜，前娘儿女好孤悽”。

选自《水东日记》。

郭家言：杨万里《竹枝词》：“月子弯弯照九州，几家欢乐几家愁。愁煞人来关月事，得休休去且休休。”这和叶盛所说山歌基本相同，都对劳动人民寄予同情。这些山歌外在似乎轻松，内里却饱含着劳动人民深受压迫下的血泪控诉和痛苦呻吟！也有他们试图解脱的心声和期盼。

《水东日记》作者叶盛，生于明成祖永乐十八年（1419年），字与中，明代江苏昆山人，著作颇丰。土木堡事变发生时，协助于谦击退瓦剌军，擢山西右考政，整顿吏治，兴利除弊，后升任两广巡抚，礼部右侍郎。1474年病逝。

293. 张泰拒索

张泰为都督镇守宁夏二十多年，很有贤能的声誉。当时石彪任游击将军巡视边疆，将到宁夏时，有一个叫赵绪的宁夏人巴结石彪说："张都督家有一古瓶，真是一件宝贝。"石彪马上写信，派人向张泰索要，张泰见信不答。后来石彪到来，因古瓶缘故而羞辱为难张泰，泰不以为然。石彪后来索要至急，张泰儿子趁夜半无人时劝告父亲："那石彪是当今政上活跃之人，你怎么可以拒绝他？瓶也不过值百金罢了。"张泰不悦说："你不是我的儿子吗？我哪里是吝惜百金之物，这瓶是祖宗留给我的。我怎能巴结奉迎权贵就将它拱手相送，他任总兵能达百年的话，我任总兵就达不到百年吗？"第二天，张泰称病不再视事，儿子袭了他的官。以前刘征蛮向我细说此事，所以我很知此事的内情。

选自《水东日记·卷六》。

郭家言：上级向下级索贿，无耻之尤；下级敢于对上级拒贿，耿耿正气。当拒贿遭辱时不以为然，其志坚如美玉。

> 张泰，字世亨，明代1478年进士，出身将门世家，有识，用兵无败绩，有古良将之风。以总兵官镇守宁夏，不袭旧制，创新制造适合地形作战的"双轮大厢兵车"，并有一套完整的兵车战法。1513年62岁去世。

294. 张经格言

昆山进士出身的张经，字伯续，邢宽榜进士及第。张筱庵兄弟是张经教过的学生，他曾经欣赏并经常诵读老师的格言：“人不可过于深迷自己的嗜好。我等他日做官，更加不可有嗜好。原因是如遇上奸猾属下，如一味地暗中查看琢磨你的嗜好，这样他会投机寻隙（利用你的嗜好）达到无所不至的地步，后生要以此为戒。”

选自《水东日记》。

郭家言：做官不可沉迷于自己的嗜好，这应成为古今官场为官者的“座右铭”。上有所好，下必附之，就会被奸猾之人利用，张经在这方面的见解是精辟独到且叫人佩服的。

张经，字伯续，明代官吏，昆山人，为官人品名声极佳，曾任太子舍人。

邢宽榜，即一名叫邢宽的人考中状元那一榜。因名字合了皇帝朱棣的意，本是第二名的刑宽在 1424 年度考试被皇帝钦点成了第一名状元。

295. 禀受厚薄

军医范真说起镇守太监蠡县栢玉和巡抚右副都御史（官名）祥符（地名）王宇两个人，体态都很魁梧，但治病时承受的药量却有很大差异。有时治病，需要先排泄，王宇服用大黄（中药名，大念 dài）三份量中的一二份就排泄不止，而栢玉却要用一两大黄，才能排泄，两人用药量差异如此之大。后来栢玉享寿70余岁，王宇却中年即丧，这难道是因为二人接受药量多少造成的吗?

选自《水东日记》。

郭家言：一样的病症一样的体态，但对药石的吸收或排泄都会有差异，这与人的长寿没有必然联系。范真是在疑问之中持否定态度的。

296. 海市蜃楼

登州蓬莱县纳布老人说，海市蜃楼只有阳春三月，南风微微吹时最盛行人们此时，也最常见。海市蜃楼呈现的城市、楼阁、旗帜、人物变化不一，有时大为峦峰林木，小为一畜一物之形。它的颜色似水，呈青绿色。这大概是风水气旋形成的。刮西北风时不会出现，所以冬季很少见到。苏东坡有海市文章说过这件事。

选自《水东日记》。

郭家言：海市蜃楼是由于大气中光线折射作用而形成的一种自然现象，但古人不懂。叶盛（作者）与纳布老人能认识到海市蜃楼是风水气旋形成的而不持迷信之念是难能可贵的。

297. 戴逵刻像

戴逵既有灵巧心思，又善于铸造佛像与雕刻，他曾建造无量寿佛的木像和菩萨木像高达一丈六。他认为古时的制作都很粗糙，到了开放敬神之时，不能使人动心。于是藏在帷幕后边，听人议论，将听到的意见都加以仔细推敲，积累思考了三年，刻像才最终完成。

选自《历代名画记》。

郭家言：戴逵是造木像的高人，东晋人，美术家，雕塑家，他的高超技艺除了他个人的天赋以外，还特别吸纳他人的褒贬意见，这就很了不起。人们往往是顺心丸好吃违心散难咽，这两种良剂能自噬三年且结成正果，这是不容易的！

这个戴逵，字安道，幼有巧慧，工书画。儿童时以白瓦碎屑和鸡蛋汁做郑玄碑，为时人称道。

298.“大哥”求见

有一官员贪污，受到上司稽查。他铸一银孩儿放在上司厅堂，然后对这位上司说：“我大哥在厅堂求见。”上司在厅堂看到银孩儿，悄然收下。后来这位官员又犯案，该上司官员勘查决断时，犯官连声说：“且看我大哥面子。”这上司答道：“你大哥太不像话，只见一面就再不来了！”

选自《事林广记》。

郭家言：这是给贪官立此存照，是一出辛辣的“大哥求见，这事好办”的丑剧。二人一道一和，尽显贪官嘴脸。揭露的是封建制度的腐朽与罪恶，当时百姓在这等官吏治下，能够安居和聊生吗？

《事林广记》，南宋陈元靓撰，是日用百科全书型的民间类书。收藏很多与当时民间生活有关的资料，并开拓了类书附载插图的体例。浅显易懂，流传广泛。现在原本已佚失，现存元、明朝时代和日本国刻本多种，都是经过增加和删改的。

陈元靓已不知里贯，其生活年代与事迹已不可考，只知他大概生活在南宋理宗年代至元代初。此书外，他还写有《岁时广记》《博闻录》，此二书是元人生活百科。《岁时广记》已成为人们研究岁时节日民俗的一本重要资料汇编。

299. 疥疮五德

陈大卿得了疥疮病，被人所笑。大卿却笑谈这个病有五德，所以它位居其他病症之上。说它不上人脸是其仁，不易传染是其义，让人手叉搔痒是其礼，生于不易察觉的手指缝之间是其智，每天定时发作是其信。

选自《水东日记》。

郭家言：此为笑谈之资而已。用五德介绍疥疮的特点，风趣之至。如此了解疾病的特征，充满的是战胜它的自信！

300. 田稷请罪

田稷，战国中期齐国人，深得齐宣王信任，拜为相国。三年后，田稷辞官回家，下属送他黄金百镒（一镒当时为二十两，一说二十四两）。田稷把黄金拿回家献给母亲。母亲问："你做宰相三年，不会有这么多金子。"田稷老实回答："是下属送我的。"母亲听了不快地说："做人应该注意自身修养，做到品行高洁。"母亲越说越气，竟把他赶出了家门。后来田稷因此向齐宣王请罪。

选自《烈女传》。

郭家言：一个家庭的文明之钥总是掌握在父母手中，怎样打开子女优秀品质之锁，那是要靠父母的优秀基因来开启。好的品质养成，是人一生的财富和传家之宝，田母正是这种财富的拥有者，区区百金怎能和这一生的财富可比。

> 田稷，齐宣王时为相。他政声清明，官声廉洁，是一个政绩显著且智慧的官吏。

301. 县令挽纤

不知何易于是什么地方人，通过什么途径做官的。他当益昌县令时，益昌距州城四十里。刺史崔朴在春天里带着宾客乘船路过益昌附近，崔朴要当地百姓挽纤为他和宾客拉船，而何易于却亲自挽纤拉船。崔朴惊问其中原委，何易于说："现在是春天，百姓正在耕地养蚕忙乎，只我没事可做，可以担负这拉纤的劳役。"崔朴惭愧，带着宾客赶快离开了。

选自《古诗词大全》。

郭家言：县令挽纤，对刺史崔朴是一个委婉的批评。百姓是国家的根本和基础，并非官吏的奴役。崔朴惭愧地带着客人赶快离开了。如果因此事有所认识和改过那还不失能成为一位知错改错的好官，就这样，这件事也会成为他心中一件永远的憾事。现代的"崔刺史"们能从中得到警戒吗？

《古诗词大全》孙樵所著。孙樵，字可之，《文献统考》中说他字“隐之”。唐玄宗时进士，晚唐文学家，官至中书舍人。880年黄巢入长安，樵随唐僖宗奔岐陇，得以升官。樵细勘润色自己平时所作，得三十五篇，为《经维集》三卷传于世。他所作古文，刻意求新，自称“韩愈四传弟子”。

何易于《新唐书》作为廉吏为他立传。孙樵在《书何易于》中说：“何虽不得志于生时，必将传名于死后。”

302. 老妪说琴

开国初年，有个乔山人善弹琴。他弹琴指法精妙，曾经得到专业高人传授。他每每在荒山野岭中，反复弹奏，凄切的飞鸟和悲切的天鹅，它们的叫声和琴声应和共鸣。后来他游历楚国，在旅店独奏洞庭曲，隔壁一位老妇听到琴声，感动得叹息。曲子弹完，乔山人感叹：“我弹琴半生，没料到在此遇到知音。”因此几次敲门拜访她。老妇说道：“我丈夫活着时，以弹棉花为生，今天听你的琴声，极像我丈夫弹棉花的声音。乔山人默然而去。

选自《乔山人善琴》。

郭家言：这涉及音乐的归属，不是你音乐不美，这也是知音难寻，关键在于你的曲子是否扎根民众，和飞鸟共鸣不如与人共享。高雅之声，和者盖寡，只有被人民接受，才能显示出琴师的出众。那老妇所言，就是说明了这个道理，老妇的丈夫与她倒是真正的知音。老妇的怀念之情，令人潸然。

《乔山人善琴》作者徐珂。徐珂原名昌，字仲可，浙江行县（今杭州市）人。清代光绪年间举人。后任商务印书馆编辑，参加南社。曾任袁世凯天津小站练兵时幕僚，不久离去。编有《清稗类钞》《历代白话诗选》等。

303. 兔儿爷

每一年的中秋，集市上有艺人用黄土团成蟾兔的形象出售，这种小玩意儿叫“兔儿爷”。这些兔儿爷有穿衣戴帽打伞的，有穿盔甲打大旗的；有的骑着虎，有的端然坐。大的三尺，小的尺许。其余各类精美的兔儿爷由这些艺人做得很是齐全，也有的做得滑稽或丑陋。

选自《燕京岁时记》。

郭家言：读文字，似见兔儿爷之活脱，中国古代民间有不少艺人拥有绝活，给人民的生活带来乐趣和诙谐，如民间的踩高跷、变脸、剪纸等。我们也应看到，这些绝技绝活，大都是艺人们养家糊口的饭碗，其背后的辛苦和辛酸是可想而知的。

《燕京岁时记》作者富察敦崇。该书是一部记述清代民俗的资料书。其中记述了耍耗子、耍猴儿、耍苟利子等，也记载了当时京师妇女习俗等。

304. 大志陈蕃

陈蕃十五岁时，曾经休闲独住一处，屋里屋外弄得很脏乱。他父亲好友同郡老乡薛勤来访，对陈蕃说："你这孩子为什么不打扫一下房间再迎客呀?"陈蕃说："大丈夫处世，当以扫除天下为己任，怎能去做打扫住房的小事呢?"薛勤知道这孩子有治国济世的志向，对他的回答很是惊奇，认为他不同凡响。

选自《后汉书陈蕃传》。

郭家言：又据他书记载，故事结尾薛勤又劝陈蕃："一屋不扫，何以扫天下。"激励他从小事做起，从身边事做起，这句话成了教育名言。《后汉书·陈蕃传》无这句话，应该是以歌颂陈蕃从正面着墨的缘故。青年人做事，往往由于青春激奋，说出些豪言，对此长辈对他气可鼓，但不能惯从，及时引导教育，是长辈的职责。

陈蕃，字仲举，少年大志，被举为孝廉。历任郎中、乐安太守、太尉。任内多谏诤时事，多遭罢免，因与窦太后之父密谋诛灭宦官侯览、曹节时，泄密被杀。

305. 蔡襄罢灯

蔡襄（蔡君谟）任福川太守时，有一年正月十五，下令民间一家点灯盏。陈烈做了一个大灯，灯长丈余，上面写道：“富家一盏灯，太仓一粒粟。贫家一盏灯，父子相对哭。风流太守知不知，犹恨笙歌无妙曲。”蔡襄看到这盏灯后，回到府中就下令罢灯。

选自《晁氏客语》。

郭家言：蔡襄，字君谟，北宋欧黄米蔡书法四大家之一。也有人认为这四大家中的蔡是蔡京，不可否认，蔡京书法极佳，但他人品奸恶，才由蔡襄代替。尽管历史上蔡京、蔡襄二人名字一字之差，但品行差之千里。蔡襄为官工于政事，惜民之力，重视教化，民谣赞他：“夹道松，夹道松，问谁栽之我蔡公，行人六月不知暑，千古万古摇清风。”的确，蔡襄若政治清风，自当吹拂千古。本故事是一则他知错改错的事例。

蔡襄，字君漠，北宋政治家、书法家、茶学家，1030年进士。历任龙图阁直学士等，福建路转运使。知泉州、福州、开封、杭川府事。他为官心直，颇有政绩。在泉川主持造万安桥，倡植驿道松，建州时，主持制作武夷茶、“水龙团”，所著《茶录》总结了制茶、品茶经验。工于书法，诗文清好。于1067年去世。

306. 大雨惧税

《南唐近事》上说，南唐在金陵（今南京）定都之初，军队的各种军需储备不足，对于关口集市经营征收的税太多，农家商户深受其苦，而这种情况也没有渠道能让皇帝知道。当时京城近郊旱情日久，人们祈祷求雨也没有效果。有一天皇上在皇宫宴会，向身边宰相们问道："京城周边三五十里都报说雨水很足，只有京城内不下雨，这是为何呀？该不是审案中有冤未伸造成的吧。"众宰相还未及对，申渐高登上台阶走近皇上奏道："雨是因为怕叫它缴税所以不敢入京。"皇上因此醒悟，第二天下令停止一切额外税收。很快，这种恩泽使百姓逐渐富足起来。

选自《缃素杂记》。

郭家言：苛捐杂税，使人民民不聊生。税收过重，众官都不能奏。申渐高身为一伶人大臣，用他特有的幽默告诉皇上，使税收减了下来，也算是一件功德之事。相反来看，伶人能身兼大臣，这南唐朝政也是荒唐的。

《缃（xiāng 青黄色）素杂记》北宋黄朝英著，又名《靖康缃素杂记》，是宋代笔记中重要著作，也是研究宋代考据之学发展递变的第一手资料。南宋时，此书已引起很多学者重视，后来学者也多称道此书。书中事实大多精当可信。

307. 醉中清醒

我书几上《晋书》上说，虞啸父在晋武帝时任侍中（相当于宰相），有次酒宴，晋武帝徐徐问他：“你作为宰相，现在怎么不见你有什么进献，为什么？”啸父老家在海边，他误解为皇上向他要海产品，马上奏道：“天气刚回暖，鱼虾还捕不到，有机会捕到就马上呈献。”帝大笑。啸父因已大醉，拜别时站不起来。帝回头来吩咐：“扶虞侍中起来。”啸父醉中有醒，说：“臣的地位还达不到叫人扶持，醉酒也未达到乱性的地步，皇上教人扶，臣不敢当。”武帝听后特别高兴。

选自《缃素杂记·卷十》。

郭家言：喝酒不醉最为高，因陪的是晋武帝，喝得已站不起来，说的话应有掩饰尴尬之意，也是在努力保持醉中的清醒。当然，这也是一种修炼。

> 虞啸父，会稽余姚人，少历显位，官至待中，是东晋武帝爱臣。后为尚书、太尉左司马等。去职后，卒于家中。

308. 恭俭之德

汉文帝曾想建“露台”，召工匠预算一下，需要百金。文帝说：“百金，相当于中等人家十家之家产，我继承先帝留下的宫室，还常常惶恐不安，何必再建此台。”我考证汉代金一斤价值万钱。这样算来建“露台”所需之资千缗（缗指一千文铜钱）罢了，不会对皇家的恭俭之德有什么损坏。文帝因为需要中产十家之产建露台而不敢随便开支，说明他爱惜天下民财竟是如此。

选自《野客丛书》。

郭家言：汉文帝是西汉初“文景之治”的开创者，他一生都注重简朴，是为人称道的皇帝。治世，帝明，是当时人民安居乐业之根本。

> 汉文帝刘恒，西汉第四位皇帝，在任励精图治。推行无为而治，抑制诸侯坐大，兴修水利，废除肉刑，将西汉带入治世，后人称为“文景之治”。

309. 世态炎凉

世态炎凉，自古就有。廉颇在赵国为将军时，周围宾客很多，他被罢免时，宾客皆离他而去。再次为将时，那些宾客又回来了，廉颇不高兴说：“你们都走吧。”客人对他说：“将军你知道其中的道理太晚了！正常的人情交往是你有势，我就偎你；你失势，我就离开你，这是道理呀。你有什么不高兴呢？”廉颇无言以对。（又一例子说）孟尝君田文为齐国宰相，宾尽至；后来罢相，宾客尽去，后又为相。客人尽回。孟尝君说：“你们有何面目见我田文呀？”有客人答道：“世上的事有生就有死，什么事都有到头的时候，你富贵朋友就多，贫贱朋友就少，这是事理。你没看见赶集的事么，天一亮大家侧着身往市集里边挤，天晚了大家掉头回家，大家都不留恋。这不是大家喜欢早晨而讨厌晚上，是因为大家都望着其中的利润而不顾其中的道理。”孟尝君听后善待了那些宾客。不同时期的翟公所遇到的事与以上两个事相同。他为廷尉（最高司法官）时，宾客盈门；到他背时，门可罗雀。后来复职，宾客们想回来，翟公大笔一挥，在门上书写：“一生一死，乃知交情；一贫一富，乃知交态；一贵一贱，交情乃见。”客人们尽管义薄，可翟公有什么好责怪呀？可惜没人将以上故事中的道理告诉他。

选自《野客丛书》。

郭家言：世态有炎凉，人心应该有冷暖。宠物尚知恋故主，人难道不如宠物吗？文中所谓的道理，狡辩罢了！

《野客丛书》，宋朝王楙著。王楙，字勉夫，时人称“读书君”。

该书内容博洽，经史子集均有涉及，骚人墨客轶事，细大不捐。以考辨典籍、杂记及宋朝和历代轶事为主。分析俱载，厘正时误。《四库全书总目》称其位置于《梦溪笔谈》《缃素杂记》《容斋随笔》之间无愧色。

310. 陈遵投辖（辖为大车轴头上的键）

读历史，应该反其意，不能只拘泥文章原来的意思。如《陈遵传》中说："陈遵每次大宴宾客，宾客满堂时他总叫人关上大门，取下宾客来时乘车的车轴键投在井中，以此留下客人。客人有急事，车也走不了。正像大家传说的那样，他闭门并将人家车轴键投入井中之事已习以为常。他怎么如此不近人情呢？闭门不放行也就罢了，何至于将人家车轴键投在井里？这种事情只是偶尔为之，并经常这样留客。"陈遵醉中留客不住。用这种方法留客，史家记载仅此一次，显见他喜好留客。然而人们不考究他的真实意图，就说他总是用这种方法留客。如李方叔诗中说：可笑陈孟公（陈遵字孟公），好客常投辖。怎么这般不知此事的原委。

选自《野客丛书》。

郭家言：辖，是指固定车轴的键（也就是小铁棍），但故事里的辖应指整个车轴。如把辖投到井里，那就不是善意留客的恶作剧了！这陈遵留客投辖，千古未有，留客之意可谓笃矣！

陈遵，字孟公，杜陵（今西安）人，汉代官吏，文辞很好。王莽当政时任河南太守，后任河内都尉，擅长书法，性好酗酒。最终在酩酊大醉中被贼兵所杀。

311. 美不两全

腰缠十万贯，骑鹤下扬州。天下美事，哪有两全之理。夏侯嘉这个人就是喜欢炼丹，而又想在朝为官。为此他有夙愿："炼丹炼出水银半两，给皇帝写诏书的官当三天，平生足矣！"可没等实现这两个愿望他就去了。白乐天（白居易）也是弃官回家，炼丹未成，大限已到。看来世间的事多有雷同，这是造化所定，不允许两全。你既想为官，又想成仙，哪有这样的道理。

选自《野客丛书》。

郭家言：熊掌与鱼兼得，人间美事，这是一种臻美的追求。当年东汉刘秀少年时有言："仕官当作执金吾，娶妻当得阴丽华。"昆阳之战后刘秀威望中天，第二年便被封武信侯，同时娶了那位豪门千金阴丽华，以此看来，封侯娶美，这美事是可两全的。也是，追求两种美景并非不可。但这要去创造条件，拥有条件才能如愿，反而，只是一厢情愿，凭空臆想是不行的。

"腰缠十万贯，骑鹤下扬州"，最早出自南朝殷芸《小说》一文，有客人相从，各言所志："或愿为扬州刺史，或愿腰缠十万贯，或愿骑鹤下扬州。"其中一人说："我要腰缠十万贯，骑鹤下扬州。"这是欲兼多得。

312. 王母识才

《新唐书》记载，王珪刚开始隐居未官时，与杜如晦、房玄龄为友。母亲李氏曾对他说："你将来必有出息，但我不知你经常与之来往的都有谁，你带他们来家里让我见见。"恰好有一天，房玄龄、杜如晦路过来访，李氏见到后大惊，赶快备酒饭，尽饮一整天，高兴地对儿子说："这两位客人都是辅佐之才，你和他们为友，将来富贵不疑。"

选自《野客丛书》。

郭家言：王珪母亲慧眼如炬，是位怎样了得之女性！唐朝有三个王珪，其中两位宰相，一位武将。故事中王珪为侍中王叔玠。因只有王叔玠有识才之母，其他二位却未见记载，这也是王叔玠的骄傲！

王珪，字叔玠，扶风郡（今陕西眉县）人，唐初四大名相之一。他先在隋朝为官，唐建立后，为太子建成心腹，因此被流放。贞观年间回朝，历任侍中（宰相）吏部尚书等高官。639 年病逝。

王珪少年时结交房、杜（房玄龄、杜如晦），太宗时忠于职守，敢于直谏，为官多有建树。

313. 苦吟推敲

《唐遗史》记载，贾岛当年去京城赴试。一天，骑在驴上得到诗句，用手做推敲之状。当时京兆尹韩愈车队刚出来，贾岛沉迷诗中浑然不觉，竟走入韩愈车队中，左右捉他至韩愈跟前，贾岛陈述自己诗句不知用“推”还是用“敲”，韩愈遂即与他并骑而归。

选自《野客丛书》。

郭家言：“推敲”一词从这个故事中典化而来。据说贾岛晚年坚持每天一诗，每年除夕他将一年所写汇聚一起以酒脯祭之，说：“（诗）劳我精神，以来是补之！”足见他写诗之辛劳。故事中韩愈不嗔怪，而与之并骑而归。惺惺惜惺惺，志趣相同！此故事多有记载，另如《太平广记》等。

> 贾岛，字阆仙，人称诗奴，与另一个大诗人孟郊共被称“郊寒岛瘦”，唐朝范县（今北京）人。原为和尚，被韩愈发现其诗才，成为“苦吟诗人”，受教于韩愈后还俗参加科举，累举不中。
>
> 贾岛诗在晚唐形成流派，影响颇大，著有《长江集》，共十卷。

314. 误为“强虏”

淮东将领王智夫说，曾见苏东坡所填《水调歌头》，中间有句“羽扇纶巾，谈笑处，樯橹灰飞烟灭”。由此知后人将“樯橹”读书为“强虏”。我研究《周瑜传》，黄盖烧曹公战船时，风猛，火焰又连上岸边营寨，火焰冲天，因此知道“樯橹”应为对的。

选自《野客丛书》。

郭家言：苏东坡《水调歌头》中“樯橹灰飞烟灭”，是樯橹还是强虏，本故事认为应为前者。以我看来樯橹只是陈述用词，强虏将感情付于词中，怀有憎感，是拥刘反曹的表现。两词用之均为有理，但苏轼句到底用的是樯橹还是强虏，至今已是公说公有理，婆说婆有理，古人的笔墨官司，我们今天没必要去评定。

315. 乳母干政

《史遗》记载，韩晋公韩滉为浙东观察时，他的乳母因有一府外之事求他（属乳母干政），韩晋公要杀她。顾况为了救她，径直去见韩晋公问询这件事。公说：“天下人都知道我奉公守法，但我的乳母竟敢违法干政。”况说：“你小时候早起夜睡时，都是乳母哺你。现在你为侯伯，乳母还有什么用处，实在该杀。”

晋公立即释放了乳母。

选自《野客丛书》。

郭家言：没有既成事实，不在杀无赦之列。虚张声势一下警家人抬自己，恐怕才是韩晋公深意所在。顾况劝说虽言之以情，但根本正合韩晋公的心意。

韩滉，别称韩晋公，字太冲，京兆长安（今西安）人。唐代画家、宰相、晋国公，787年去世。

他工书法，草书得张旭笔法。绘画亦佳，所画《五牛图》至今仍为国宝，著有《春秋通例》等。

316．“圣小儿”读书

祖莹八岁，就能熟读《诗经》《书经》。十二岁为中书学生，沉迷于读书，夜以继日，父母担心他积劳成疾，想禁止又不能使他停止读书。他常偷偷在炉灰中暗藏火种，赶走家中僮仆，待父母睡觉后拨火读书，用衣被遮住窗户，恐火光透出去被人发现。因此，他声誉更高，家里家外都称他“圣小儿”。他尤其擅写文章，中书监高允常感叹：“这个孩子的才能器识，不是其他学生能赶上的，终将有远大的前途。

选自《北史·祖莹传》。

郭家言：古代找出几位读书的少年天才不难，但被称为“圣小儿”的仅祖莹一人。暗藏火种，衣被遮窗，说明他不但勤奋，而且有智慧。苦读、天分、智慧，三者集于一身，后来事实证明他被称为“圣小儿”不谬！

祖莹，字元玲，范阳迺县（河北涞水）人，北魏大臣，著名文学家、太学博士。官居散骑侍郎、国子祭酒，535年去世。

祖莹以文章见长，常说："文章须出自机杼，成一家风骨，何能共同生活焉？"

317. 弃犬报恩

村边路上有只被弃的狗，张元见它可怜收养了它。叔叔见到生气地说："何必收养它？"并准备将狗再次弃去。张元回答说："有生命的动物，没有不重视自己生命的。如果自生自灭，那是自然界规律，而现在它是被弃，这就不是自然界规律了。如看它被弃不收养它，那就没有仁慈之心。"叔叔被他的话感动，于是答应收养那只狗。第二年，这只狗随叔叔走夜路，叔叔被毒蛇咬了，倒地不能动。这狗急忙跑回家汪汪汪叫个不停，张元奇怪，跟着狗出门，发现叔叔快不行了，马上请医治疗，没过几天就治好了。从此，叔叔把这只狗像亲人般对待。

选自《北史·孝行传·张元》。

郭家言：人类的动物朋友中，狗对人的忠诚是人们共识的。养弃狗，是尊重生命、爱惜生命，并非为图报，故事中的弃狗报恩只是一个特例。

张元，字孝始，山西芮城（今山西芮城）人。为人谦逊谨慎，有孝举，精通佛学经典，有善行。

318. 严断牛案

柳庆以原任官职兼任雍州别驾（州府中管理众务之官）。广陵（今扬州）王元欣是魏国皇亲国戚，他外甥孟氏，连续做下凶暴横行之事。有一次，有人告发他偷牛。柳庆将他审讯，情况属实，于是将他监禁。孟氏全然没有害怕表现，反而对柳庆说："如果把刑具给我带上，看你以后怎么给我摘下来。"元欣也派人前来辩说外甥无罪，孟氏此时更加骄横。柳庆马上召集下属官员，声色俱厉宣布孟氏依势欺凌害人的一系列罪状，宣布完毕，命将孟氏杖杀。此事以后，皇亲贵戚们不敢再有违法之举。

选自《北史·柳庆传》，有删节。

郭家言：柳庆生于北魏，逝于北周。在世50年，先后供职北魏、东魏、北齐、西魏、北周五个朝代，后四个朝代都只有几年或一二十年，可以说这是一个乱世。乱世须用重典，柳庆不畏权势，杖杀孟氏，清正之声留于青史，使人肃然，令人起敬！

柳庆，字更兴，北魏解县（今山西永济）人。为官清廉，善断案，天性抗直，无所回避，是当时少有的直臣。西魏废帝时为民部尚书，晋爵为公。

319. 自毁长城

檀道济在前朝（武帝时）立有大功，威名镇主。身边将士和他都身经百战，他的几个孩子也都很有才气。文帝因此对檀道济又怕又疑。还有人给檀道济看相后说："谁能知道他不是当年的司马懿呢？"

文帝失眠很严重且已多年，几次出现病危。领军刘湛总想独霸朝政，一直忧虑檀道济会持不同意见。还有大臣王文康也忧虑，一旦文帝驾崩，谁人可以驾驭檀道济。文帝十二年（436年），文帝病重，又值魏军来挑战，文帝召檀入朝……檀道济见逮捕他的人到来，愤怒至极，目光亮如巨大火把。转眼间引颈痛饮酒数斗，又甩头巾于地，愤愤道："你这是自毁你的长城。"魏军知檀道济已死，江南不再成为我们的威胁。自此，北魏年复一年频频南征，很有饮马长江的企图。

选自《南史》，有删节。

郭家言：名将很易功高震主，如本身不知权变，很容易导致人生悲剧，檀道济就是这样一位悲剧人物。文帝二十七年，他登城见北魏军围至城下，心里后悔当年枉杀名将，叹悔："若檀道济在，哪里会有今天。"如果危险来临时，檀能果断放弃兵权以自保，也许不会招人猜忌，这样对国、对己都是有利的。但军人很少同时也是政治家，名将知军不知政是他们的致命短处。檀道济如此，岳飞、袁崇焕都是如此。

东吾灭亡后，历史进入南北朝时期。檀道济是南朝宋武帝刘裕的军事干才，后来辅佐文帝时遭猜忌被杀。由于他的去世，宋与北魏的战争天平失去了平衡，宋被灭亡。

檀道济据多年征战经验总结出三十六计，为后世留下宝贵军事著作遗产。

320. 贫寒美食

朱修之以清贫简约立身，很多馈赠，一概拒收，只对南方少数民族首领所送财物，全部收受。他将这些收受的财物分于部下，不入私囊。卸任之曰，秋毫无犯。清算在本州镇守时期个人所有用度，拿自已腰包16万钱付清。他节简刻薄不求私利，不讲私情。姐姐在乡下老家，饥寒交迫几乎不能立身，他贵为刺史（州一级军政长官）没有资助。一回去姐姐家，姐姐备下粗茶淡饭似在提醒他，他却说："这是贫寒人家美食，吃下去可以饱腹。"

选自《南史》，有删节。

郭家言：贫寒出才俊，清廉出贤臣。清廉永远是官场中第一宝贵的品质。粗茶淡饭，不但可做美食还可养节！修之非是忘义薄恩，实是大节尽美！

朱修之，字恭祖，义阳平氏（今桐柏）人，南朝宋大臣。430年镇守滑台城，坚持数月，城破被俘。北魏太武帝嘉其守节，任为待中，以宗室女妻之，他仍寻机回归南朝，亿为荆州刺史。他为官清廉，以安定边境为已任。卒年不详。

321. 牢骚太盛

萧思话长子惠开，少年有气度，喜欢文史。……平时性格刚强。那时不得志，他说："大丈夫不能掌握机要做高官，就要一再低眉入宫做官吗?"他家住一寺庙前边，这里一向种有花木，特别美丽。惠开将花木全部铲除，而种上白杨，并每每对人发牢骚："人生不能实现抱负，就是活百年也是夭折。"

选自《南史卷十八》，有删节。

郭家言：萧惠开是南唐朝宋征西将军萧思话长子，皇亲国戚。身为大臣，他办事好偏激，与侍中（宰相）争论，不愿居下风，和人相伴为官三年都没有一句话。如此性格，难与人为伍，所以不得志，故事中铲花扬言，实属牢骚太盛。后因吐血去世，仅49岁。

萧惠开南兰陵（今江苏武进）人，南北朝时南朝宋官员，外戚。萧思话长子，袭父爵。他禀性刚强，自认益不得志，曾官为黄门侍郎，471年去世。

322. 元琰避窃

范元琰，字伯珪，吴郡钱塘人。年龄稍大的时候喜欢读书，通晓经史，兼而精通佛理。他性格谦逊，从不在人前炫耀自己的长处。家里贫穷，就在园中种些蔬菜谋生。有一次出门，看见有人偷他种的白菜，就赶快跑步躲了起来。母亲问他为何这样做。他如实回答，问他小偷是谁时，他回答，刚才我之所以躲起来，就是恐他人前为之羞耻，所以他的名字我不能告诉你。母亲只好也将此事保密起来。后来他见有人蹚过水沟偷他种的笋，于是找来树木搭在那沟上方便小偷过，这样使那小偷特别惭愧。从此这个乡里再也没有偷盗的事了。

选自《南史·隐逸下》。

郭家言：中国古代佛学有一个基本思想，那就是强调自身的养生养神，只要自己心神明静，这样就无所不照，无所不能。元琰就是用这种佛学思维去对待小偷，感化小偷，从而使小偷改正。故事中小偷被感化，似乎是佛学思想的感化，其实小偷止偷，是受元琰品质的感动，并非以佛治盗产生的效果。以避退治窃，今天看来并非可取。这样做还会产生一种恶果，那就是偷针成功，进一步就会偷银，使那小偷从小偷小摸发展而成为强盗。

范元琰，字伯珪，生活在南北朝时南朝时期，性善良。理解别人，朝廷屡召而不就，穷贫，种菜为生。

323. 书生江革

江革，字休映，济阳人。他六岁便知道怎样写文章，九岁时家境困难，他孤独贫穷，但读书从不知疲倦。十六岁时母亲去世，他以孝闻名当时，治丧结束，补为国学（国家最高学府）学生。吏部郎谢朓雅对他十分敬佩器重，曾去江革家拜访。当时大雪，江革破衣单席，沉溺在书中毫无倦色，谢朓雅观感良久，脱下身上棉衣送给他，又割半块毡给他当褥子方离去。

选自《南史·江革传》，有删节。

郭家言：江革以孝廉为品，世人高看，苦学成才，为官几十年，傍无姬妾，这在古代官群中极罕见。他是古代书生之楷。

江革，字休映，济阳考城（今河南兰东北）人。幼时聪明而有才思，十六丧母，古代二十四孝之一，以孝闻名初仕南齐。后入南梁为御史中丞，弹奏权豪无所避。随豫章王镇彭城被俘，受厚待，称疾不受。后被放回，累迁度支尚书。为官几十年，家徒四壁，傍无姬妾，世人以此高之。535 年去世。多有文集、书志存世。

324. 家犬吠主

徐勉字修仁，东海郯县人。幼年丧父，家境贫寒。很小就立志成为一个清正有节操的人。六岁那年，亲属们因连绵大雨祈晴，他不经意为此写了一篇祷文，被当地名望和有学问的老人们称道。长大后喜读书，同族人徐孝嗣见到以后赞叹："这是人中良骥，一定能驰骋千里啊！"十八岁时，被召为国子生。祭酒（官名）王俭每次见他，都用目光送他离去，说："这个人不是一个普通人。"常赞他有宰辅的器度。后来他升迁为侍中（宰相），参与掌管军事，处理军务，日夜劳累。有时几十天才回家一次。有一次家里的狗见到（不认识）他惊叫，他为此叹息："我忧国忘家，以至于自家的狗都不认识我了！"

选自《南史·徐勉传》，有删节。

郭家言：因公而忘私，家犬不识，这样的事历史有载的实不多见。其官品、人品令人敬佩。

徐勉，字修仁，东海颍水（今山东颍城）人。南北朝时，南梁文学家、政治家、中书令（宰相），因他"居敬行简"被称为简，"执心决断"为肃，死后溢"简肃公"。他的后人为缅怀、继承他的高风亮节，将堂号定为"风月堂"。

325. 朱异“不廉”

朱异几岁时，外祖父顾欢抚摸着他，对他爷爷朱绍之说：“这孩子可不是一般材料，会光耀你的门庭。”长大后，他涉猎文学、史学，兼通各种技艺，六搏、围棋、书画、算术，他都擅长。二十多岁离家，去见尚书令沈约。沈约面试后，善意和他开玩笑：“你这么年轻，怎么如此不廉洁?”朱异疑惑不解。沈约解释道：“天下只有诗文、弈棋、书法这些本事，你一人全拿起了，可以说是不廉洁呀!”

选自《南史·朱异传》，有删节。

郭家言：朱异一人兼通各种艺技，沈约说他一人将这些本事都拿走，是太贪不廉。当然是一种诙谐的夸奖。朱异的确拥有才艺，但他缺乏才干；他也熟悉军事，但几无建树。历史上说他后来好奢侈，只看皇帝脸色行事，极尽声色享受。这样看来，当年沈约说他不廉的话，他倒践行了。看来拥有少年才干只是人生的开始，后来的路怎样去走，全在自己后天的选择和实践。

朱异，吴郡钱塘（今浙江杭州）人，南朝梁时大臣，著名诗人。曾任太学博士、鸿胪卿、太子右卫率等，“侯景之乱”时病逝，赠侍中、尚书右仆射。

他少年时迷恋赌博，是个危险少年，成年后发奋读书，立志进取，受人推荐见到梁武帝，成为武帝高级秘书，得到宠幸，后节不好。

326. 歪冠时尚

独孤信风度恢弘高雅，有奇谋大略。太祖（北周宇文泰）霸业初创，只有关中（今陕西渭河流域陇山以西），地势险要壮美，所以派独孤信镇守。独孤信为当地百姓怀念（以前曾任陇右十州都督），声振邻国。独孤信在秦州，曾因打猎天晚，骑马入城时他帽子戴得有些歪斜。第二天早晨，官吏百姓中戴帽子的，都因仰慕独孤信的风采而都将帽子歪戴着。他被邻国和本国士民的敬重达到了这样的地步。

选自《周书·卷十六》，有删节。

郭家言：独孤信是历史上有名的帅哥，北魏、西魏、北周均为国之倚重，军事上尽管也有败绩，但多有功勋。当时战乱频仍，百姓需要有能力的首领保境安民，所以对他迷信竟然达到了盲从的地步。一次偶然戴歪了帽子，竟被市民竞相效仿。这说明了人民对他保境安民功绩的认可，独孤信没有辜负这种认可。

独孤信，本名独孤如愿，字期弥头，鲜卑族，云中郡（今山西大同）人，西魏、北周重要将领，八柱国之一。

他相貌俊美，善骑射，有谋略，军事上有建树，诚信远近皆知。北周开国皇帝宇文觉的父亲宇文泰赐名信。后受晋公宇文护在株连被逼迫自尽，年55岁。他七子均居高官，长女为北周明帝皇后，四女是唐高祖李渊之母，追封元贞皇后。七女独孤伽罗为隋文帝皇后。

327. 恭耕敬母

郭世通的儿子郭原平，字长恭，和父亲一样有仁孝的品行，供养父母全凭自己打拼所挣。他性情灵巧但为人实在，出外打工时，主人供饭食，因虑家贫，父母没吃过好饭，就只吃些咸饭，将好吃一点的食物留给父母。有时家里断顿，他便在外边空肚子一天，也不独饱。

后来母亲去世，他悲痛伤身更甚，勉强支撑到服丧期满。母亲墓前有几十亩良田，不属他家所有。每到耕种收获季节，种田人往往赤身裸体，原平不想让人这样亵渎父母的坟墓，就变卖家产，出高价买下这片田地。农忙时节，他穿戴整齐，流着眼泪亲自去耕种。

选自《南史·卷七十三》，有删节。

郭家言：父母是孩子心灵中最洁净的净土。郭原平义不独饱，整衣耕种这样的文字，读来使人眼润。对父母敬戴之心天下人都是一样的，但各人敬戴的方式不尽相同。郭原平如此孝敬父母，值得人深思与效仿。

郭原平，字长恭，南北朝南朝宋时名士，至孝，不肯做官。卖出东西，半价出售，以致满城人都认识他。《宋书卷七十三·列传第六十三》也有记载。

328. 谅人之短

沈道虔，吴兴武康人（今浙江湖州附近）。从小仁爱，喜好老子、周易之说。住在县北石山下。

有人曾偷他园中的菜，他从外边回来撞见，马上远远隐藏起来，等那人走后才出来。后来又见有人偷他家屋后大笋，他叫人上前制止说："我们爱惜它是想让它长成一片竹林，我们有更好的笋送给你。"于是叫人买来大笋送给那小偷。小偷大为惭愧，表示不接受这笋而去。道虔却将笋放在小偷门里而回。他常以摘取、采集为活，摘取时如有人与他争穗，他总是和言与人交流解释，如他人仍不相让，他也会将自己所采的全部给他人，与他相争的人往往为之惭愧。从此，凡有人发生争执，双方会互相提醒：可别让沈道虔知道。

选自《南史卷七十五》，有删节。

郭家言：沈道虔近乎开门揖盗的仁义不可取。谅人之短，决不应姑息、鼓励犯罪。可取的是带动乡人共同致富，沈道虔缺乏的是这种心怀。没有原则地宽容不是美德，而且还有几分酸愚。

沈道虔是南北朝时南朝隐士，喜爱山水，生活清贫而恬适，官府几次请他做官他都不去。

329. 晏殊诚实

晏殊少年时，张知白把他推荐给朝廷，召至宫廷时，皇帝正在殿试进士，于是叫他当场参加考试。晏殊一见试题，就说："我十天前已做过这个题目了，做过的草稿还在，请再命题让我做。"皇帝非常喜欢他的诚实。

后来晏殊在文史馆任职。当时天下太平，皇帝默认在太平中欢宴。文史馆的士大夫都有自己欢宴的固定地方，因此那些市楼酒肆将围帐提供给他们游乐消闲。晏殊此时贫穷，不能和那些同僚一样出入这些地方。一天，皇帝要给太子选东宫讲官，忽然把这个职务授给了晏殊，执政大臣无不莫名其妙。

第二天面帝时，皇帝告诉大家："近来我知道你们都在嬉戏玩乐，白天玩不够还夜以继日，只有晏殊与兄弟关在家里读书。这样谨慎厚重，正可担任东宫讲官。"

晏殊受命。皇帝当面告诉为何选他的原因，晏殊言质不拘，以实话奏帝："我并非不喜欢宴乐游玩，只是因贫穷没钱前去，如有钱，那些地方我也会涉足，但实在是没钱不能去罢了。"皇上更喜欢他诚实的品质，认为他懂得事君大体，皇恩眷顾日益深厚。仁宗时，他终获重任。

选自《梦溪笔谈》。

郭家言：晏殊身居要任多年，唯贤是举，平易近人。范仲淹、王安石均出自他门下，韩琦、富弼、欧阳修也皆经他栽培引荐。他甚是慧眼识珠，托起这么多重量级人物，他该拥有怎样的胸怀和力量呀！

晏殊，字同叔，抚州临川人，北宋著名政治家、文学家。十四岁以神童入试，赐同进士出身，官至右谏议大夫、集贤殿学士、礼部刑部尚书、宰相等，唯贤推举，人才咸聚。1055 年病逝。

330. 孙甫拒砚

有人送一砚台来见孙之翰，说此砚价值二十千钱。孙之翰说："它有什么特殊，就值这么多钱。"这人介绍说："砚台以石润为名贵，此砚你对它哈气它就能流出水来。"孙之翰说："一曰就是哈出一担水，才值三钱，买它有何用。"最终他没有接受。

选自《梦溪笔谈》。

郭家言：砚是文房四宝之一，被文人、官吏所偏爱。孙之翰应为儒官，但他对这宝砚有清醒的头脑。二十千钱是宋代县令一月之入，孙之翰身居高官，并不是买不起，但他只着眼于物品的实用价值，怀瑾握瑜，不为所动，应为是廉，也是真识宝矣！

孙甫，字之翰，许州阳翟（今河南禹州市）人，北宋大臣。少年好学，举进士第。曾任华州推官、转运使、大理寺丞、刑部郎中、天章阁待制、河北转运使。为官有才干，善谏，1057 年病逝。著有《文集》七卷，《唐史记》七十五卷并传于世。

331. 坚拒澡豆

王安石有哮喘病，要用紫团山人参入药，到处寻找也没找到这味药。这时薛师政从河东回来，刚好有这种紫团山参，便赠给王安石几两治病，王安石不接受。有人劝他："你的病须用此药医治，病又这么令人担忧，药就不要推辞了。"他说："我这辈子没有用紫团参，不也活到现在吗？"终不接受。他又因面色黑黄，门人怕他是因病所致而问医，医生说："这是汗污造成的，不是病。"门人又进献澡豆供他洗脸（清除汗污）。他说："我天生面黑，澡豆又怎能洗去。"

选自《梦溪笔谈》。

郭家言：王安石（别称王荆公），北宋著名改革家，以变法闻名，清廉朴素立志。列宁曾称赞他："王安石是中国十一世纪改革家。"他视富贵如浮云，不溺于财利酒色。

由于他厉行改革，触犯了一些大官僚的利益，也违背了一部分基本群体的利益，曾一度被人称为奸党，饱受诟病。但他的改革对北宋的政治经济军事都起到了显著效果，使北宋的积贫积弱形象为之一扫。历史上哪有这样的奸臣呢？

王安石，字介甫，别称王荆公、王文公、临川先生，1042 年进士。1070 年拜相，主持变法。后来保守派得势，新法皆废，郁然病逝于钟山。王安石的散文论点鲜明，逻辑严密，说服力强，名列唐宋八大家。其诗自成一家，世称王荆公体。他的“五行说”丰富和发展了古代朴素唯物主义思想，其哲学命题“新故相除”把古代辩证法推向新高。

332. 守约积义

刘廷式原在家中种田，邻家有一老头很穷，他的女儿和刘廷式立了婚约。后来离别几年，廷式读书考中进士又回到家中，寻找邻家那老头，然而老人已逝，女儿也因病双目失明，家境也异常困苦，饭食难继。廷式使人重提婚约，女家以女子疾病推辞，坚持佣耕人家不敢与士大夫通婚。廷式坚持说：“以前与你家老人有婚约，怎能因老人去世和他女儿有病而违约呢？”终于与那女子成婚。婚后夫妻极为和睦，妻子总需要他相扶才能走路，他们生了几个儿子。刘廷式有次犯了小错，监司欲罢他的官，因赞赏他的美德和行为，遂赦免了他。后来刘廷式主管江州太平宫时妻子去世了，他很悲痛。苏东坡瞻爱其义，专门写文章赞美他。

选自《梦溪笔谈》。

郭家言：密州太守刘廷式是苏川太守苏轼的副职，下职的婚姻受到上司的表彰。这样的积善积义之家，必有余庆。有记载那位瞎妻所生的两个儿子，科举考试双双及第。刘廷式以正能量蕴成的基因可谓强大！

刘廷式，字得之，宋代齐州（今济南）人。读书及第，后监江州太平宫，品行极好。老于庐山。

333. 张昇辨凶

张昇在润州（今江苏镇江）任知州时，有个妇女的丈夫外出数日未归。忽然有人报说菜园井中有个死尸，这个妇女很吃惊，过去一看，放声大哭道："这就是我丈夫。"这个事很快被报官，张昇叫下属官员把这个妇女邻居叫来辨认死尸，大家都说井太深看不清，请求打捞上来再辨认。可为什么只有妇女能辨认出是她丈夫呢？将妇女绑来交司法官员审讯，果然审出是奸夫杀了她丈夫，妇女也参与了这宗谋杀。

选自《梦溪笔谈》。

郭家言：张昇判案，讲究调查研究，去伪存真，还事物之真实。这样民无冤情，案无冤案，有这样的知州真是一州生灵之福。

张昇，字杲卿，同州夏阳（今陕西韩城芝川镇）人，北宋1015年进士。做官至宰相（参知政事）兼枢密使、太子太师，赠司徒兼侍中。为官低调谨慎，生活简朴。与韩琦共立赵曙为太子，即后来宋英宗。他入仕五十一年，为相十六年，退休后竟"生计不丰"，1077年去世，年86岁。他留词仅存二首，格调凄凉。

334. 爱情誓言

天呀，我想与心爱的人相知相爱，我们的爱情永不衰绝。除非高山无山岭、江水枯竭、冬天打雷下雨不停、夏季落下暴雪、天和地合在一起的情景发生时我才会和心爱的人分手。

选自《乐府诗集·卷二》。

郭家言：这是汉代乐府民歌中一首情诗，原诗为“上邪，我欲与君相知，长命无衰绝。山无陵，江水为竭。冬雷震震，夏雨雪。天地合，乃敢与君绝”。诗中女子对心爱男子的表白。感天动地，意满江河。此诗动人而真率，想象奇，落笔美，为千古奇有！

《乐府诗集》是《诗经》以后一部总括中国古代乐府歌词总集，由北宋郭茂倩所编，现存一百卷，是现存收集乐府歌词最完备的一部，共有五千多首。是汉、魏、晋、南北朝民歌精华，内容丰富，反映社会面广。

乐府原是古代管音乐官署。乐府有双璧，即《木兰诗》与《孔雀东南飞》。

335. 古木制琴

琴这种乐器多用桐木做成，必须选用多年生长的桐木，待它的木性全部失去后做琴，它的声音才会激扬动听。我曾见过唐初路氏（著名琴师）制作的一把琴，木质都枯坏了，几乎不能承受手指的弹拨，但声音非常清纯。我还见过越人（今浙江一带）陶道兵收藏的一把越琴，听说是用古坟墓中杉木棺材制成的，它的声言非常雄健挺拔。

选自《梦溪笔谈·卷五》。

郭家言：琴家都知道桐木、杉木是做琴的好材料，特别是古棺材，古屋上留下来的就更好。年岁越长的古木，它的材质会更稳固、质地更松透。具备了这些符合美声需求的条件，再请有名的斫琴师制作，这样制成的琴当然是把好琴了。

336. 嗓哨诉冤

社会上的人一般会用竹、木、牙、骨之类的材料做哨子，这种哨子放在口中吹起来能像人说话一般，这就是“嗓哨子”。曾有个得了嗓哑症的人，被他人坑害，恨自己的冤情不能用语言表达出来，因此负责审案的官员试着拿来“嗓哨子”让他吹诉。这个人通过“嗓哨子”吹出的声像傀儡戏演员模拟人发出的声音一样诉说冤情，审案人仔细揣摩可以辨别他要诉说的意思，这样他的冤情得以申雪。这件事情也是值得记录下来的。

选自《梦溪笔谈》。

郭家言：“嗓哨子”诉冤得以破案，沈括觉得值得陈书于此。从我看来，世人解决问题也像解题一样，这种方法不行不妨试试他法，换思路去思考，问题往往就迎刃而解了。这个故事就是提示我们要学会懂得和应用这个道理。

337. 摸钟辨盗

陈述古在枢密院直学士兼任建州浦城县令时，因有人被盗，抓了一些嫌疑人，却不能认定谁是盗窃犯。述古骗这些嫌疑人说：“某庙有一钟，它能辨别盗犯，非常灵验。”于是把这口钟抬至后边阁祠之中，让所有嫌疑人站在钟前，对他们说：“不是盗犯，摸这个钟它无声响；是盗犯，摸这个钟它就会发出声响。”言罢亲率官员严肃地在钟前祈祷，祭祀完毕，用布帐将钟围起来，暗地让人把墨汁涂在钟上，然后令所有嫌疑人逐一把手伸入布帐去摸那口钟，然后查验每个人的手，众人中只有一人手上无墨迹。严加审讯这人，于是这人承认了他是因担心摸钟会发出声响，不敢摸钟，所以手上无墨迹。古代就有这样办案的，是出于小说记载。

选自《梦溪笔谈》。

郭家言：这口钟起的是测谎仪的作用，由于摸钟人的心理不一样，所以就造成了结果差异。不敢去摸钟手上就染不上墨迹，是利用“做贼心虚”的心理去辨别偷盗者，显示古代人辨盗的智慧。方法虽然显得原始了一些，但当时是管用的。

陈述右，即陈襄（1017—1080年），字述右，今福建福州人。宋庆历年间进士，宋神宗时任侍御史。此书所记他的事迹与《宋史·陈襄传》有出入。《宋史》记“襄举进士、调蒲城主簿，摄令事（代理县令管事）”，而非是此故事中的“知建州蒲城县令”。

338. 老军料敌

宝元元年（1038年），西夏大军围困延安城已有七天，城濒临危情已有数次。侍御史范雍当时为帅，他脸有忧色。这时有个老军校站出来说：“我是在边境生活的人，经历过几次被围的战役，那几次的危情和今天很相似。党项人（西夏）不善攻城，最终也不能攻下城池。今天此情千万不要忧虑，我立下军令状担保，我说的如不灵验，甘愿被杀头。”范帅赞许老军校的豪壮，将士的心也为之安定下来。战事平息以后，这位军校大受赏赐和提拔，提起会打仗善料敌时大家都首先称道他。也有人对他说：“你当时放肆妄言，万一你言不中，那可是要伏军法的。”老军校笑着说：“你没细想，若城果然陷落，谁没有事还有空想起杀我。当时关键是要稳定军心罢了。”

选自《梦溪笔谈》。

郭家言：稳定军心，是战争中面临危险时的一种定力，这种定力往往产生于将帅的稳定与自信中。故事中军中老校之言，竟然起到了稳定军心的作用，真是久病成医，久战成神！

范雍（981—1046年），字伯纯，洛阳人。屡为边帅，好谋而少成，官至资政殿大学士、礼部尚书。

339. 何以家为

骠骑将军霍去病为人沉默寡言，从不泄露别人告诉他的秘密，有英气而敢担当。汉武帝曾想教他学习孙武兵法，他说："战争只知大致策略就行了，不必去学古人兵法。"武帝为他建豪宅，让他去看看。他说道："匈奴不灭，何以家为。"从此以后，武帝更加重用和喜爱霍去病。

选自《史记·卫将军骠骑列传》。

郭家言：去病"匈奴不灭，何以家为"。其气壮山河，真将军也！东汉历史中外戚本是臭名昭著，但卫青、霍去病例外。汉武帝是卫青姐夫，霍去病是卫青外甥，但二人都以打击匈奴闻名于世，二人之功绩如日中天、光照山河。

霍去病，汉武帝时军事家，官至大司马骠骑将军，封冠军侯。与匈奴作战，用兵灵活，勇猛果断，善用骑兵长途奔袭、快追突袭和大迂回、大穿插作战。初战即率800骑兵深入匈奴境内数百里，斩首俘敌2028人，二次河北之战中，俘获匈奴祭天金人，取祁连山。在漠北战役中，大捷，追敌至狼居胥山，举行祭天封礼，在姬衍山举行祭地禅礼而归。此战后匈奴逃到了漠北。改变了汉朝对匈奴作战的守势状态，长久保障了汉南地区的安全。公元前117年因病早逝，年仅二十四岁。

340. 不附显贵

陈章侯性格怪僻，喜欢饮酒，别人请他作画时的酬金总是随手花尽。他特喜欢给贫穷不得志的人作画，借以周济这些人。获他这般周济得以为生的有几十家甚至上百家。若是富贵有势的人索画，纵付千金他也不肯提笔。有一名声肮脏的显贵，有次将他骗入船内，假说是请他鉴定宋元人书画，船行，才拿出绢强迫他作画，陈章侯摔帽怒骂不止，而那显贵仍死缠不休，章侯决心自沉于水，那显贵才怒而别他而去，后又托人再求，而他始终未着一墨。

选自《读画录》。

郭家言：陈洪绶（字章侯）与《读画录》作者周亮工过从甚密。明亡清兴时，二人逃避社会，削发为僧，清高而不随俗。陈洪绶被清军抓获，以刀胁索画亦不应，具有一定骨气。后来清人利用他弱点，以酒和美女引诱求画终于如愿，这应是当时有些文人的历史局限所致。

《读画录》，清代周亮工著。本书为明末清初画家传记，其中入列传者 77 人，书后附有名无传者 69 人。明代画家多被列入，并附题咏及其人生平梗概。书中所载遗事轶闻较为可信。他读画时勤于随手札记，书未成而卒。

其画享誉明末画坛，人物画成就在当时另一画家仇英之上，堪称一代宗师，有名作《九歌图》《屈子行吟图》等。另，工诗善书，明亡入明云寺为僧，后还俗，卖画为生，1626 年去世。

341. 养生之说

人坐久了则络脉不通，平常无事时要在室内不时地慢慢走动，在室内走几十圈，使筋骨得以活顺，脉络得以流通。这样做，时间久了，散步可渐至千步之多，还可增加脚部的力量。散步主要是对筋有好处，它可以通过使筋舒展而致四肢健壮，如懒于散步则筋不能伸直，筋不伸直就会使人越来越懒，懒得偶尔凭兴趣多行几步，都会伤元气。所以，久坐伤身，就会给人带来病痛。

选自《养生随笔》。

郭家言：这个故事是古人从养生的角度提出散步的益处，说得对，说得好。当时条件下，他还不能认识到散步对血压、血脂的好处。此处不能不感慨，我们生活在科技、医学发达的今天，其幸福指数不知是古人多少倍，怎能不为社会为人民多做些贡献，去报答社会、报答国家、报答人民？

《养生随笔》是由清人曹庭栋著。他从节食、变季、起居、锻炼诸方面，提出不少曹氏见地，这些见地多从中医养生的角度出发，其道理之精妙，至今还令人称道。这本书多写生活起居、穿衣打扮、养生怡情。

342. 老年要诀

老年人偶然患一点小病，就要特别注意调节饮食，挑对这个病有益的食物吃。吃饭宜减量，使腹中常空虚，这样脉络易于运转，元气渐渐恢复，小病和引起疾病的因素就自然消退，这是第一要诀。

选自《养身随笔》。

郭家言：老子《道德经》中说："人法地，地法天，天法道，道法自然。"对待疾病，应法自然，根据疾病之规律而治之。

> 曹庭栋是《养生随笔》作者，清代养生家。字楷人，浙江嘉善魏塘镇（今浙江嘉兴市）人。生活于康熙、乾隆年间，享年86岁。曹庭栋作诗亦佳。

343. 曹氏曰课

院中种花几十株，不讲究名花异卉，春夏秋冬总是花木茂盛最佳。喊后辈小孩给这些花浇水，这就是日课。观它们生机盎然，看它们花开花落，悦目赏心，没有哪种享受能超过这种生活的了。

郭家言:《养身随笔》作者曹庭栋。老年生活能够无忧无虑，不再参与政事，这是在为自己一生的生活这本百科全书作跋。这种侍花弄孙的生活，应是跋中最美的生活乐章。每个人都会写这个生活之跋，但真正写得好也是不容易的，写得好与不好关键在于人能否从政事中退出来，心能不能真正放得下。

344. 敝帚自珍

文人之间互相看不起对方，从古至今都有这种现象。傅毅与班固两人写文章不分上下，而班固就轻看傅毅，他在写给弟弟班超的信中说：“傅毅以能写文章当上了兰台令史，但他下笔就不能自行结尾(指文章冗长)，没完没了。”看文章总看自己文章的长处，然而文章的体裁并非一种，很少有人各种体裁文章都写得好。人们往往是拿自己文章的优点，去比他人文章的缺点而轻视他人。俗语说“家里拥有破扫帚，就像拥有千金一样的感觉”，这是看不见自己缺点的害处呀。”

选自曹丕《典论》。

郭家言：曹丕是历史上的魏文帝，是一代帝王而兼文学家，这在历史上并不多见。敝帚千金这种以己之长度他人之短的文人风气，曹丕一针见血地提出批评，很是精当见地。从这篇文章出世至今已近二千年，而其中的文字至今仍在熠熠发光。

《典论》作者是魏文帝曹丕。该书是我国最早的文艺理论批评专著，是曹丕在做太子时作。原有22篇，约在宋代大都遗失，仅存《自叙》《论文》《论方术》三篇。该书是汉魏文学批评史上的重要文献。魏文帝曹丕，字子恒，豫州沛国谯县（今安徽亳州）人。是三国时期著名政治家、文学家，是曹魏开国皇帝，魏武帝曹操次子，他推行九品中正制度，最终完成北方统一。和其父曹操、其弟曹值一起在文学史上被称作“三曹”，是建安文学的开创者。除《典论》外，他还著有《魏文帝集》，今存二卷。曹丕诗赋文均佳，尤擅长五言诗。

345. 贫儿暴富

《焦氏笔乘》中载《紫桃轩杂缀》：苏东坡亲笔抄写两《汉书》，抄完后，将此事比喻为贫儿暴富。通过抄写校勘，经几番注释，自然将书的内容融贯在记忆之中，没有愚钝不精细造成的失误。今天的人买印好的成书，多得连屋充栋。书多而不读，读也不精。书随时间越积越多，而学问却越来越荒废粗糙，后代也越来越愚昧，可叹呀！

选自《焦氏笔乘》。

郭家言：苏东坡抄《汉书》和《后汉书》，那是通过记忆、理解、融合使自己知识得以补充，自喻为“暴富”，但以贫儿自称是谦辞。宋代是中国文人荟萃的朝代，可谓巨星灿烂，然东坡当属其中最璀璨的一颗。有书多达充栋，不妨先读精一本。现今也不难见，有人书柜之书爆满，但崭新无痕，这应该比没读过书的人更愚昧。因为你拥有书不读，只拿书来装门面，吓唬人，这不但愚昧，而且野蛮、可耻！

《焦氏笔乘》为明代焦竑的笔记体著作。该书对经、史、文、医诸学科都有重要参考作用。作者思想开朗，强调主体意识，反对因循守旧。该书后被清政府禁毁。

焦竑，字弱侯，江苏南京人，明代中后期大学者。他在理论上富有批判和创新精神，五十岁才中进士，做过皇长子讲官，一生著作颇丰，除《焦氏笔乘》外，还有《焦氏类林》《玉堂丛语》等。

346. 学士风度

当时皇上正处在年幼好玩之时，每次他将钱豆（由银作局制来用于赏赐）乱撒于地，内侍及大臣们就争相拾取，看他们拾取时被银豆滑倒时的情景，皇上笑乐不止。然而也有不参与捡取的，李古廉当时为侍讲学士，一次宣宗皇帝入史馆，又将袖中金钱撒赐诸臣，大家争相从地上拾取，只有李古廉站在那里不动。皇上见此，喊他至跟前，以袖中钱赏他。这事情算是皇帝与特别宠爱的儒臣偶然玩耍的小游戏而已。

选自《万历野获编》。

郭家言：将金钱撒地赠人，是对他人人格的侮辱，这和扔肉与犬何异？皇帝作为一国之主，我行我素惯了，也会认为这是和宠臣游戏。但这样的事，实际上是将君臣关系视为儿戏，简直贻笑大方，荒诞不经！

《万历野获编》明代沈德符所著，他是浙江秀水（今嘉兴）人，家世仕宦，随父早年住在京城，同京中士大夫多有交往，对京中旧今之事博览洽闻，尤了解时事和朝章典故，功名不就即还乡将所见所闻仿欧阳修《归田录》体例随笔记录，遂写成此书。书中内容详尽，可弥补正史缺失，有较高史学价值。

347. 剖腹取证

胡襄愍在我家乡之郡掌兵时，曾有一士卒在酒店以米粉肉饮酒，酒后不付钱，还殴打店主。店主气愤不平，告状至胡襄愍行台。胡襄愍立刻将那士卒绑来，士卒极力说没有此事。当时徐文长在座，他说可开腑以验。胡襄愍说可以，并对店主说，腹中有米粉肉则罢，无则由你抵命。店主表态同意。当场剖腹，米粉肉尚在。于是释放店主，并加倍代那士卒付给酒肉钱。之后军中士卒为之害怕，没有人再敢放肆。徐文长只是一介书生竟敢决断此事。

选自《万历野获编》。

郭家言：这是一个十分残忍极不人道的取证方法，而且是比罪犯还要可恨百倍的犯罪！也反映出判案人的荒诞和无能，更深层次反映的是封建制度的残暴与黑暗！

348. 米芾选婿

宋代米芾给女儿选婿很久不得其人。有士名叫段拂，字去尘。米芾听此人名字大喜："拂矣而又去尘，这才是我的女婿呀！"于是竟将女儿嫁给他为妻。

选自《万历野获编》。

郭家言：历史上记载说米芾有洁癖，因而也就对"拂""尘"字样特别敏感。尽管他在历史上书法造诣很高，但他以这种方法选婿，是要给他人生加负分的。这个女婿后来攀附奸臣秦桧，尽管当上宰相，但是在历史上沾满了污秽和丑恶，这是米芾选婿的初衷吗？

米芾，字元章，湖北襄阳人，北宋书法家、画家、书画理论家，与苏轼、黄庭坚、蔡襄为宋代书法四大家。他曾任校书郎、书画博士、礼部员外郎。能诗文，1107 年任淮阳军知州，死于任上。

349. 达官罢闲

我在都下见到一位罢闲的达官，他客厅有一对联："无子无孙，尽是他人之物；有花有酒，聊为卒岁之欢。"联中全用南宋宰相乔行简词中语句，这些人都有豁达的境界！

选自《万历野获编》。

郭家言：在朝尽职忠于朝廷，罢闲豁达面对人生，这是古代优秀官吏的人生境界。故事中这位达官虽不知姓名，但他扛得起、放得下的胸怀，不是每个封建士大夫都具有的。

乔行简，字寿朋，婺州东阳人。1193年南宋进士，历为高官，至宰相。大半生任兼职，是一个大器晚成，草根出身奋斗成功的典型。

350. 凤仙花染指

以凤仙花染指甲的风俗，从宋朝已有之。据《癸辛杂识》记载：凤仙花，将花捣碎，加入明矾少许，用来染指甲。用一块布缠紧过上一夜，这样反复做三四次，指甲颜色深红，洗涤时红色不褪，直到指甲剪去。回族妇女多喜欢这样，现在的风俗已不再特指回族妇女了。

选自《陔余丛考》。

郭家言：凤仙花，俗名指甲草，用于染指甲。现今女性也多用，其用法和故事中介绍的方法也相同，都是加明矾后染指甲，还可用于治疗灰指甲病。只是此法自宋朝相传至今，鲜有人知道。

《陔余丛考》清代赵翼所著，是他在黔西罢官后的读书笔记汇编所成。全书43卷，内容含及史学、掌故、典制、科举、风俗等，对文史研究有参考价值。

351. 人南雁北

万里人南去，三春雁北飞。不知何岁月，得与尔同归。

选自《南中咏雁诗》。

郭家言：这首诗是唐人韦承庆被流放时所作。全诗自然流成，运用对比手法，将诗人的绝望、无奈、悔恨托付在流畅自然之中。毫无矫揉之态，最是难得。（沈德潜语）古人常将北飞的雁叫归雁。

> 韦承庆，字延休，唐朝河内阳武县（今河南原阳）人，父为宰相韦思谦。性谨畏，事亲笃孝。进士出身，累迁同平章事，在审讯张易之兄弟张宗昌罪行时，失实。因此徇私枉法被流放岭南，此诗作于流放中借咏雁抒发贬谪之悲。有《韦承庆集》六十卷，已佚，其《两唐书志》传世。

352. 千树遗后

三国时吴国李衡在武陵龙阳汎州上建了住宅，同时种上柑橘千棵，临死时告诉儿子："我在州里有千个木奴，这些木奴不向你索取费用，每个木奴会使你得绢数匹，这些木奴的贡给足够你生活所用了。”吴国末年，这些柑橘树长成，一年收橘换绢数千匹。后来太史公说“江陵千树橘，相当于被封万户侯。”就指的是这类事。

选自《齐民要术》。

郭家言：栽千树留与后人以为生计，这李衡真可谓千古一父。栽树遗后，旨在教育后代勤劳持家，而绝非坐享其成，其志高远，其意久长，其情渊深。

《齐民要术》为南北朝农业学家贾思勰所著，成书于北魏末年。它是综合性农学著作，是世界农学史上最早的专著，是我国现存最早的一部完整农书，是古代农业百科全书。该书系统总结了六世纪以前黄河中下游地区劳动人民农牧业生产经验及食品加工、储藏、野生植物利用等内容。

353. 竹子有节

会稽人黄中立喜欢种竹，是因敬慕竹子有节的含义。因此他在竹林间建亭，取亭名为“尚节亭”，作为读书交际的地方。这样取名是标榜自己安然自得，没有他求而超然物外之意。看他有这样的胸怀我很是喜欢。

竹子这种植物，体柔而内空，柔美但风雨不能将它折断，这是因为它腹内有节的缘故，以至于它经严冬历酷暑，仍生机盎然。尽管覆盖霜雪，它仍枝青不变，叶绿不改，其色青如故，似有守住大节不可夺志的君子风度。的确，竹子内腹有节，并能从外形上反映出来，这就是内外统一。这样以节说竹，还有什么东西比竹子更崇高的吗？

选自《尚节亭记》，有删节。

郭家言：玉可毁不可改其白，竹可焚不可毁其节，竹子在传统文化中有着崇高的品格象征，也是生命、长寿的象征。它空心象征谦逊，有节不弯象征气节，是百花之君子！

《尚节亭记》为刘基所写。刘基，字伯温，青田县（今温州市文成县）人，元末明初政治家、军事家、文学家，明朝开国之勋，精天文、兵法、数理，尤以文见长。诗文古朴、雄放，不乏抨击统治者腐朽、同情民间疾苦之作。朱元璋称之："我之子房也。"

354. 指病之喻

浦阳青年郑中辩，仪容丰满，面色红润，精力充沛，从未生过病。有一天，他左手大拇指生了红色小疹斑，肿起来小米般大小。他感惑，叫人看，人大笑，认为这小事不足为患。三日后，小疹斑肿得如钱一般大小，他忧心越来越重。又叫人看，人仍像得如几天前那样笑他。又过了三天，拇指肿得如拳头般大小，靠近拇指的地方都被牵扯的疼痛，像针扎一般，整个身体都仿佛生起病来。他恐惧地多方求医。医生看后惊道："此病罕见，病发手指，染及全身，如不快治，恐能危及生命。此病刚开始时，一天可治愈；此病三天时，十天可治愈；现病已形成，非三个月不能治愈。当初此病一天可治好时，用艾草去治亦可；此病十天时，需要用药才能治好；今病已形成，它将延及内脏，这样就可能有一只手臂残废之忧。这时就必须从内部治它，否则病势不会停止，同时还须涂药外治，此病才能治好。”他慎遵医嘱，日服汤药，外抹良药，过二月后痊愈，三个月后神色恢复了正常。

我因此思考，天下之事，起于细微，而终为大患。初发时认为不难治，而最终导致不可治。当初易治时，可惜微薄之力，忽视而不顾及；等到殃成大事，再去处理，这样就费时日，疲思虑，才能把病治好。天下类似治病的事太多了！

选自《逊志斋集》。

郭家言：方孝孺以治病作喻，说明事物发展中防微杜渐的重要性，一针见血，且有警世之的。

方孝孺，字希直，别号逊志。明代浙江宁海人。幼好学，长大师从宋濂，为文学博士。常以明王道、致太平为己任。燕王朱棣发动“靖难之役”，他多次为建文帝谋划对策。朱棣攻入京师后，他拒绝为朱棣起草登基诏书被杀，同时被灭十族。他文章醇深雄俊，著有《逊志斋集》。

355. 老马识途

管仲、隰朋随齐桓公伐燕国山戎，春往冬返，因辨不清方向而迷路。管仲说：“老马认路的特长可以用一用。”于是将老战马放开，令部队紧随而行，部队因此走上了回军的正确道路。山中行军无水可喝，隰朋说：“蚂蚁冬天生活在山的南面，夏天住在山的北面，蚂蚁封土高过地面一寸，其下七八尺处就有水源。他们按这个办法掘地找水，果然找到了水源。

凭管仲的圣明和隰朋的智慧，遇到他们不解的问题，不羞于求解老马和蚂蚁。现在的人却不敢承认自己的愚昧，不去学习圣人的智慧，这种过错太过愚了！

选自《韩非子·说林上》。

郭家言：这个成语故事说明了一个道理，向行家学习一般人很易办到，但有一定官位或有一些身份的人向行家学习就不容易，看来这官位和身份竟成了人们再学习再进步的屏障。

韩非，战国时著名哲学家、思想家、政治家、散文家，是法家思想集大成者，人尊称韩非子。他主要作品有《孤愤》《说难》。《韩非子》一书共55篇，呈现了韩非唯物主义与效益主义思想。

356. 冒顿立世

单于的太子叫冒顿。后来单于的妻子阏氏生了个小儿子，单于想废掉冒顿立这个小儿子为太子。于是冒顿去大月氏当人质。单于攻击大月氏，大月氏欲杀冒顿，冒顿盗马回到单于身边。单于认为他勇悍，令他指挥骑兵万人。冒顿制作了一种响箭，令所部练习箭射，同时命令说："我的响箭所射的目标，有不射者立斩。"几天后，冒顿用响箭射自己的坐骑，所部有不敢射者，立刻被斩。又过了一段时间，冒顿用响箭射击自己的爱妻，所部有人害怕不敢射，冒顿又斩杀了他们。很快，冒顿率部出猎，用响箭射击父亲单于的坐骑，所部立刻都发箭射击。

于是冒顿知道自己的士兵已训练成功。一次跟随父亲单于打猎时，冒顿突然用响箭射向父亲，士兵们也都随响箭发箭射杀了单于，后又杀害了后母和弟弟及大臣中不听他命令的。至此，冒顿自立当了新单于。

选自《汉书·匈奴传》，有删节。

郭家言：冒顿是匈奴中雄才大略的军事家、军事统帅。他首次统一了北方草原，是匈奴帝国的开创者。公元前209年杀父自立，控弦三十余万，英雄！

匈奴，中国古族名，也称胡。战国秦汉时活动于北方地区，随草畜牧游移，无城无常居耕田之业，善骑射，惯侵伐。西汉之初，匈奴强盛，对汉侵扰并形成威胁，后为汉武帝所败，退居漠北分为五部。东汉时分为南北匈奴。南匈奴降汉，北匈奴西迁后消失在中国古籍中。南匈奴在五胡十六国时建立前赵政权。

357. 断腕太后

辽太祖皇帝耶律阿保机驾崩，述律皇后称制，总管国家军国大事。太祖皇帝入葬时，述律皇后想以身殉葬，皇亲及大臣百官极力劝阻。于是述律皇后就砍下自己一只手臂代她陪葬棺内。太宗皇帝（耶律阿保机与述律皇后次子耶律德光）即位，述律被尊为皇太后。

选自《辽史·卷七十一列传第一》。

郭家言：述律皇后辅佐太祖皇帝时，常与丈夫一起出征出战，并适时出谋划策，显出很高的军事才干与政治才干。断腕陪葬的事因是由于她想达到自己的政治目的，被政敌要求陪葬时遭政敌质疑：“作为夫人与先帝最亲为何不陪葬。”她托言“儿子尚小，国家没有君主，所以我暂不能去”，果断断腕陪葬丈夫，述律皇后血淋淋的举动震慑了满朝文武，再也没有人敢与她抗争，述律皇后是继西汉吕后、唐代武后又一位出色而果断总摄朝政的女性。她是一位集个性、理性、韧性于一身的伟大女性。

> 述律皇后，本名月里朵，汉名平。丈夫耶律阿保机封她为“应天大明的皇后”。史载她“简重果敢，有雄略”。她曾领兵作战，名镇诸夷，协助丈夫创立国家（辽）并渐以强大。她主张与汉友好，使当时遭战乱之苦的各族人民得到安宁。在国家立新帝时偏执己见，孙子辽世宗继位后被软禁，75岁去世，得与丈夫合葬。

358. 耶律追责

丙戌冬十一月，辽朝大军攻下了灵武。将军们争相抢掠女子和钱物财宝。耶律楚材只拿取了几部书籍、大（dai）黄（中药）两驼而已。后来军中病疫大起，只有大黄可治，这些大黄医好了几万将士。再后来燕京盗贼猖獗，甚至驾车进行抢劫，管理治安的官员也不能制止。此时睿宗监国，他命中使和耶律楚材急去治理。到后，他们分几批逮捕了这些劫犯。但这些人都是权势子弟，这些家庭出面贿金请求免罪。中使见财心动，想报奏皇帝免于追责。耶律楚材坚持追责处理，说："我们还未取得一点成效，若不惩戒这些人，恐怕就会导致此地大乱。"于是，刑事追究十六人，由此燕京治安恢复正常，百姓们能够安然睡觉了。

选自《中书令耶律公神道碑》，有删节。

郭家言：耶律楚材是蒙古帝国一代名相。该碑记载他逝于居位，当时蒙古人痛哭如丧亲人，市民为之停市，百姓停止娱乐活动。他是辽的创始人，是耶律阿保机以后又一旷世之才，虽出身"胡虏"，却足以与中原萧曹杜房比肩！

耶律楚材，字晋卿，号湛然居士。契丹族，辽太祖耶律阿保机九世孙，蒙古帝国时期政治家。1215 年，蒙古大军攻占金中都，成吉思汗收耶律楚材为臣。他以儒家治国之道制定了各种施政方略，为蒙古帝国与元朝建立奠定了基础。他先后辅佐成吉思汗父子 30 余年，担任中书令（宰相）十四年之久，对成吉思汗子孙影响巨深。1244 年去世，有《湛然居士集》等著。

359. 白袍将军

北魏大将军、上党王元天穆、王老生、李叔仁率军四万，打下了大梁城（今开封），分兵王老生、费穆二万，占据虎牢关。又遣刁宣、刁双二将入梁。陈庆之闻后突袭，敌皆投降。天穆与十余骑向北渡河败逃。梁高皇帝（萧衍）再次亲手嘉奖庆之。庆之所领三千白袍骑兵所向披靡，先是从全至县发兵攻取洛阳，十四旬攻下三十二城。四十七场战斗所向无敌。

选自《梁书·陈庆之传》，有删节。

郭家言：陈庆之不善骑马射箭，打不开普通弓弩，起初，只是梁武帝萧衍随从，但却富有胆略，善谋且带兵有方，这应与武帝悉心临阵指教有关，洛阳当时儿歌唱道："名师大将莫自牢，千军万马避白袍。"这白袍将军即陈庆之。历史上有一个怪象，战争中有些名不见经传的小人物，在战场上却能一举成名，成为决定战争胜负的国之屏障，西汉的卫青、霍去病、韩信如此，南梁陈庆之，以及明代的袁崇焕也是如此。伟人毛泽东读陈庆之传批注："千古之下，为之神往。"

陈庆之，字子云，义兴郡国山县（今江苏宜兴）人，南北朝南梁将领。少为梁武帝随从，41 岁初次带兵就显示出超群的指挥能力与治军能力。荥阳之战以 3000 骑兵胜魏军十万。539 年去世，年 55 岁，谥号"武"。

360. 李程应对

文渊阁大学士李西涯和翰林学士程篁墩，是在成化（明宪宗年号）年间从不同地方以神童之誉被举荐入京的。刚上朝面帝，正好直隶（京城地区）上贡的螃蟹贡送至京城，皇帝即兴出一上联："螃蟹浑身甲胄。"要求李、程二人对出下联。李对："凤凰遍体文章。"程对："蜘蛛满腹经纶。"后来李西涯官至丞相掌管天下大事，程篁墩则最终做官至学士，只是以文章闻名于世。一次偶然应对，就能看出他二人终身事业所在。

选自《七修类稿》。

郭家言：一次应对有很大的偶然性。一个偶然的事由不能说明什么，更不可能决定终生。后来程篁墩在仕途上与李西涯相比居下风，应该是有许多条件左右的结果。

> 《七修类稿》作者为明代郎瑛，该书考证范围广，以类相从，凡分七门，许多内容为史书所阙，有很高的史料价值。明代大学士名称前要加殿名，共六人。如中和殿大学士、文渊阁大学士、保和殿大学士等。大学士名称不一，品级一样。明代中叶大学士为内阁长官，替皇帝起草诏令、批条奏章等，官阶在尚书、侍郎以下，但是权重。稍后，以尚书、侍郎入阁办事，兼大学士。加官至一品，位望益重，是事实上的宰相。

361. 谏死井中

廖居素，将乐人。在南唐烈祖李昪，中宗李璟时为官，为人正直，脾气刚硬，当时在朝掌权者都不喜欢他，他因此困守校书郎一职二十年，才得到大理司直这个职位。后主李煜即位后，才稍稍升官当上林光庆使。后主软弱昏庸，群臣只管争地位保富贵，国势越发不可收拾。只有居素慷慨猛谏，希望后主醒悟，但终不见后主听从所谏，于是他闭门绝食，着上朝衣站死在井中。后来人们在竹筐中得到他大字书写的遗书，书中说："我之所以死，是不忍心看到国家灭亡。大臣徐锴写文章祭奠他，把他比作楚国的屈原和伍员。几百年后，家乡将乐的百姓仍在磕头纪念他。盱江（地名）的李觏给他写了传记。

选自《南唐书》，有删节。

郭家言：南唐后主李煜是一代词宗，但治国无能，终为宋太宗所虏。故事只是从内因的角度去寻找南唐亡国的教训。但根本原因是北宋强大兴起而不容“卧榻之侧有他人酣睡”这个外因所致。大厦将倾，也不是廖居素一人所能撑住的。何况他也并非擎国之柱，但他为国而死，有气节，尽臣节。几百年后人们还怀念他是对他的肯定。

李后主李煜，为中宗李璟第六子，字重光，是南唐最后一位君主。971年他自降国格，去除唐号，改称“江南国王”，贬损仪制，以示尊奉长江以北强大的北宋。975年北宋赵匡胤部将攻下了南唐京城，掳李后主至汴京（今开封），封违命侯，978年李后主死于汴京。李煜精书法，工绘画，善音律，词的成就为最高，特别是亡国后所作的词更优秀而深沉。他的词在唐五代别树一帜，对后世词坛影响深远。

362. 公瑜嫁婢

钟离瑾，字公瑜，宋朝人。公瑜任德化知县时，因女儿出嫁买了一个婢女，问及婢女身世，原来是前县令之女，因家道败落沦为婢。公瑜极为同情，就把这个婢女认作自己的女儿，将女儿和她一同出嫁。

选自《龙文鞭影》。

郭家言：县令的女儿沦为婢女，千金小姐变成奴婢，其落差何其大也！这种优势变劣势的剧痛，和对前县令父女的同情，刺痛了公瑜的心。同为县令，在任与败落对女儿一生产生的天壤之别，将官比官，将心比心使公瑜做了如此善举，除同情心以外，爱女之情为千古不有。

《龙文鞭影》是中国古代非常有名的儿童启蒙读物。由明人萧良友撰，后来杨臣诤进行了增补修订。龙文是古代西域宝马，它本来就奔驰极快，看到鞭影就会奔驰更快。作者寓意为，看了此书，有志青少年能像千里马一样有无量的前程。该书主要介绍中国历史上人物典故和轶事传说，四字一句，两句押韵，抑扬顿挫，琅琅上口。

363. 法常论酒

法常是河阳（今河南孟州市）人，出家为僧。喜嗜酒，因此对酒体味很深。他曾对人说："酒是入虚无之天，绵邈之地的途径，在酒的国度里享受安恬之乐，没有君臣贵贱约束，没有对财利的追求，不需要避讳法律的追究。这里陶然自乐，广阔无羁。这是没入醉境时的乐趣。若是饮酒过了量，就像进入了乱舞的飞蝶之乡，这样就昏昏然如腾云驾雾般而什么都不知道了。"

选自《龙文鞭影》。

郭家言：古人云："美酒饮教微醉后，好花开到半开时。"说的是世人凡事都以度为界标，过了界就不行了。"饮酒不醉最为高"也是讲的这个道理。古人法常，酒论讲得率真爽气，应为酒中真人。他说喝酒不避讳法律追究，今天为之不取。今人饮酒是违法的，是要负法律责任的，他这种观点是其历史局限和糊涂认识造成的。

萧良友是《龙文鞭影》作者，字以占，号汉中，湖北汉阳人。明万历年间（1580年）进士，授翰林编修。少年极聪，被誉为神童。后迁为翰林院修撰、国子监祭酒。他杜绝拉拢巴结，严格考核，使当时学习风气很正。著有《玉常遗稿》等。

364. 倚马事

倚马事三字的原意是指桓温征伐慕容时，袁虎靠着马写檄文，文不停笔。现在的人不知倚马事的原委，而将自己所写文章自谦为倚牛者，这是可笑的。

选自《艺苑卮言》。

郭家言：袁虎写檄文下笔如流水，因倚马而写被人尊称为倚马事。这主要是讲写文章之人的才华，而和他倚马还是倚牛写毫无关系。这个故事可笑的是办事情、写文章不能抠住主要矛盾，只是强调凭借的客观条件。这确实是可笑的。

《艺苑卮言》为明代王世贞著。读书表明作者的文学观，他主张文比秦汉，诗比盛唐。主张师古，特别注意博采众长，最终要求“一师心匠”。这些观点显然与一味模古者不同，显示了王世贞的文学观点较前七子已有较大变化。

365. 简雍谏酿

西蜀简雍少年时与先主刘备为友，他在刘备身边为昭德将军。当时天旱刘备为节粮禁止民间造酒，如有酿酒的将处之以刑罚。这时有一官吏在一人家中搜到酿酒工具，有人就想以造酒罪处之。这天简雍随先主外出，见一男子走在路上，他对先主说这人有奸淫的动机，应把他绑起来。先主说："你怎么知道。"简雍对先主说："他长有淫具，就会有奸淫动机，这与那拥有造酒工具的人会造酒有什么两样吗？"先主大笑，不再治那个有造酒工具人的罪。

选自《启颜录卷下》。也见《太平广记》卷一六四，也见《三国志·蜀书·简雍传》。

《启颜录》为隋代侯目白所撰，是古代汉族文言轶事小说类笑话集，是继《笑林》以后又一部重要笑话集，具有特殊且风趣的特点，原本已亡佚。书中对封建官僚昏庸无能的揭露，反映当时时代特点，也体现了侯白对笑话较高层次上对美的把握。

后 记

将 365 个小故事从历史角落请出来，潜心笔耕数载，花镜度数增至 400，但不思悔——了却心愿而已！

完稿后，感觉还有话说，遂将其整理出，列于下边，以为跋。

我一生都在企业做管理，谈的是经营与效益，说话办事不需要文绉绉的。业余时间，我一直喜欢和研究中国历史和传统文化，但不能在同事和同行们面前拽文。同时我也喜欢考古，国家一有考古新发现我便激动不已。几次去西安，除心仪兵马俑、骊山、大小雁塔、古城墙、碑林外，还特瞩心的是昭陵、乾陵、章怀太子墓、马嵬等。从它们身上的历史和今天看到的实物结合起来去思考，心灵每每有一种特殊而且亲切的感触，他们当年产生历史和推动历史的动力与张力令我神往！尽管这些会令与我一起去拜谒的亲属们颇有微词，但没办法，我喜欢！因为历史和这些遗存构成了中国几千年文化中极具璀璨的部分。

退休以后，我有了时间与空间，得以翻阅二十四史与大量历史书籍、前贤们的读书笔记与著作，字里行间中他们的生活阅历、生活情趣和智慧，使我激动和感动，甚至拍案叫绝，甚至为之流泪至泣不成声。为此，我产生了将这些古文化请出历史角落，整理和译注出来，将它献给为我们祖国站起来、富起来、强起来至今忘我工作和学习的各界有志者，为祖国传统文化学习、继承和发扬尽我绵薄之力，并以此慰娱我余生。

这本书从筹划到杀青，前后几年时间，选择时也像本书故事“獭祭鱼”那样，不停在史书的瀚海中游渡，尽力将那些历史的鲜活一一摆列出来为书稿所用。搁笔以后，想起书中一故事说苏东坡抄写两《汉书》后喻己为“贫儿暴富”，我也颇有类感。

但是本书每写一篇，蒙妻李淑君为之校勘，自然她始终是本书的第一阅读、建议、交流者，她也是辛苦的！

郭延琪

2021 年底于湖南大学